JN207709

大伴家持

都と越中でひらく歌学

塩沢一平

SHIOZAWA Ippei

花鳥社

大伴家持

都と越中でひらく歌学

目次

凡例

一、『万葉集』の本文は、原則として、中西進『万葉集　全訳注原文付』（講談社文庫）による。なお、行論の都合により、本文を改めた箇所や私訓を施したところがある。

二、『古事記』『日本書紀』の本文は、新編日本古典文学全集（小学館）による。また、『続日本紀』の本文は、新日本古典文学大系（岩波書店）による。なお、行論の都合により、本文を改めた箇所や私訓を施したところがある。

三、漢字の字体については通行のものを用いたものもある。

序章　本書の構成と概要

一　はじめに

　前著『万葉歌人田辺福麻呂論』（笠間書院　二〇一〇年）では、万葉集第四期の宮廷歌人田辺福麻呂について論じた。同じ宮廷歌人で、万葉集に収められた歌数もほとんど変わらない、山部赤人や笠金村に比して、必ずしも注目されることがなかった福麻呂について、考察したものである。同じ第四期には、大伴家持もいる。本著第五章でも詳しく論ずるが、家持は、福麻呂と直接交流があり、福麻呂歌からの影響も受けていると考えられる。また、家持には、福麻呂からもたらされた編纂資料の影響を受け作歌したと考えられる歌もある。福麻呂研究を続けると、やはり家持研究も必然欠かせないものとなる。

　その家持研究は、一九七〇年代以降、研究が深まり、たくさんの先学の論考が蓄積されている。近時の研究でも、万葉集末四巻に関する、鉄野昌弘氏による『大伴家持「歌日誌」論考』や松田聡氏の『家持歌日記の研究』

といった堅実な著書が上梓されている。比較文学的論考として、鈴木道代氏の『大伴家持と中国文学』が、編纂論では、村瀬憲夫氏『大伴家持論　作品と編纂』が出版されている。浅学の入り込む余地などないようにも思われる。家持歌は四七〇首を超え、研究が少ない歌もないわけではない。本著は、そんな隙間を少しく埋めることができたらという形のものである。

方法論としては、愚直に歌の表現・内容・表記などに向き合うことから導き出されたものとなる。また、ジェラール・ジュネット氏やトークィル・ダシー氏によるパラテクスト（paratext）的要素を重視した論考に注目しながらの論となる。[1] ただしこれも、題詞や左注と本文との間を行き来しながら分析するテクスト論の作業を愚直・克明に行ったことに力点を置いたものを強調したと言うことができよう。

研究を進める中で、どうしても気になることがある。それは、家持らの歌が制作されるときにどのように「詠まれる歌」であったのか、また贈られた歌や資料としての歌がどのように「読まれる歌」であったのか、そして、編纂や贈歌としてどのように「書かれる歌」であったかということである。そのそれぞれのときに、歌は、声に出して詠まれたのであろうか。

「詠まれる歌」が披露される場合については、犬飼隆・和田明美氏らによって、その再現の試みもなされている。[2] ただ、この「詠まれる歌」「読まれる歌」「書かれる歌」については、峻別して議論が行き届いているとは、言えないように思われる。近時ある学会の全国大会発表で、発表者が、『万葉集』は歌われていたと考えられると結論づけた。これに対して、質問・意見として、ある研究者が、「会場にいるほとんどの人は、『万葉集』は歌われたものと考えている」と述べていた。『万葉集』は、歌木簡の例などからもわかるように、歌は声に出して詠まれていたという一般概念があるからであろうが、それが、三つの場合のどの場合を指しているのか、截然としたものではなく、議論が噛み合っていないようにも思われた。そんなこともあり、本書の後半は、この三面を意識したものとなっている。

二　本書の構成と概要

本書は、まず第一章（家持の）「巻八の夏雑歌群」から第六章「大伴家持が幻視したをとめ」まで、大伴家持とその関係歌について、その作品を中心に論じている。取り扱った年代は、天平七年（七三五）頃から、天平勝宝二年（七五〇）頃までとなっている。ほぼ作品年代順に論を掲載している。「大伴家持」という書名はここからのものである。

第一章「巻八の夏雑歌群」（8・一四七七〜一四七九、一四八五〜一四九一、一四九四〜一四九六）では、家持の夏雑歌の中から、万葉集中孤例をなす特殊な題詞「石竹花歌」「晩蝉歌」を持つ歌を中心に考察を加える。「石竹」＝「なでしこ」は、三一例見られる。

そして周知のように、「なでしこ」は、どの季の節物とするかに揺れがある。当該家持の巻八雑歌で、夏に配されている理由を、同様に「なでしこ」を詠み込んだ家持歌を分析しながら、探っていく。

また、巻八は、四季分類された歌々を雑歌と相聞に分け、収めている。年代もおおまかに古いものから新しい歌へと配置されているが、詳細な期日が記されていないものが少なくない。それを天平七年と特定するのには奇異を感じるやもしれない。もちろん家持の巻八夏雑歌すべてを天平七年とするわけではない。詳しくは、第一章の内容にゆずるが、漢文題詞「晩蝉歌」と本文（一四七九）と部立との関係を考えるという愚直な検討から導き出されていくものである。

「ひぐらし」は、万葉集中、夏・秋の両季の節物である。また漢籍では孟秋の節物である「晩蝉」を家持が夏雑歌に選入する理由を、家持の、二季が重なる微妙な暦日への注目という点から考察していく。そこから、天平七年の七月初旬が、月の上では、すでに「孟秋」となってはいるが、節気の上では、秋を迎えていない夏となっている。この点にまず注目しながら、本文の詳細な徴証から、年代推定を試みる。

第二章「大伴書持と大伴家持との贈報歌群」（17・三九〇九～三九一三）は、作品の配列と左注から天平十三年の、閏三月を挟んだ四月のものであることがわかる。この歌群は、家持の弟書持の贈歌二首（三九〇九・三九一〇）と家持の報歌（三九一一～三九一三）とからなる。

この章では、ジェラール・ジュネット氏が提唱し、トークィル・ダシー氏が万葉集に適応したパラテクスト理論を見据えながら、論を進める。いきなり横文字が登場するが、本文以外の二次的な情報（パラテクスト＝paratext）である「題詞」や「左注」を重要視し、そこから当該歌群が形象化しようとしているものを探ろうとするものである。

二人の贈歌・報歌それぞれについて、「題詞」というパラテクストが括る本文との関係を縦枠、「左注」というパラテクストが括る本文との関係を横枠として考察する。まず横枠の「左注」は、二人の贈報が、a日付、b職名、c公的な氏・姓・名、d作歌場所、e兄弟関係、d贈報関係と精緻に対応していることから、対して読めと万葉集は示していることを述べていく。次に、書持の贈歌の横枠である左注a・dと本文、他の万葉歌の比較から、書持歌は、明らかに霍公鳥が鳴く時期で、花橘が散りはじめているのに書持宅内ではまだ鳴いていないことを詠んだものであることを明らかにしていく。このことを書持が、もう一つの枠、「題詞」という縦枠によって中国詠物詩「詠二――一詩」の延長線上にある詠物歌題「霍公鳥を詠める歌二首」（詠二霍公鳥一歌二首）として真っ直ぐに贈して、家持の「報」を促すものとなることを明らかにする。

次に、書持のストレートな縦枠の題詞と二首による「贈」に対して、特に縦枠である家持の序文的題詞を詳細に理解する。このことによって、家持三首と「報」の内実、五首構成の贈報歌群の構造を明らかにしていく。

その中で家持は、序文的題詞に含まれる「嚶」によって詩論を想起させ、兄弟関係を交友関係に置き換えてみせていることを示す。書持歌二首は、霍公鳥が常に鳴くことを希求・仮想する状態で、現状は逆であるという理想的な文雅を欠く状態を意味している。これはまさしく家持題詞に含まれる「欝結」が起こる原因となるものである。家持は書持のそれを引き取って、三九一一によって題詞の「嚶」くということばの表面上の意味も満たし、かつ霍公鳥が鳴くという理想的な文雅を作り出してみせていることを詳述する。歌により、交友書持の「欝結」を浄化解消させるという歌学がそこに表れていることを細述していく。

第三章「安積皇子挽歌論」では、天平十六年（七四四）閏一月十五日に薨去した安積皇子に対する挽歌「十六年甲申。春二月に安積皇子の薨りましし時に、内舎人大伴宿禰家持の作れる歌六首」（3・四七五～四八〇）を扱う。

六首の挽歌は、長歌に反歌二首が配される、三首二組により構成されている（四七五～四七七、四七八～四八〇）。まずこの歌群が、第一長反歌（Ⓐ）と第二長反歌（Ⓑ）とが対応する構成を持つことを指摘する。そしてⒶ・Ⓑ長歌のそれぞれの対応する内容を簡潔に示すと、主格の提示（Ⓐ1・Ⓑ1′）、場所の提示（Ⓐ2・Ⓑ2′）、自然描写（Ⓐ

3・Ⓑ3´）、感歎の挿入句（Ⓐ4・Ⓑ4´）、薨去後の様子（Ⓐ5・Ⓑ5´）、詠嘆的な結び（Ⓐ6・Ⓑ6´）のようになることを示す。

次に、それぞれの長反歌全体や対応する部分が、他の作品といかなる関係になるかを詳細に考察する。長反歌Ⓐと人麻呂の高市皇子挽歌とは、諸氏が指摘するように冒頭を含む四箇所の類句関係にある表現が見出される。これは高市皇子挽歌の表現を摸倣するというよりも、積極的に表現を摂取したものと考えられ、冒頭やそれに続く部分に波状的に登場する高市皇子挽歌との類句は、高市皇子挽歌と対し、安積皇子を高市に重ね合わせて理解させせようとする意図であることを詳述する。

続いて、構成上類同が指摘されている日並皇子挽歌との関係を考察する。主格の提示部（Ⓐ1・Ⓑ1´）に「わご王　皇子の命」というほぼ皇太子草壁にのみ用いられた表現を配置することによって、安積皇子を皇太子草壁に重ね合わせていると論述する。

叙上のことを総合し、家持は、高市皇子挽歌の冒頭と類句の重畳、日並皇子挽歌との構成や主格部への皇太子草壁を指す表現を配置するという二つの挽歌の立体的な組み込みによって、表現上も構成上も皇太子たるべき者の死を悼む挽歌として、安積皇子挽歌を作り出そうとしたものであることを導く。

最後に、Ⓐ・Ⓑ長歌のそれぞれ対応する（Ⓐ1・Ⓑ1´）から（Ⓐ6・Ⓑ6´）までをそれぞれの対応する内容を吟味し、それぞれが対構造を持ち、多くが「反対」の関係をなしていることを明らかにする。そして、この構造が、家持が独自に生み出していたものではないことを示す。当時家持が久邇京において知りうる立場であった、田辺福麻呂の二組の「久邇京讃歌」（6・一〇五〇～一〇五二、一〇五三～一〇五八）から着想を得た可能性があることに言及する。

第四章「二上山の賦」（17・三九八五～三九八七）は、家持が越中に赴任した翌年、天平十九年（七四七）三月三十日の作である。

当該「二上山の賦」は、諸注ほとんどが、先行する歌人の表現を取り込んでいる点を低く評価し、一方で整然とした構成力を評価したものとなっている。この評価の正当性について吟味していく。その過程で万葉集中「賦」と題される長歌は大伴家持関係歌に限られること、その「賦」の初出であることに注目する。また、左注の「依興」も家持に限られており、これも同様にその初出であることに着目して論をすすめる。

当該「賦」までの階梯として、二月末から三月初めにかけての大伴池主との漢文序と和歌によるやり取りが考えられる。その中で池主は、家持の短歌を中国詩文の世界になぞらえて「倭詩」と名付けて賞讃していることを指摘する。この「倭詩」としての短歌に匹敵する長歌、つまり「倭賦」を「二上山の賦」として作成した可能性を示す。

次に第二章でも示したパラテクスト理論を利用し、「賦」といういわば縦枠で枠取られた作品であることを示す。その中から「い行き廻れる」という表現に注目し、類似する「帯にせる」「帯ばせる」を選ばず、この表現を選び取った理由を考察する。これは、「都賦」等に頻繁に現れる「帯」でもあることから、「倭賦」を志向する家持は、これを避け、意識的に排したためであることを明らかにする。

続いて、当該歌の表記に注目する。当該長歌は、五・七の仮名表記が二九句中、二六句を占めている。「賦」と題された「二上山の賦」から、突如としてほとんどを五字・七字の仮名表記とする形態に変化している。「二上山の賦」が、六朝・初唐賦の五・七言詩句の使用を意識しながら、「倭」の一字一音に強く留意していたことを指摘していく。

最後にもう一つのパラテクストとして作品をいわば横枠で括る左注の「依興」について吟味する。いまだ定説をみない「依興」の諸説を紹介しながら、本文との関係から、その意味を探る。その中から「倭賦」を強く意識した力作でありながら、いかにも場にそぐわない感興からの作であることを「依興」と注することによって、戦略的に自己卑下してみせているものである可能性を示す。

第五章「田辺福麻呂の越中家持訪問と福麻呂歌集の追補——家持歌と万葉集編纂にもたらした意味——」は、天平二十年(七四八)の三月に、田辺福麻呂が左大臣橘家の使者として、越中の大伴家持を訪問したことが、巻十八の冒頭に題詞として示される。この訪問が万葉集と家持歌にどのような影響を与えたかを考えるものである。

福麻呂の家持訪問目的は、従来四説があるが、橘諸兄の私の使説・墾田の用務説・政治的理由説の三説は、外部徴証からのものである。残りの、万葉集の編纂に関するためとする説に注目し論をすすめる。

巻十八には、元正上皇の難波宮滞在時の歌(四〇五六~四〇六二)が収められている。当時難波にいなかった家持に対して、福麻呂が越中で披露したものである。四〇五七には、異伝注記がある。これは、福麻呂が越中で披露したものと、福麻呂がもたらした資料との違いにより付されたものであることを明らかにする。

天平勝宝二年(七五〇)三月の歌(19・四一四六~四一五〇)は、田辺福麻呂歌集「難波宮讃歌」(6・一〇六二)との類同が指摘されるだけではなく、「寝覚め」を共有する。このことなどから、家持がこのとき福麻呂歌集を披見していた可能性を指摘する。

同じ天平勝宝二年の五月に作られた菟原処女の伝説歌に追同した歌(19・四二一一・四二一二)を取り上げる。菟原処女の伝説を詠んだ歌は、他に集中巻九に福麻呂（一八〇一〜一八〇三）と高橋虫麻呂（一八〇九〜一八一一）の二組がある。追同に、この二組の伝説歌からの語句の混交が見られることなどから、両者を摂取している可能性を指摘する。また、複数の歌人の表現を混交して摂取する姿勢は、福麻呂の「難波宮讃歌」などにも見られ、この部分も家持が福麻呂歌集を参考にしていた可能性を論じる。

これらのことから総合して、福麻呂は、家持に、福麻呂歌集を含む万葉集の追補資料を提供したものと考えられることを示す。また、天平勝宝二年の歌には、編纂時に披見した資料から学んだ構成や表現が、家持歌に表れている可能性を指摘する。

第六章「大伴家持が幻視したをとめ」は、天平勝宝二年（七五〇）三月の著名な二首、「春の苑紅にほふ桃の花下照る道に出で立つ𡢳嬬（をとめ）（19・四一三九）」「物部（もののふ）の八十𡢳嬬（やそをとめ）らが汲みまがふ寺井の上の堅香子（かたかご）の花（19・四一四三）」を中心に、家持が単に「をとめ」と詠むときには、幻想の女性を主題化して作歌していることを論じていく。

まず、四一三九について、古くからの研究史を丁寧に辿ることによって、この歌の「𡢳嬬（をとめ）」が、いかなるものを表現しようとしているかを明らかにしていく。

江戸期の注釈では、毛詩「桃夭」の影響で、桃は、若々しく美しい女性の比喩表現として機能していると考えられていたことを指摘する。近代に入り、家持が正倉院御物の「鳥毛立女屏風」や薬師寺の「吉祥天女像」のような濃艶な絵画的効果をねらったものとの指摘があることを述べる。続いて桃花を背景とする樹下美人図が、中国周辺にあり、家持もこのような「樹下美人図」を見知っており、これをモチーフとして、四一三九を作歌したとの指摘を示す。

尾山篤二郎氏が、これを進めて、四一三九は、「樹下美人図」のような絵画的な歌であり、「出で立つをとめ」は「空想して幻を描いたもの」と、幻想のをとめであることを指摘していることを述べる。中西進氏も、「夷にある家持は空しい苑裏を一人眺めやって幻の樹下美人を思い描くのである」と、幻想のをとめを歌ったものであると指摘していることを、示していく。

一方で、第二章で提示したパラテクスト的要素を重視した理論からも、幻想のをとめを詠んだ可能性を指摘する。

四一三九は題詞は「春の苑の桃李の花を眺矚めて作れる二首」となっており、四一四〇とともにパラテクストとして歌を枠取っている。四一三九は、あくまで「桃」を「眺矚」しての作で、その実景から導かれた幻想のをとめという情景であると、『万葉集』は読ませようとしていることを論ずる。同様に四一四三の題詞も「堅香子草の花を攀ぢ折れる歌一首」となっており、これが四一四三をパラテクストとして枠取っており、群生するカタクリから一本を攀ぢ折り、そこから「㜲嬬」を幻想したものであることを、「井」の古代的世界観とともに叙述していく。

第一章から第三章までは、平城京・久邇京における家持の歌学が、題詞・本文・左注によって織りなす世界から理解できるものと考える。第四章から第六章は、越中における家持の歌学が、同様に理解できるものと考える。それらの中で、特に第二章では、書持との交友、第四章では池主との交友の過程でその歌学意識が強く打ち出された歌が作り出されていくことを論じる。書名の「都と越中でひらく歌学」は、それを表したものである。

第七章「家持が過ごした久邇京時代の催馬楽『沢田川』――『沢田川　袖つくばかり　浅けれど　恭仁の宮人　高橋わたす』――」は、家持が内舎人として過ごした都、久邇京の久邇（＝恭仁）の語を含んだ催馬楽「沢田川」＝「沢田川　袖つくばかり　浅けれど　恭仁の宮人　高橋わたす」を考察する。

具体的には、（1）沢田川と高橋の所在、（2）久邇京時代に成立したのか否か、（3）当該催馬楽が形象化しようとしたものについて主に論証を加える。「沢田川」は、平安時代には、雙調曲として示され、楽曲・所作・リズムを伴って実演されていた。今回は、文字の側面からのみの考察となるが、催馬楽に関する諸注釈や久邇近辺に残された資料や現地調査をもとに、できうるかぎりこの三点に迫っていきたい。考証の突破口として、地名である（1）を中心に論じることから、（2）・（3）そして当該催馬楽の宮廷への受容時期に関して、いくつかの可能性を指摘していく。

（1）の沢田川については、主な説として、①泉川（＝現木津川またはその部分名）、②泉川の支流、③泉川を沢田川とした「いひなし」説があることを挙げる。それぞれの説について、久邇周辺の地勢、万葉から平安の資料などをもとに詳細に検討する。加えて調査の中から、泉川の南を南東から北東に流れ、泉川に注ぐ現在の「赤田川」とし、「高橋」は、左京正中線が「赤田川」と交差する地点に架設されていたものとする説を取り上げ、③説と第四の「赤田川」説が、有力となる旨を論じていく。

そしてこの催馬楽が形象化しようとしていたもの（3）は、赤田川という水深がない川まで、久邇の大宮人が朱雀大路に、「高橋」を架設した。これにちなんだ催馬楽であるならば、まずは久邇京讃歌と考えられる。また、その裏に小川ほどの赤田川にも高橋を架けたことに対する諷刺を込めたものとも考えられることを論じる。また③の場合、水深のある泉川を小川を連想させる沢田川を用いて矮小化することにより、大工事へ風刺を読み取ることができることを指摘する。

最後に、当該催馬楽には、『爾雅』『毛詩』『論語』に見られる「深則厲、浅則掲」が関係していることを指摘する。(2)は、この用語を知りうる万葉久邇京時代の下級官僚層が、まず歌い手として考えられることを論ずる。

第八章「家持時代の『書かれる歌』と『詠唱される歌』との〈距離〉」は、大伴家持が生きた万葉時代、文字の歌と詠唱される歌とがどのような関係であったかを考察するものである。前第七章では、催馬楽「沢田川」を多角的に分析したが、それは書かれた催馬楽の分析であり、口承音楽性や実演といった面を捨象していた。この点を顧慮して、当章は、方法論は異なるが、まさに本書の書名となる「歌学」の章となる。

まず、文字を声に出して読むことが、近代まで広くに行われていたことを述べる。次に、万葉歌に類するものを読み書きする万葉官僚歌人層にとって、コンテンポラリー（＝現代的）でポピュラー（＝一般的・大衆的）な状況とは、いかなるものであったのであったかという外部徴証を探る。

外部徴証の第一として、即位宣命を挙げる。即位宣命は、「現（明）御神」である天皇の聖なる声が、宣命使の「高声」に類するものを通じて、あるいは直接天皇の曲節によって、俗界にある、万葉歌人を含む宮廷官僚達の耳に響き渡っていた可能性を、四点の理由から指摘する。宮廷官僚達は、宣命を「現（明）御神」から直接もたらされる、「詠唱される」、「聖なる」詔声として理解していた環境を示す。

外部徴証の第二として、官僚どうしの関係性の中にある「宣」と「読申公文」を挙げる。万葉第三期・四期にあたる時代に作られた口頭命令文「宣」は、「書かれ」た命令（判文）を読み上げていた妥当性があり、「書かれる」ことと「声に出して読まれる」ことが密着していたことを明らかにしていく。上奏文「読申公文」も、判を行い得る判官以上の官に対して、決裁を求める「書かれた」公文を判を仰ぐときに口頭で「読ミ申ス」ものであったことを指摘していく。

次に内部徴証『万葉集』から「書かれる歌」と「詠唱される歌」との間にほとんど〈距離〉がなかった例を見出すことができることを指摘していく。万葉第三期、吉田宜が、大伴旅人への返信の書簡の中で、旅人の歌々を「耽読吟諷し」ていることを指摘する。また第四期の大伴池主も大伴家持への書簡の中で、池主の歌を「以ちて吟じ以ちて詠じ」ていることを示し、明らかに「書かれる歌」（と文書）が「詠唱される歌」（と文書）になっているありようを明確にする。

最後に『万葉集』の原本レイアウトからは、意味理解のためには、音読詠唱が不可欠であること、家持が万葉歌を閲覧するときには、小声で読み、分注についてては、黙読した可能性があるとの指摘も紹介する。

いずれにしても両徴証から、「書かれる歌」と「詠唱される歌」とが密着し、現代の断絶に近い〈距離〉がある状況とは全く違った世界が、万葉時代にはあったと考えられることを明らかにしていく。

補論「詠まれる歌・書かれる歌、そして読まれる歌――万葉集から考える――」は、「書かれる歌」と「詠唱される歌」について、第八章の補論として、その場を、弁別しながら、理解を深めることを意図するものである。

『万葉集』は、それが作品として（または、受け取った歌として）「読まれる歌」なのか、まさに制作している場やその場で「詠まれる歌」なのか、編集・編纂している場で「書かれる歌」なのかの弁別が重要と考えられる。これら三つの場合に、歌は声に出して歌われていたのかを截然としながら考察していく。

まず、家持が二十二歳頃の天平十一年の「仏前の唱歌一首」（8・一五九四）を糸口に、この場が、音楽と歌に満ちていることを示す。

次に、第八章でも触れた近代まで、作品が読まれるときに、音読されていたことが、日本に限らず広く行われていたことを述べる。また、万葉歌は、受け手によって、声を出して歌われる形で読まれていた状況を詳述する。第八章と重なる面もあるが、両論によって、諒解される面が多くなると考える。

続いて、『桂本　万葉集』の様態、官僚万葉歌人が学んだ経典や『文選』の形式、そして万葉時代と重なる、歌が書かれた木簡の様子という多方面からの検証を行う。これにより、万葉時代、歌は縦書きで連続書きされ、『万葉集』に採録される「書かれる歌」であるときには、一六文字で折り返されて筆録されていたものである可能性があることを論ずる。

最後に送り手が新たに歌を制作し（もしくは過去に制作された歌を）披露する（届ける）場合としての「詠まれる歌」を考察する。先の「仏前の唱歌」の「唱歌」の厳密な意味の考察や、第八章でも示した万葉三期の吉田宜の例も挙げながら、宴席歌はもとより、書簡や歌の贈答といった場合にも、送り手によって「詠まれる歌」は、声を発していたことを論ずる。


第九章「都が讃美される歌――『藤原宮役民作歌論』――」は、前第八章とその補論で考察した「詠まれる歌」の実演として、歌の受け手が理解できる歌を制作していることを念頭におきながら、「藤原宮の役民の作れる歌」（1・五〇）について論じる。この歌は、家持が、内舎人として聖武天皇に仕え久邇京讃歌（6・一〇三七）を作った、約五十年前、藤原京を讃美し、披露された。その「詠まれる歌」に関する「歌学」を論じたものとなる。

当該歌は、通説として「我がつくる」以下「新代」までの九句が、「泉川」を導く長大な序をなし、さらに、この序の中の「我がつくる」から「寄し巨勢道」の「寄し」までが、「こせ」という願望を表す下二段の助動詞から地名「巨勢」を導く序となるとしている。つまり、大序の中に小序が含まれる構造となる。この讃歌を耳にした享受者（歌の受け手）持統一行は、長大で複雑な序を含む内容を、通説のまま理解することは難しいことを明らかにする。

そこから「我が国に」以下の九句は、大序の中に小序が含まれると考えるよりも、「……知らぬ国　寄し巨勢道より」という序と被序詞が、「……新ら代と　泉の河に」という序と被序詞を直接呼び起こす対関係にあるものと考えられることを、「巨勢道」を詳細に検討することから指摘していく。

そのことにより、当該歌が、役民による木材運搬の実際の経路をトレースせずに、淀川から瀬戸内海に出て、紀ノ川から「巨勢道」を経由するという長大な表現をとるものであることを示していく。そこから、当該歌は、神である天皇の神意の偉大さを描く意図により、「巨勢道」という実際の経路と大きくはずれた経路を役民が運ぶものと、あえて表現したものと考えられることを明らかにする。つまり「役民作歌」は、長大で複雑な序詞ではなく、二つの序詞とそれに挟まれた形の挿入句という明快な構造を持ち、披露された場で、明確にその讃美性が、享受者の耳に響くものであった蓋然性が高いことを示していく。

第十章「『万葉集』と東アジアの恋愛詩」では、大伴家持が、作歌をする上で、影響を受けていた『詩経』や『玉台新詠』といった、東アジアの恋愛詩と『万葉集』との関係を明らかにしていく。

まず、『詩経』の冒頭「関雎（かんしょ）」と『万葉集』冒頭の雄略御製との共通点に注目する。どちらも春の菜摘歌であり、男が菜摘をする女に恋し、形式は菜摘を通じて展開し、主人公は国を支配する君主あるいは天皇を指すものであることを示す。この類同性は、日本初の和歌集『万葉集』の編纂にあたった古代官僚が、時空を離れた中国古代の詩集『詩経』を範に仰ごうとしたものであることを指摘する。「関雎」は、『毛伝鄭箋』が示したように、夫唱婦随の夫婦関係を述べ、ひいては帝徳が遍く天下に行きわたった、理想の国家統治となることを意味するものとして理解することを求められていた。日本の古代官僚は、この『詩経』の理解のもとに、「籠もよ　み籠持ち……」という歌を『万葉集』の冒頭に選び出した。本来「相聞」に収められるものを理想の王権統治を表す「雑歌」として再解釈し、『万葉集』冒頭に配したことを明らかにする。

次に日本官僚の必読の書『文選』と『万葉集』との関係を探る。『万葉集』の恋愛を意味する「相聞」に収められた柿本人麻呂の「石見相聞歌」に象徴的な長歌体の恋愛詩は、その成り立ちから、李善注『文選』との関わりを持って成立していたことを論ずる。

続けて歌人笠金村の相聞歌（4・五四三）のような万葉第三期になると、女性に仮託して男性が詠む『玉台新詠』に見られる情歌を下敷きにしたものが作られるようになることを詳述する。

万葉第四期になると、「相聞」長歌は、田辺福麻呂によってさらに展開がなされる。福麻呂歌（9・一七九二）は、「閨怨詩」の虚構性と離居の嘆きを利用しながら、恋愛の相手になかなか逢わない男の言い訳を、離居を嘆くことをことさら強調することによって楽しむ、宴席歌として展開してみせていることを指摘する。和歌集『万葉集』が、『詩経』の国風や『玉台新詠』などを当代的な理解によって吸収しつつ、万葉内部で独自の展開を見せていることを論じていく。

注

（1）ジェラール・ジュネット著・和泉涼一郎訳『パランプセスト　第二次の文学』（水声社　一九九五年　原著一九八二年）。同『スイユ　テクストから書物へ』（水声社　二〇〇一年　原著一九八七年）。トークィル・ダシー著・品田悦一・北村礼子訳『万葉集と帝国的想像』（花鳥社　二〇二三年　原著二〇一四年）。

（2）犬飼隆・和田明美編著『万葉人の声』（青簡舎　二〇一五年）は、「うたうＣＤ」付で、詠唱法についても詳しく参考になる。

第一章　巻八の夏雑歌群

一　はじめに——特異な題詞

大伴家持の霍公鳥（ほととぎす）の歌一首

卯（う）の花もいまださかねば霍公鳥佐保（さほ）の山辺（やまへ）に来鳴き響（とよ）もす（8・一四七七）

大伴家持の橘の歌一首

わが屋前（やど）の花橘の何時（いつ）しかも珠（たま）に貫（ぬ）くべくその実なりなむ（一四七八）

大伴家持の晩蝉（ひぐらし）の歌一首

隠（こも）りのみ居れば欝悒（いぶせ）み慰（なぐさ）むと出で立ち聞けば来鳴く晩蝉（ひぐらし）（一四七九）

大伴家持の唐棣(はねず)の花の歌一首

夏まけて咲きたる唐棣(はねず)ひさかたの雨うち降ればうつろひなむか（一四八五）

大伴家持の霍公鳥の晩(おそ)く喧(な)くを恨みたる歌二首

わが屋前(やど)の花橘を霍公鳥来鳴かず地(つち)に散らしてむとか（一四八六）

霍公鳥思はずありき木(こ)の暗(くれ)のかくなるまでになにか来鳴かぬ（一四八七）

大伴家持の霍公鳥を懽(よろこ)びたる歌一首

何処(いづく)には鳴きもしにけむ霍公鳥吾家(わぎへ)の里に今日のみそ鳴く（一四八八）

大伴家持の橘の花を惜しめる歌一首

わが屋前(やど)の花橘は散り過ぎて珠(たま)に貫(ぬ)くべく実になりにけり（一四八九）

大伴家持の霍公鳥の歌一首

霍公鳥待てど来鳴かず菖蒲草(あやめぐさ)玉に貫く日をいまだ遠みか（一四九〇）

大伴家持の、雨の日に霍公鳥の喧(な)くを聞ける歌一首

卯の花の過ぎば惜しみか霍公鳥雨間もおかず此間ゆ鳴き渡る（一四九一）

大伴家持の霍公鳥の歌二首

夏山の木末の繁に霍公鳥鳴き響むなる声の遥けさ（一四九四）

あしひきの木の間立ち潜く霍公鳥かく聞きそめて後恋ひむかも（一四九五）

大伴家持の石竹の花の歌一首

わが屋前の瞿麦の花盛りなり手折りて一目見せむ児もがも（一四九六）

巻八夏雑歌は、一四六五の藤原夫人の歌から一四九七の高橋虫麻呂歌集歌までの三三首である。そのうち霍公鳥を詠んだ歌が二六首で大部分を占める。家持の歌は、右の一三首で、うち八首が霍公鳥で占められる。つまり、巻八夏雑歌で霍公鳥を詠み込まない残りの七首のうち、五首までが家持の歌ということになる。家持以外の二首は、山部赤人（一四七一　藤波）と遊行女婦（一四九二　橘）によるもので、藤波も橘も夏の景物としては、めずらしいものではない。家持の五首の中にも橘が二首[1]詠まれており、集中の橘の全用例の三八パーセント（七六例のうち二九例）を占める家持の橘愛好の詠みぶりとを考え合わせると、夏雑歌に組み入れられるのは頷かれる。

残る三首は、その漢文題詞の「晩蝉歌」「唐棣花歌」「石竹花歌」が、それぞれ集中孤例で、他と傾向を異にする。芳賀紀雄氏は、このうち「晩蝉歌」「石竹花歌」の題詞は、例えば「賦シ二得タリ寒樹晩蝉疎ナルヲ一」（陳張正見『芸文類聚』、『初学記』）に見られるような、漢籍の詠物詩題の直接的な摂取によるものであるとした。また「唐棣花歌」も、詠物詩題に直接または準じたものはないが、「家持が詠物の態度によって、独自に素材化したというところに帰着する」と述べている。[2]

この題詞を異にする三題の景物のうち、「唐棣」は、いばら科の中国原産の落葉灌木ニワウメとする説、その変種ニワザクラとする説、もくれん科のモクレンとする説[3]など諸説あるが、結局未詳で、扱いを留保することとして、本稿では、「石竹花歌」と「晩蝉歌」とを取り上げて論ずることとする。

二　「石竹花歌」

「なでしこ」は集中題詞を含めて三二例（二七首）を数える。なでしこの花といえば、同じ巻八の秋雑歌所収の山上憶良の七草の歌にも「萩の花尾花葛花瞿麦の花　女郎花また藤袴朝貌の花」（8・一五三八）とあり、同秋相聞にも二首（一六一〇・一六一六）あるように、秋の景物として自明なようだが、当該一四九六歌や一五一〇歌（夏相聞）にも詠まれている。また、天平十一年六月に「亡りし、妾を悲傷びて作れる歌」（3・四六二）に詠み継がれた、

秋さらば見つつ思へと妹が植ゑし屋前の石竹咲きにけるかも（四六四）

もあり、周知のようになでしこの花をどの季節の景物とするかは揺れがある。

このなでしこの花が奈良で詠まれたもので、はっきりとした月日がわかるものがある。天平勝宝七歳（七五五）五月九日から十八日にかけてのもので、合計七首を数えるが、ここではそのうち四首を例として挙げてみよう。

わが背子が屋戸の石竹花日並べて雨は降れども色も変らず（20・四四四二　大原真人今城　九日）

ひさかたの雨は降りしく石竹花がいや初花に恋しき我が背（四四四三　大伴家持　九日）
わが屋戸に咲ける石竹花幣はせむゆめ花散るないやをちに咲け（四四四六　丹比国人真人　十一日）
幣しつつ君が生ほせる石竹花が花のみ訪はむ君ならなくに（四四四七　橘諸兄　十一日）

四四四三は、不惑を過ぎてもなお若々しい今城の様子をなでしこの花に込めて歌ったものであるが、家持が自邸の庭前に植え愛好した、そのなでしこを詠んだ今城の四四四二の歌に答えたものである。四四四六も左注に「左大臣を寿く歌」とあるもので、なでしこの花に橘諸兄を重ねたものでもある。四四四七は、それに「和ふる歌」となっている。いずれにせよ奈良の庭前のなでしこの花を眼前にしながらの作であることに間違いはなかろう。九日は夏至の三日後にあたり、またこの年の立秋は六月二十一日であり、(4)これらの歌が詠まれたのは明らかに真夏である。

家持は、実際に奈良で真夏に咲くのを目の当たりにし、自身もその夏のなでしこの花を詠んでいる。なでしこの花は、概念上も実体としても夏の景物としての認識もあったわけである。つとに言われているように、編纂論で考えるならば、巻八の編纂は数次にわたり、いくつかの資料から成り立っている。例えば、橋本達雄氏は、原形部・増補部・追補部の三資料に分かれるとしており、原形部が赤人資料、増補部は坂上郎女資料と家持資料、追補部も家持によるものであるとしている。(5)大方が認めるように、巻八のなでしこの花を詠んだそれぞれの部分の編纂者が家持であるとするならば、なでしこの花が夏・秋の両季節に振り分けられているのは、巻八の場合、その詠まれた季が家持にとって自明のものであったからであろうと考えられる。

ただ、巻八には実際に詠まれた季ではなく、歌中の節物季によって配されているものがある。「橘朝臣奈良麻呂、集宴を結べる歌十一首」（一五八一～一五九一）・「仏前の唱歌一首」（一五九四）・「大伴宿禰家持、時じき藤の花と萩の黄葉との二つの物を攀ぢて、坂上大嬢に贈る歌二首」（一六二七・一六二八）の三つである。それぞれ左注に「冬十月」「冬十月」「夏六月」とあるものが秋雑歌・秋雑歌・秋相聞に配されている。しかし、これらは早くに秋の節物として定着していた「黄葉」「萩」を歌中に含むことからその節物を分類の柱としたもので、季の定着していない「なでしこ」の花は、これと同列に語れない。しかも歌中に季を決定する要素がない場合、作歌時期から季を配するなど別のよりどころが必要となるのである。

巻八の夏・秋に収められた「なでしこ」の全用例は六首。当該一四九六と先の憶良の一五三八を除いた四首の中で、家持の贈答歌が二首である。夏相聞に収められた、

瞿麦は咲きて散りぬと人は言へどわが標めし野の花にあらめやも（一五一〇）

は、家持が紀女郎に贈ったもので、秋相聞の一首は、

朝ごとにわが見る屋戸の瞿麦が花にも君はありこせぬかも（一六一六）

笠女郎が家持に贈ったものとなる。季を詠み込んだものが、秋相聞の一首となる。丹生女王が家持の父旅人に贈ったもので、

高円の秋の野の上の瞿麦の花　うらわかみ人のかざしし瞿麦の花（一六一〇）

とある。残りの一首は、「典鋳正紀朝臣鹿人の、衛門大尉大伴宿禰稲公の跡見庄に至りて作る歌一首」と題される左の一首、

射目立てて跡見の岳辺の瞿麦が花　総手折りわれは行きなむ寧楽人の為（一五四九）

である。紀鹿人は、家持とも贈答の多い紀女郎の父であり、大伴家周辺の歌人と言ってよい。大伴稲公は、家持の父旅人の異母弟にあたり、跡見の庄は、大伴家の荘園である。秋の収穫時、大伴氏所領監督の際の宴席歌とも

思われ、家持には、作歌時期は容易に判断できたのであろう。

巻八と同様に四季の雑歌相聞分類がなされる巻十において、「なでしこ」の花は、夏の季の景物として詠まれている。全三首の中で「野辺見れば瞿麦(なでしこ)が花咲きにけりわが待つ秋は近づくらしも」（一九七二　夏雑歌）を除く二首、

見渡せば向(むか)ひの野辺(のへ)の石竹(なでしこ)が散らまく惜しも雨な降りそね（一九七〇　夏雑歌）

隠りのみ恋ふれば苦し瞿麦(なでしこ)が花に咲き出よ朝(あさ)な朝(さ)な見む（一九九二　夏相聞）

は、歌がらから季を判断できない。だが、一九七〇は、一九六六から一〇首続く「花を詠む」歌群に収められたもので、この「花を詠む」は、伊藤『釈注』は、花橘を先立ててそれに四首が続く五首二群に分けられると言う。とすると一九七〇は、第一群の五首目にあたるもので、夏の季に収められて支障はない。一方一九九二も、同『釈注』は一九九〇の花橘に寄せた歌からはじまり一九九三まで続く、類同する表現の歌が続く一群のものとしている。巻十の主要な編纂者は、巻八と同様の分類がなされることから、つとに指摘されるようにほぼ家持であると考えて良いだろう。ここでも家持は、夏に詠まれたという実体に即して分類したことになる。

三　「晩蝉歌」

一四七九に詠まれた「ひぐらし」も集中夏・秋の両季に詠まれている。先の「なでしこ」同様に、家持が、季の定まっていない「ひぐらし」を、資料の実際に詠まれた季節に即して分類し、万葉集はそう読ませたのではないかという予想はできる。

「ひぐらし」は、集中一〇例で、九首と当該一四七九の題詞一例が見られる。うち確実な期日がわかるのは、天平十八年の越中の大伴家持宅での集宴歌、

日晩(ひぐらし)の鳴きぬる時は女郎花(をみなへし)咲きたる野辺を行きつつ見べし（17・三九五一　秦八千島）

で、題詞から八月七日と知られる。また、実際に夏に詠まれたものと考えられる遣新羅使の歌が残されている。

夕さればひぐらし来鳴く生駒山越えてそ吾(あ)が来る妹が目を欲(ほ)り（15・三五八九　秦間満）

この歌は、出発の前に、奈良に一時帰宅した折のもので、この天平八年の遣新羅使の難波出港は、目録から六月と知られる。同じ遣新羅使歌群の歌に、「安芸国の長門の島にして磯辺に船泊(ふなはて)して作る歌」と題される、

恋繁(しげ)み慰めかねてひぐらしの鳴く島陰(かげ)に廬(いほ)りするかも（三六二〇）

もある。伊藤博氏は、この歌を六月十二日の作と推定する（『釈注』）。伊藤氏の推定は『続日本紀』による歴代遣新羅使の記録や吉井『全注』巻第十五の考証、『本朝文粋』所収の舟船海行について記した三善清行「意見十二箇条」などを踏まえた丁寧なものである。十二日と特定できるかはともかく、その頃の作である蓋然性は高い。とすると三六二〇も夏のものとなる。

とすると、やはり家持は、実際詠まれた季にあわせて、当該一四七九を夏雑歌とした、それだけであろうか。やはり「晩蝉歌」という題詞が気になる。

前述のように、「晩蝉歌」は、中国詠物詩題の直接摂取によるものと考えられた。芳賀前掲論文は、先にその漢籍の例としてとりあげた「賦シ二得タリ寒樹晩蝉疎ナルヲ一」は本文に「寒蝉噪ギ二楊柳ニ一　朔吹犯ツ二梧桐ヲ一……　還ホ因リ二揺落セル処ニ一　寂寞尽ク二秋風ニ一」とあり、「晩蝉」は「寒蝉」の語で置き換えられており、「寒蝉」の『礼記』月令に「孟秋之月……涼風至、白露降、寒蝉鳴」を俟つまでもなく、秋の節物であったと述べて

いる。

　ところで、家持が、中国伝来の暦法に敏感であったことは、様々に述べられており、早く関守次男氏は、暦法知識の普及が季節の推移や四季の景物を作歌する態度に結びつき、大伴家持がその中心となっていると指摘している(6)。また、横井博氏は、左注や題詞にある「立夏・立秋」と景物との関係に注目し、季と景物を結びつけようとする、勅撰集時代における景物の固定化の道程であると述べている(7)。橋本達雄氏は、大伴家持が暦法に多大な関心を持ち、二十四節気を作歌動機とする歌々があることを、内田正男編『日本暦日原典』を駆使しながら、詳細に述べている(8)。

　このように中国伝来の暦法を強く意識していた家持が、単に作歌時期に即して当該一四七九を夏雑歌に編入したとは、とても考えられない。当時進士必読の書とされていた李善注『文選』にも「寒蟬」の語は多数見られ、「寒蟬」には、ほとんどの部分に「禮記曰　孟秋寒蟬鳴」という月令の文言が注されている。家持がこのことを知らなかったとは到底考えられない。家持には「孟秋」の節物である「晩蟬」を夏に編入する必然性が、そこにはあったはずである。

四　微妙な暦日への感興

　ところで、当該一四七九に非常に似た歌が、同じ巻八に収められている。

　雨隠（あまごも）り情（こころ）欝悒（いぶせ）み出で見れば春日（かすが）の山は色づきにけり（一五六八）

「隠り」「欝悒み」を同じくし、それを原因理由として、当該一四七九は「聞けば」一五六八「見れば」という聴覚視覚の違いはあるものの、双方とも「出で」と外に出て節物に接している。一五六八も実は家持の歌である。「家持の秋の歌四首」と題される連作で、左注に「天平八年丙子の秋九月に作る」と作歌年代が示されるものの第三首である。

当該歌との先後関係について、伊藤『釈注』は理由を示さないものの、当該歌は「一五六八よりは先立つ時期の詠と思われる」としている。橋本達雄氏にも興味深い指摘がある。橋本氏はこの四首には、「主題を重層・連鎖させながら時間的に推移させてゆくところに大きな特徴があり、これまで誰も試みなかった独創性を持った連作であ」るとしている。続けて「より整然とした大規模な形をとって完成される」三年後の天平十一年（六月）の亡妾悲傷歌（3・四六二～四七四）の「先駆をなす家持最初の連作であることも、新歌境を託し得た作品内容とともに家持にとっては年月を明記するに足りる記念すべき作品であった」と述べている。[9] また当該歌について窪田『評釈』は「境地の叙述によって、蜩のもたらす気分を現さうとしたのは要を得たことであるが、その叙述が綿密に過ぎて、それだけで独立してゐる如き感を起させる。総合力が伴ひかねたのである」と評する。この評も考え合わせるならば、当該歌は、天平八年と初めて作歌時期を示すほど家持に画期をなす「秋の四首」に至るまでの歌で、天平四、五年の作歌のスタートから、八年秋九月の間の作ととるのが最も自然なものとなろう。

では、いつ頃作られた歌であったのだろうか。

結論を先んずるならば、本書筆者は、天平七年七月初旬の作であると考える。この年の七月初旬は、月の上では、すでに「孟秋」となってはいるが、節気の上では、秋を迎えていない。この年の立秋は七月十一日なのである。[10] 家持は、この季が重なる微妙な暦への感興をこの歌に託しているのではないだろうか。

当該歌に用いられた「いぶせし」は、集中一〇例見られ、その半数を家持が占める。残りの五首のうち、作者がわかるものは、一八〇九の虫麻呂歌集のものだけで、あとは、巻十・二二六三、十一・二七二〇、十二・二九四九、二九九一の作者未詳歌四首のみであり、家持が特に好んで用いた心情語である。「いぶせし」は、その原因を示さない当該歌を除いてすべて恋に基づいており、当該歌も家持の他の作品から帰納すると、きわめて相似た心境を歌っている。[11] また当該一四七九を含めて集中四例の「隠りのみ」も「隠りのみ恋ひつつあるに」（2・二〇七）、「隠りのみ恋ふれば苦し」（10・一九九二、16・三八〇三）というように、三例すべて相手を「恋ふ」状況を示している。当該歌「隠りのみ居れば」も恋情を抱えながら会えないでいる状況を示していると思われる。家持は、恋の思いを抱えながらの蟄居の欝情を晴らそうとして外に出た。そこに出し抜けに鳴く「ひぐらし」を聞くことによって、孟秋立秋前の暦日を意識したのであろう。感動の中心はもちろん「ひぐらし」にある。だからこそ「晩蝉」と自ら題し、夏雑歌に収めたのであろう。

この二季が重なる微妙な暦日への注目は、少しく先述した、十一年の亡妾悲傷歌群（3・四六二〜四七四）にも実は見られる。その第一首、

十一年己卯の夏六月に、大伴宿禰家持の亡りし、妾を悲傷びて作れる歌一首

今よりは秋風寒く吹きなむをいかにか独り長き夜を宿む（四六二）

の「夏六月」という題詞と「秋風寒く」という歌の表現との間の違和感ある関係は、古注釈ではほとんど注意が払われていない。最近の注釈書でも、陰暦夏六月は秋七月の直前なので暦による季節感でこのように表現したというような、要領を得ない注が付されている程度である（『集成』『釈注』『和歌文学大系』など）。書持の唱和歌（四六三）を間に挟んで続く前述した「また、家持の、砌の上の瞿麦が花を見て作る歌一首」（四六四）も生前の妹のことばにあった、瞿麦の花咲き、秋が到来してしまったかのようにも思われる。

実は、この天平十一年は六月の二十四日に立秋を迎えており、[12] 廣岡義隆氏が暦日と歌の内容を詳しく吟味した上で指摘するように、[13] 四六二・四六四はこの頃に詠まれたのではなかろうか。六月に「秋風寒く」という一見解せない表現も、立秋を意識したものであるとするならば理解できるものである。「今より」というまさにこの日から秋であるかのような歌いようや、「寒く吹きなむ」という「む」によって未来推量されるこれから到来する秋の肌寒さは、立秋の日でありながらまだ孟秋七月を迎えていない微妙な暦日をみごとに表現したものと言えよう。

続く四六五、

うつせみの世は常なしと知るものを秋風寒み思ひつるかも

は、題詞に「朔移りて後に秋風を悲しび嘆きて家持の作れる歌一首」とあるように、月が七月に変わったことだけではなく「朔移り」と「朔」の表記がなされ、「一日（朔）」という日にこだわって題している。立秋から月変わりまでは、六日で、時の推移と作品の配列との間には矛盾がない。秋風の表現も、四六二の「秋風寒くなりなむ」から「秋風寒み」へと、孟秋を迎えた秋風の寒さを既定のものとしている。節気としては既に立秋によって迎えていた秋が「朔」によって暦日として完全な秋を迎えたものとみての表現であろう。

五　むすび

家持の暦法への関心は、巻八夏雑歌中の天平七年頃の歌にすでに表れていた。それは、巻十七以降の天平十七年以降の歌々で指摘される二十四節気に顕著に示される暦法意識の萌芽がそこに見られるということではなかろう。「晩蝉歌」一四七九では、すでに二つの季節が重なる微妙な暦日自体への感興が作歌のモチーフとなっており、これは、十一年の亡妾悲傷歌へと受け継がれていくものとなっているのである。

また「晩蝉歌」と類歌をなす前掲一五六八について橋本達雄氏は、「陰鬱な雨に降りこめられて恋愛上の欲求不満にさいなまれ、ふさぎこんでいる微妙な心の陰影まで表現し得ている」とし、「後年の傑作『春の野に霞たなびきうら悲し……』(19・四二九〇)以下三首の繊細な心のかげりや感傷に通ずる歌境をはやくも見せているといってよい」[14]と述べている。一四七九に対して、早く窪田『評釈』が「家持の歌風、持ち味ともいふべきものが、ややはつきりし出して来てゐる作として、此の歌は注意される」と評しているように、恋情蟄居の鬱情と節物の直接的な結合という点でパラレルな関係にある「晩蝉歌」に対しても、橋本氏の指摘をそのまま移し、当てはめることも、あながち不可能ではなかろう。

「晩蝉歌」に表現された、暦日に対する鋭敏な感覚と鬱屈した心情を細やかに切り取って表現する感受性とは、連作的歌群(亡妾悲傷歌群)や連作(秋の歌四首)の中でまず大きく開花する。そしてさらに、暦日に対する鋭敏な意識の方は、天平十七年以降、細かく記された題詞や左注とあいまって、明確なものとして集中に刻まれていく。一方家持の微妙な鬱情は、「昇華」「内省化」[15]されたものとして絶唱三首(19・四二九〇〜四二九二)に結実していく。

従来あまり注目されることがなかった巻八の家持の夏雑歌であるが、家持の表現史とその根底をなす作歌意識を考える上で、看過することができない歌が含まれているのである。

注

(1) 橋本達雄「橘讃歌とその周辺」(『大伴家持作品論攷』塙書房　一九八五年　初出一九八〇年八月)。

（2）芳賀紀雄「歌人の出発——家持の初期詠物歌——」（『万葉集における中国文学の受容』塙書房　二〇〇三年　初出一九八〇年九月）。

（3）『万葉集事典』（有精堂　一九七五年）、『和歌植物表現辞典』（東京堂出版　一九九四年）。

（4）湯浅吉美編『日本暦日便覧』（汲古書院　一九八八年）。

（5）橋本達雄「万葉集編纂の一過程」（『万葉集の編纂と形成』笠間書院　二〇〇六年　初出一九八八年十一月）。

（6）関守次男「家持の季節感と暦法意識」（『和歌文学釈考』笠間書院　一九七九年　初出一九六四年四月）。

（7）横井博「万葉集の季節歌と季節語」（『万葉集を学ぶ』第五集　有斐閣　一九七八年）。

（8）橋本達雄「大伴家持と二十四節気」（『万葉集の作品と歌風』笠間書院　一九九一年　初出一九八七年十二月）。

（9）橋本達雄「秋の歌四首の創造」（『大伴家持作品論攷』塙書房　一九八五年　初出一九七九年九月）。

（10）前掲湯浅注（4）。

（11）前掲橋本注（9）。

（12）前掲湯浅注（4）。

（13）廣岡義隆「家持の亡妾悲傷歌」（『万葉形成通論』和泉書院　二〇二〇年　初出一九九三年五月）。

（14）前掲橋本注（9）。

（15）橋本達雄「悽惆の意」（『大伴家持作品論攷』塙書房　一九八五年　初出一九八二年十一月）。

第二章　大伴書持と大伴家持との贈報歌群

一　はじめに

『万葉集』巻十七には、若き日の大伴家持と弟の大伴書持（ふみもち）との間で交わされた、霍公鳥（ほととぎす）をめぐっての連続する和歌の贈報（＝贈答）の歌群が収載されている。天平十三年四月、このとき家持は、二十四歳。書持の生年を記した書はなく、『万葉集』にのみ、その名が記されている。その贈報のやりとりは、左のように贈歌（17・三九〇九①・三九一〇②）と報歌（三九一一③〜三九一三⑤）とによって構成される。贈答ではなく「贈報」としたのは、書持歌の左注に「贈れり」（原文は漢文で「贈」）と記され、家持歌の左注に「報へ送れり」（同「報送」）とされていることからである。

霍公鳥を詠める歌二首

①橘は常花にもが霍公鳥住むと来鳴かば聞かぬ日無けむ（17・三九〇九）
②珠に貫く楝を家に植ゑたらば山霍公鳥離れず来むかも（三九一〇）
　右は、四月二日に、大伴宿禰書持、奈良の宅より兄家持に贈れり。

　橙橘初めて咲き、霍鳥飜り嚶く。この時候に対ひて、詎ぞ志を暢べざらむ。因りて三首の短歌を作りて、欝結の緒を散らさまくのみ。
③あしひきの山辺に居れば霍公鳥木の間立ちくき鳴かぬ日はなし（三九一一）
④霍公鳥何の心そ橘の玉貫く月し来鳴きとよむる（三九一二）
⑤霍公鳥楝の枝に行きて居ば花は散らむな珠と見るまで（三九一三）
　右は、四月三日に、内舎人大伴宿禰家持、久邇の京より弟書持に報へ送れり。

この歌群についての研究史は新しく、総合的な研究論文も、未だ十指を満たない。
試みに年代を隔する三論を挙げてみると、当該歌列研究の嚆矢をなす鈴木武晴論（一九八八年）は、主に家持と坂上大嬢との贈答歌などとの類同性をもとに論を進め、書持贈歌は「奈良に留まる坂上大嬢の立場になりきるようにして、家持をほととぎすになぞらえ家持への思慕の情を述べ」たものであるとする。また家持の報歌も「妻坂上大嬢の留まる奈良への望郷の思いと深く関わる」「欝結の緒」を歌によって晴らすものであるとする。(1)
　ほぼ十年後の鉄野昌弘論（一九九七年）は、外部徴証としての歴史的な状況も組み込みながら、書持の二首は「平城京に取り残された書持」が、「霍公鳥以外に向き合う相手の居ない自己の状況とその孤独感を語る歌」であるとする。また家持の報歌は、いつ果てるとも知れない山住まいの閉塞的な現在の欝結を散じようとする営為である旨述べている。(2)

近時の松田聡論（二〇一六年）は、霍公鳥の常住を願う書持の贈歌に対して、家持報歌は、久邇京では霍公鳥が四月に鳴いており、霍公鳥が鳴くのは「橘の玉貫く月」（＝五月）だけではないと、家持は通念に疑問を呈していると論じている。そして、これが歌日記における四月に鳴く霍公鳥という概念へと受け継がれていくとしている。(3)

このように、贈と報との関係から歌群を解き明かそうとはしているものの、歌群理解が、一つの理解の方向に収斂されつつあるとは考えられない。はたしてこの歌群から総合的に形象化されるものは、いかなるものなのであろうか。

二　パラテクストが描き出す世界

当該部分に対して、当然のように「歌群」という語を用いてきた。しかし、そもそも①〜⑤が書持と家持との贈報としての「歌群」をなすと諒解されるのは、歌に付された「左注」によるものである。一方、贈歌が二首で報歌が三首であることは、それぞれの「題詞」が保証するものとなっている。このような「題詞」や「左注」といった本文以外の二次的な情報（パラテクスト＝paratext）を取り去ってしまうと、当該①〜⑤の「歌列」——仮に「歌列」と呼ぶならば——について確実に言えることは、霍公鳥を共有して配列された部分であることに限られるであろう。また、霍公鳥が鳴くか否かの問題や、「楝」という他に用例が少ない語（集中四例）が用いられたり、「山辺」「山霍公鳥」など対応する表現が見られることにより、当該部分から有機的な関係の匂いを嗅ぎ取ることまでが理解できるに過ぎない。

右に述べたパラテクストとは、ジェラール・ジュネットが、文学作品の本文以外のタイトル・序文・挿絵などについて名づけた用語である。パラテクストは、テクストにある種の（可変的な）囲いを、そして時には公式もしくは非公式の、ある注釈を与えるものであるとしている。[4] トークィル・ダシー氏は、パラテクスト理論を万葉集に適応して、

万葉歌の文学的解読を、題詞や左注などのパラテクスト的要素や、歌集としての編成や配列にまで拡張するとき『万葉集』において歌々がどう組織されているか、また巨視的に見てそこにどういう意義があるかといった、新たな諸問題も射程に入ってくるだろう。[5]

と述べている。まさに当該「歌列」は、「題詞」と「左注」といった、いわば縦枠（「題詞」）と横枠（「左注」）の二つのパラテクストによって枠取られることで、「歌群」をなしている部分である。とするならば、縦枠によって束ねられる世界と横枠によって束ねられる世界、それらの相互から枠取られる世界を丹念に分析することから、当該贈報「歌群」によって、万葉集が語ろうとしているものを浮かび上がらせることが可能になると考えられる。

三　パラテクスト「四月二日」に枠取られる世界

すぐに気づかされるのは、いわば横枠のパラテクスト「左注」は、

右は、四月二日に、　大伴宿禰書持、奈良の宅より兄家持に　贈れり。（②左注）

右は、四月三日に、内舎人（うどねり）大伴宿禰家持、久邇（くに）の京（みやこ）より弟書持（ふみもち）に　報（こた）へ送れり。（⑤左注）

のように、a日付、b職名、c公的な氏・姓・名、d作歌場所、e兄弟関係、d贈報関係が精緻に対応しているということである。①・②と③〜⑤とを対(つい)して読め、と万葉集は述べていることとなる。唯一対応していない部分は、家持には、「内舎人」とb職名が付されており、書持にはそれがない。「内舎人」とは、天皇に近侍し、身辺の世話や警護をする役人である。通常二十一歳から出仕する。が、家持は、十七歳から出仕していたと考えられている。(6) 家持は、従二位の大納言で亡くなった大伴旅人の子である。このような権門の子弟の場合、十七歳頃から出仕が可能な「自身出身」という制度があった。この制度を利用すると、より早くに叙位を受けられたためである。書持には「内舎人」や他の職名がない。先に「書持の生年を記した書はな」いとは述べた。しかし、この左注どうしの整然とした対応関係から考えるならば、書持は、無職無位で十七歳に満ちていなかった可能性が読み取れる。また、「自身出身」していなかった可能性もなくはない。このため、dのように大伴家持が聖武に従い久邇(くに)京にあるのとは異なり、書持は奈良の宅にあったものと考えられる。

まずパラテクストが括る日付aの「四月二日(家持の報送は三日)」を糸口として考えていこう。当該天平十三年の四月は、天平十年の閏七月以来の閏月である閏三月を挟んでの四月である。立夏は現在の五月七日にあたる閏三月十四日。この四月二日は、立夏から十七日後で、現在の五月二十四日にあたる。(7) なお、現在の五月二十日にあたるとしている注釈・論文も多いが、これは、ユリウス暦での計算と思われ、現行太陽暦(グレゴリオ暦)はユリウス暦に四日を足したもので、『私注』や『全歌講義』も採る「五月二十四日」が現行太陽暦に近いものと考える。

さて、先に述べたように、当該五首にはすべて霍公鳥が詠まれている。また縦枠のパラテクストである題詞も、書持歌はまさに「霍公鳥を詠める歌二首(詠霍公鳥歌二首)」と題詠であることを示し、大伴家持歌の序文をなす題詞にも霍公鳥を「霍鳥」として組み込んでいる。「霍鳥」は、温故堂本や細井本は、「霍公鳥」となっているが、橋本『全注』が言うように、直前の「橙橘初咲」と「霍鳥飜嚶」とが四句で対句とするために「公」が省かれたものと考えられる。当該歌群の主題は紛れもなく霍公鳥である。

ではその霍公鳥は、現在の五月二十四日ごろ、いかなる鳴き方をしていたのであろうか。万葉時代の動物についての基本図書である、東光治『万葉動物考』は、霍公鳥について、

春渡来した許りの間は声も小さいし、あまり鳴かないから、聞き慣れぬものには時鳥の声とはちよつと判断し難い。一般の人々がその鳴声を認識するのは大抵五月十日前後からである。夜中から夜明けにかけて村や町の大空を鳴き渡るのは通常五月中頃から六月にかけてであつて、七月から八月初めにかけては専ら深い山中で鳴く様になる。八月末になると姿は見せても声は立てない。(8)

と述べている。氏の言に従うならば、当該時は霍公鳥の鳴き声が認識されてから半月近く経っていることとなる。また、この歌群に二首の年代未詳歌を挟んで三年後の家持作による「十六年の四月五日に、独り平城の旧き宅に居りて作れる歌六首」と題された歌が続く(三九一六〜三九二一)。この十六年の四月五日は、現在の五月二十五日にあたり、③〜⑤の家持の報送が詠まれた日と同日になる。その歌には、

橘のにほへる香かも霍公鳥鳴く夜の雨に移ろひぬらむ(17・三九一六)

霍公鳥夜声なつかし網ささば花は過ぐとも離れずか鳴かむ(三九一七)

のように、橘の花が咲き、「移ろひ」「過ぐ」のことばから、盛りを過ぎている感じを漂わせる中に霍公鳥の鳴き声が響いている様子が、まず歌われていることがわかる。続く三首目は、

橘のにほへる園に霍公鳥鳴くと人告ぐ網ささましを(三九一八)

右のように、「園」――ここでは他の家の庭園――に霍公鳥が鳴くことが告げられるものである。つまり平城では鳴いているが、家持宅では鳴いていない内容となっている。続く二首には、

青丹よし奈良の都は古りぬれど本霍公鳥鳴かずあらなくに（三九一九）

鶉鳴き古しと人は思へれど花橘のにほふこの屋戸（三九二〇）

のように「古り」「古し」が詠み込まれている。これらの歌は、当日の実景を描写することが主眼となっていないのであろう。むしろ、時の景を詠み込みながら、題詞「平城の旧き宅に居り」にあるように、なんとかその旧都平城を褒める歌を創造しようとしたものと考えられる。(9)とは言うものの、明らかに霍公鳥が鳴く時期であり、平城京にやって来ては鳴き、時には周囲にやって来ては鳴くものの、大伴邸（＝書持宅）内では鳴いていない、そんな時期であったことの証左と言えよう。

次に、霍公鳥との取り合わせで詠まれることが多く、当該①・④でも詠まれている「橘」を、霍公鳥も含めつつ考察してみよう。

家持が坂上大嬢との関係を復活させた翌年、天平十二年頃の作とされる左の歌では、

大伴家持の橘の花を攀ぢて坂上大嬢に贈れる歌一首并せて短歌

いかといかと　あるわが屋前に　百枝さし　生ふる橘　玉に貫く　五月を近み　あえぬがに　花咲きにけり　朝に日に　出で見るごとに　息の緒に　わが思ふ妹に　真澄鏡　清き月夜に　ただ一目　見するまでには　散りこすな　ゆめといひつつ　ここだくも　わが守るものを　慨きや　醜霍公鳥　暁の　うら悲しきに　追へど追へど　なほし来鳴きて　徒らに　地に散らせば　術を無み　攀ぢて手折りつ　見ませ吾妹子（8・一五〇七）

反歌

十五夜降ち清き月夜に吾妹子に見せむと思ひし屋前の橘（一五〇八）

妹が見て後も鳴かなむ霍公鳥花橘を地に散らしつ（一五〇九）

まず冒頭長歌では、家持邸の庭に植えられた橘が、五月が近いので、「あえぬがに」（＝こぼれ落ちるほどに）咲き誇っている様を歌う。続いてそれを大嬢に一目見せようとするが、霍公鳥が盛んにやって来ては、花を散らす様子も語られている。そしてなんとか大嬢に見せるために花橘を「攀ぢて手折り」贈るのだとして、長歌を歌い納めている。

『代匠記』（初稿本）はこの部分について「橘をは五月といひたれと、今は年によりて、三月の末にもさき、大やう四月の中旬には咲きはて侍り。かゝる事も昔とはかはり侍るにや」と指摘している。契沖は、自身の実感よりもこの家持歌の花橘をかなり遅いものと捉えていたようである。後に述べるように、橘は五月と取り合わせて歌われることも多いものであり、契沖もこのことと「五月を近み」から、右のように述べたようにも思われる。

反歌一五〇八では、長歌で詠まれた「清き月夜」を「十五夜降ち清き月夜に」（＝十五夜過ぎの清らかで美しい月夜）と示し、「吾妹子に見せむと思ひし」（＝わが愛しい妻に見せようと思った）と述べている。この歌が詠まれた日を「十五夜降ち清き月夜」とするならば、例えば四月十六日頃を想定することも可能であろう。天平十二年のこの日は、立夏から十三日後で、現在の五月二十日となる。

現代の橘の開花時期について大越寛文氏は、論文「玉に貫く花橘」において、静岡県柑橘試験場の調査を紹介している。昭和三十一年（一九五六）から三十五年（一九六〇）までの五年間、判で押したように「開花が五月十六日、満開が五月十九日、そして咲き終わるのが五月二十二日」であることを紹介している。また柑橘の開花期が地域によってあまり相違がないこと、勤務先の徳島県でも同様な開花期であることも加えて述べている。[10]また、平山城児氏は、昭和五十二年（一九七七）、大宰府での花橘の時期を五月十日頃から二十日過ぎであることを記録している。[11]

これら現代の花橘の時期と巻八「大伴家持の橘の花を攀ぢりて……」から読み取れるその時期とは、大きく隔たりがないように思われる。

四　パラテクスト「霍公鳥を詠める歌二首」に枠取られる世界

では、当該歌群の冒頭①の橘は、いかなる状態にあったのであろうか。①の細かな解釈とともに考えていこう。早くに『古義』は、「花の盛によめりとはなけれど、何とかや、咲の最中によめりと聞こえて、今開始たる時に、よめるものとは思はれず」と述べている。鹿持雅澄は、この年の閏月を顧慮の外に置いて五月の間違いであるとしているが、満開に向かう時期の花としてとらえている。橋本『全注』は、「ほととぎすの鳴き声を酷愛するあまりに、橘の花が咲いたら必ず来て鳴くものとして、咲き初めた橘に対して、永久に咲いていてほしいと願う心である」とする。これは、家持歌の序文的題詞の「橙橘初めて咲き、霍鳥飜り嚶く」を基にしてのものと考えられる。また鉄野氏も橋本氏と同様に家持題詞を受け、「霍公鳥の方も、時期からすれば、書持も、既に初声を聞いていたと思われる」とする。さらに「聞かぬ日無けむ」という仮想表現もあるように、現実は「その来訪が絶え間がちであったことを表す」と論ずる。

しかし、「三」で先述した天平十二年頃の家持歌や現代の調査から帰納するならば、①の橘は盛りを過ぎ、散り始めている可能性もある。それゆえ書持は、「橘は常花（とこはな）にもが」といつも（散らずに）咲いていることを、願望の「もが」を用いて希求しているのではないだろうか。集中橘と霍公鳥の語が詠み込まれた歌は、一八首あり、落花を詠むものは、一一首を数える（うち家持が四首）。鉄野氏も、

> 花は、盛りよりも、落花を歌われることの方が多い。もとより落花の美しさを愛でてのことではあろうが、そこから、花期は短い花と認識されたと考えることも可能ではあろう。橘が落花すれば、霍公鳥は去って行くだろう。しかももし「常花」ならば、留まってくれるのではないか、と書持は思案するのである。

と、落花しないことを希求した歌である点を認めている。また巻十の作者未詳歌にも、

　橘の林を植ゑむ霍公鳥常に冬まで住み渡るがね（一九五八）

のように①と同想で「住み」も含んだ歌がある。書持は、この歌に見られるような発想を取り込み、自邸で橘が散り始める時期になっても鳴かないでいる霍公鳥がやってくるようにと、「常花」を持ち出し橘が散らないことを希求しているのではないか。古く『総釈』が「表現に拙い点がある」と述べて以来、「歌は理くつで、風趣に乏しい」（武田『全註釈』）、「幼稚な歌である」（『私注』）などと、評価が高くない当該①である。しかし、書持歌は、垂仁天皇が田道間守に命じて常世の国から持ち帰らせた「非時香菓」（紀）・「時じくのかくの木の実」（＝時を定めず常に輝く木の実・記）である橘の実について、その「非時」「時じく」を「常」と反転し、「実」を「花」に転換した表現でもある。また「橘の林を植ゑむ」という説明的な表現ではなく、「常花」二字の中に凝縮してみせている。しかも「常花」は集中一例の書持による造語で、一音表記をほとんどとする①の中で、原文も「常花」となっており、注意されるものである。

　当該書持歌は、中国詠物詩「詠――詩」の延長線上にあると考えられるもう一つの縦枠のパラテクスト、

詠物歌題「霍公鳥を詠める歌二首」(詠二霍公鳥一歌二首)によって枠取られた部分である。まさに①・②は、「霍公鳥」を「詠物」の主題として詠んだものである。万葉集はそのように読むことを要求しているのである。この「詠物」の理念に基づき果敢に挑戦した中で創り出された「常花」となっており、捨ててはおけない表現と考えられる。

同日に詠まれた続く②についても見ていくこととしよう。②は「家に植ゑたらば」と、①の「住む」と同様に、広く旧都平城ではなく、横枠のパラテクスト「奈良の宅」にも枠取られた、書持がいる大伴邸が問題とされている。第四句に見られる「山霍公鳥」は、当該②を含めて七例あり、一例を除いて山霍公鳥が、まだ里や自邸にやって来ないことを歌ったものである。その一例は沙弥満誓作と思われる左の「沙彌の霍公鳥の歌一首」で、

あしひきの山霍公鳥汝が鳴けば家なる妹し常に思はゆ (8・一四六九)

夏雑歌に収められながら、相聞的な抒情を醸している。鈴木氏は、このことも根拠としながら、②の「棟」に大嬢、「山霍公鳥」に家持が寓され「奈良に留まる坂上大嬢の立場になりきるようにして、家持をほととぎすになぞらえ家持への思慕の情を述べている」としている。しかし一四六九は第二期の歌である。天平期の他の作品は、後の天平二十年に田辺福麻呂を饗す宴で歌われた左の久米広縄の例にも顕著なように、

めづらしき君が来まさば鳴けと言ひし山霍公鳥何か来鳴かぬ (18・四〇五〇)

すべて初声に関わる。霍公鳥の訪れは、山から里であり、初声を待つ表現は山に関わるものが多い。花井しおり氏が指摘するように、②の「『山ほととぎす』も『離れず来むかも』と言われることから、初声にかかわり、大嬢の寓意はないとみるべきである[12]」。この歌もまさにストレートに「霍公鳥」を詠物とし、鳴かない霍公鳥をなんとか鳴かせようと希求することを主題としたものとなっている。

その霍公鳥を鳴かせる方法は、「珠に貫く棟を家に植」えることであると歌う。「棟」はセンダン科の落葉木で、

大樹をなす。万葉集中四例見られ、②と家持の⑤以外に、

妹が見し楝の花は散りぬべしわが泣く涙いまだ干なくに（5・七九八　山上憶良「日本挽歌」の反歌）

吾妹子に楝の花は散り過ぎず今咲ける如ありこせぬかも（10・一九七三　作者未詳歌）

右の二例となる。鈴木氏は右の二首の「楝」が「妹に逢ふ」意が掛けられていると考え、②も「家」を大嬢の家、「山ほととぎす」を山近い久邇京にいる家持になぞらえているとする。たしかに作者未詳歌の「楝」は、掛詞式に上下を繋げており、「吾妹子に逢ふ」意が重ねられている。また妻を亡くした旅人を慰撫する「日本挽歌」でも、「妹が見し」を冠し連体修飾で繋げることによって、「楝」が妻を偲ぶよすがとなっている。「楝」に「妹に逢ふ」意を響かせているとみてよいだろう。

しかし、当該②には、「妹」の語も含まれていない。②は、「詠霍公鳥」という縦枠である詠物歌のパラテクストに枠取られており、「逢ふ」が響かせているものは霍公鳥に他なるまい。また「楝」が冠する「珠に貫く」から通常連想されるのは、「五月の玉」や花橘や橘の実であろう。

ではなぜ書持は、「楝」に冠したのであろうか。このことを行論の都合上少しく述べると、万葉の「五月の玉」についての古い例は、

霍公鳥いたくな鳴きそ汝が声を五月の玉にあへ貫くまでに（8・一四六五　藤原夫人）

右の天武の妻、藤原夫人の歌に見える。寺川真知夫氏の指摘にもあるように「霍公鳥の声を五月の玉に交えてして貫くという秀逸な表現[13]」を見せる歌である。その「五月の玉」については、次の石田王卒時の山前王による挽歌に見られる。この歌は、人麻呂作との異伝注記もある万葉第二期のもので、

……朝さらず　行きけむ人の　思ひつつ　通ひけまくは　霍公鳥　鳴く五月には　菖蒲草　花橘を　玉に貫き

き　かづらにせむと　九月の　時雨の時は　黄葉を　折りかざさむと……（3・四二三　山前王　石田王挽歌）

右のように、菖蒲草と花橘を玉に見立てて緒を貫き通し蘰する様子が歌われている。橘を玉に貫く万葉での最も古い例である。以後左のように「花橘」や橘の実を貫く歌が多く作られていく。

わが屋前の花橘の何時しかも珠に貫くべくその実なりなむ（8・一四七八　大伴家持）

かぐはしき花橘を玉に貫き送らむ妹は羸れてもあるか（10・一九六七　作者未詳歌）

その中で、五月に橘を玉に貫くことは、「三」の「大伴家持の橘の花を攀ぢりて……」（8・一五〇七）にも「生ふる橘　玉に貫く　五月を近み　あえぬがに　花咲きにけり」と詠まれていた。ただ前述したように、家持歌は、五月を迎える前の現在、霍公鳥が完全に散らす前に「攀ぢて手折り」見せなければならないという切実さを感ぜられる表現であった。石田王挽歌が、五月に花橘を玉に貫くと歌うことは、ずれが生じている。

この石田王挽歌について、先の寺川氏は、季節と関わる橘が、石田王挽歌以来「習俗として玉に貫く行為や同じ季節の霍公鳥との取りあわせによって夏の景物の表現として定着し、橘に関わる定形としての表現を形成したといってよい」と述べている。実感とは少しくずれるものの、定形表現の形成としては頷かれる。というのも、家持が五月に花橘を玉に貫くことを歌う場合は、後の歌になるが、

……霍公鳥　来鳴く五月の　菖蒲草　花橘に　貫き交へ　蘰にせよと　包みて遣らむ（18・四一〇一　京の家に贈らむが為に、真珠を願せる歌一首）

……さ夜中に　鳴く霍公鳥　初声を　聞けばなつかし　菖蒲　花橘を　貫き交へ　蘰くまでに　里響め……（19・四一八〇　霍公鳥を感づる情に飽かずして、懐を述べて作れる歌一首）

右のように、まさに、石田王挽歌の表現様式を踏襲しているからである。さらに、これも後のものになるが、節

気と節物との理念「霍公鳥は、立夏の日に来鳴くことを必定す」を表す左注でつとに知られる、

玉に貫く花橘を乏しみしこのわが里に来鳴かずあるらし（17・三九八四）

は、続く左注が「又越中の風土は橙橘のあること希なり。此に因りて、大伴宿禰家持、感を懐に発して聊かにこの歌を裁れり　三月二十九日」となっている。立夏を過ぎても霍公鳥が鳴かないのは、越中に橙橘がほとんどないからだとする。裏返すならば、橙橘がある大和ならば、花橘を（霍公鳥が声で）玉と貫くことができる旨の歌となる。この天平十九年の立夏は三月二十一日で、八日を過ぎて橘は開花していると考えられる。とするならば、先の一五〇七が意味する「玉に貫く　五月」とは、一四七八同様に、橘の実を指すものと考えられよう。

さて、②の書持歌との関係に戻しながら述べていこう。書持は、「棟」を霍公鳥に「逢ふ」を響かせることだけでなく、「珠に貫く」を冠していた。②が詠まれた四月二日は、先述したように、例年ならば五月に相当する月となる。「贈」「報」という横枠のパラテクストで枠取られた家持の④で「橘の玉貫く月」と「報」していることからも、そのことは理解されよう。④の場合、「橘の玉」とは、縷々述べてきたことから考えるに、やはり橘の実を指すことになろう。つまり松田氏が、家持報歌は、久邇京では四月に鳴いており、霍公鳥が鳴くのは「橘の玉貫く月」（＝五月）だけではないとの考えには与することはできない。

例年の五月には「珠に貫く棟」に相当するものがある。端午の節句の薬玉である。六世紀に成立した陶弘景による本草書の『本草経集注』には、「棟」を意味する「練実」の項に「俗人、五月五日に、皆花葉を取り、之を佩帯し、悪を去辟す」とあり、宗懍『荊楚歳時記』には、周処『風土記』の引用として、夏至節に「棟葉を五綵に挿して臂に繋け、謂ひて長命縷となす」とある。木下武司『和漢古典植物名精解』は右の資料も紹介し、②の「左注にいう四月二日は新暦では五月の初めで、センダンが花をつけているか微妙である」とする。②と④にあ

る玉を薬玉ととり、花ではなく『荊楚歳時記』の棟葉であるとしている[14]。前述したように、この年は閏三月を挟んでおり、棟の花は咲いていたと考えられる。後の時代になるが、『枕草子』にも「木のさまにくげなれど、あふちの花いとをかし、かれがれにさまことに咲きて、かならず五月五日にあふもをかし」ともある。

五　書持「贈」歌の意味

①で歌われた橘は、実際は「常花」ではなく散ってしまう。散ってしまうならば霍公鳥がやって来ない橘ではなく、別の物を植える必要がある。橘と「玉に貫く」を共通しつつ、この時期に咲いていた棟を代わりに大伴邸に植えたならば「棟（あふち）」が「逢ふ」も響かせているために、霍公鳥も離れずに来るだろうかと、②で書持は想定してみせているのではないだろうか。書持は、平城大伴邸にやって来ることがなく、鳴くこともない霍公鳥を鳴かせる仮想を立てている。それを漢籍の知識に支えられた万葉集中類例のない「珠（たま）に貫く棟（あふち）」で詠物歌の「贈」とする。そのことによって、家持の「報」を導き出そうとしたものと考えられる。如上のことからこの贈歌二首に、鉄野氏が言うように「霍公鳥への愛着を執拗に述べることで、霍公鳥以外に向き合う相手のいない自己の状況と孤独感」を読み取ることはできないのではないだろうか。題詞という縦枠のパラテクストにみごとに枠取られた、「詠霍公鳥歌二首」を真っ直ぐに贈して、家持の「報」を促すものとなっていると考えられるのではないか。

六　家持「報送」が創り出す世界

では、「五」のようにまとめられた書持の「贈」を受け、これに答えた、家持の「報」が創り出す世界は、どのようなものであったのであろうか。

当該③④⑤も、同様にパラテクストとしての「左注」と「題詞」に枠取られたものであった。横枠としての「左注」にあるように、「久邇の京」（「恭仁京」とも）から「報へ送」った歌々である。久邇京は、書持が住む「奈良の（大伴）宅」があったと考えられている佐保の地（平城京の東に位置する）からは、北北東十数キロの地である。山背国の南端に位置し、奈良山を越え、泉川（現在の木津川）を渡ると久邇宮となる。徒歩二時間余りしか離れていない地である。

この地からの家持の「報」は、一見すると、左注の横枠のパラテクストの精緻な対応に比して、均衡を欠くように感ぜられる。書持「贈」が二首であるのに対して、家持「報」は三首である。またもう一つの縦枠のパラテクスト「題詞」も、書持は、先に示したように、中国詠物詩「詠二――一詩」の延長線上に立ち、明確に詠物歌題「霍公鳥を詠める歌二首」（「詠二霍公鳥一歌二首」）としている。これに対して家持は、「橙橘初めて咲き、霍鳥翻り嚶く。この時候に対ひて、詎ぞ志を暢べざらむ。因りて三首の短歌を作りて、鬱結の緒を散らさまくのみ」（原文漢文に、返り点を付すと「橙橘初咲、霍鳥翻嚶。對二此時候一詎不レ暢レ志。因作二三首短謌一、以散二鬱結之緒一耳」）のように、詠作に到る心情を序文のように綴った題詞となっている。

ただ、よく見ると、③は「奈良の（大伴）宅」で鳴かない霍公鳥が常に鳴くことを希求・仮想する①②二首に対して、橋本『全注』が述べるように「直接にではないが総括的に答えたもの」となっている。「久邇の京」という「山辺」に居るので、「霍公鳥」は木々の間をくぐって「鳴かぬ日はなし」であると「報」えており、横枠のパラテクストに「贈」に綺麗に対応したものとなっていることがわかる。④と⑤は、直接的に①②に「報」えたものとなっている。④は①の「橘」を詠み込み、⑤は②の「楝」を詠み入れて、直接的に「報」しているのである。家持は、一首増やすことによって、書持「贈」に丁寧に「報」していると理解できよう。

七　家持の序文的題詞

それでは、丁寧な家持「報」の内実とはいかなるものであろうか。これは、もう一つの縦枠のパラテクスト「題詞」に枠取られている面が大きいと考えられる。

書持の「贈」は、先に述べたように、中国詠物詩をもとにして、「霍公鳥を詠める歌二首」と簡潔明快に詠物歌題を歌っていた。その中身は、平城の大伴（書持）宅では鳴かない霍公鳥が、常に鳴くことを希求・仮想したものであった。これに「報」した三首は、長い題詞に括られたものとなっている。その序文的題詞を詳しく理解することによって、三首の内実が明らかになるものと考える。

まず「橙橘初めて咲き、霍鳥(ほととぎす)翻り(かけ)嚶く(な)」の「霍鳥」は前述したように、直前の「橙橘初咲」と「霍鳥翻嚶」とが四句で対句とするために「公」が省かれたものと考えられる。また、逆に「霍鳥」との対応から、「橙橘」は「橙(だいだい)」と「橘」ではなく、当該①④に歌われる「橘」を、「二文字で表したもので」「花と鳥とで四文字の対となることを意識している」（『新大系』）ことも諒解される。「初咲・霍鳥・翻嚶」も類例を見ない熟語であり、詩文の形態をとりながら和歌の中で、これらが具体化されるものとなっている。

ただし、「翻嚶」の「嚶」は、沢瀉『注釈』が、『毛詩』小雅「伐木」「伐木丁丁　鳥鳴嚶嚶」を指摘し、鳥が鳴き交わすことであると述べている。この部分については、鉄野昌弘氏が、さらに広く「伐木丁丁、鳥鳴嚶嚶、出自幽谷、遷于喬木。嚶其鳴矣、求其友声」までを捉えたものとしている。その上で、『毛詩』の各編のはじめにおかれた、その詩の主意を示す「小序」や「毛伝鄭箋」の補注を引き、この詩が「友人をもてなす時の詩であり、鳥の『嚶』という鳴声には、人間の友人同士の交遊が寓されている、と理解され」るとする。さらに、『文選』巻二十五の「於安城答霊運」と題される詩文の「嚶鳴悦同響」は、作者謝瞻（謝宣遠）と従弟謝霊運との親交を比喩したものであることを、李善が「伐木」を引いて注していることを指摘している。

花井しおり氏は、鉄野氏の説に従いつつ、交友にとどまらず「出自幽谷、遷于喬木」も同時に、家持「報」には想起されるとする。「出自幽谷」は、霍公鳥が山から里へと渡ってくることに対応し、「遷于喬木」は、二人の歌に見える「楝」が相応しいとする。そして「霍鳥飜嚶」には、「山から下って里のあふちの木になくほととぎす、すなわち家持歌第三首に詠まれたそれが暗に託されていると解されるのではないか」と述べている。[15] 鉄野氏の丁寧な分析と、明確な対応を指摘した花井説は、まずは、どちらも当を得ていると考えられる。なお「伐木」はさらに「相彼鳥矣、猶求友聲。矧伊人矣、不求友生。神之聴之、終和且平」と、鳥でさえ友を求めて鳴くのであるから、ましてや人が友を求めないはずがない云々と「交友」を求める様が繰り返される。とするならば、家持は「飜嚶」から広く「伐木」全体との対応を引き出そうとしていたとする方が穏当であろう。

さて、③は、①②で鳴かない霍公鳥歌に反駁するように、霍公鳥が「鳴かぬ日はなし」と家持は歌う。それは、久邇京が「あしひきの山辺」に位置し、霍公鳥が鳴くのに適した地形であるからだけであろうか。

たしかに久邇京は、狛山に接した瓶原（みかのはら）台地に位置する。大極殿やその後方の東西二つ置かれた内裏は、狛山の山裾の、なだらかな斜面に建てられている。[16] テリトリーが広い霍公鳥が鳴くことが適うのが「久邇の京」ではある。だが、そう歌うことにどんな意味合いがあるのであろうか。

当該五首は、横枠パラテクスト「左注」によって「弟」と「兄」との関係として枠取られている。その「弟」大伴書持歌は、一方で、縦枠のパラテクスト「題詞」が、漢籍の詠物詩題「詠二――一詩」をストレートに取り込んだ詠物歌題「詠二霍公鳥一歌二首」という文芸の世界を、最初から志向する形で枠取られたものとなっている。その二首は、「霍公鳥」が平城の大伴宅では鳴かず、それが常に鳴くことを希求・仮想するものであった。それに対して「兄」家持は、縦枠のパラテクスト「題詞」において、同様に漢籍の世界を取り込む。しかし書持の簡潔でストレートな歌題に対して、詩題の内実を詩論として講説するように、序文的題詞によって丁寧に枠どりながら「報」えている。その丁寧な題詞の「霍鳥飜嚶」には、『毛詩』小雅「伐木」や、『文選』に注解される同「伐木」の「鳥鳴嚶嚶」から理解できる「交友」が寓されていた。家持は、書持が志向する文雅の世界を受け、兄弟関係を、歌の応酬を伴う文雅の世界の「交友」に捉え直して提示しているとは考えられないだろうか。

③が、まさしく「鳴かぬ日はなし」と歌うのは、題詞で「嚶(な)」くことによって、『毛詩』「伐木」の世界を抱え込み、二人が文雅の交友関係として枠取られた以上、本文でも霍公鳥は、「鳴く」ものとして示される必要があったからではないだろうか。

八　欝結(うつけつ)の緒(こころ)を散らさまくのみ

③が「鳴かぬ日はなし」、つまり常に鳴いていると家持は歌う。そのことは、①②が、常に鳴くことの希求・仮想をせざるをえないという鬱々とした嘆きを、家持が引き取って浄化解消していると考えることができないであろうか。家持の題詞には「欝結(うつけつ)の緒(こころ)を散らさまくのみ」（以散二欝結之緒一耳）ということばも見え、「欝結の緒」

とは、書持の心を指すようにも思われる。

その「欝結」については、古く武田『全註釈』と『私注』とが、同じ「欝結」が含まれる山上憶良の書簡について、それぞれ「心の晴れやらぬこと」・「とどこほり、わだかまり」とする。当該歌については、「欝結の緒」を『大系』が「うつうつとして晴れやらぬ心の緒（心の中）」、としており、橋本『全注』も「うつうつとしてふさいだ気持」と述べるように、従来このあたりの解釈で安定している。

さて「欝結」という語は、他に今示した憶良の書簡を含めて、集中左のように、三例見られる。

⑥憶良、誠惶頓首謹みて啓す。
憶良聞かく「方岳の諸侯と都督刺史とは、並に典法に依りて、部下を巡行して、その風俗を察る」と。意は内に多端に、口は外に出し難し。謹みて三首の鄙しき歌を以ちて、五臓の欝結を写かむと欲ふ。その歌に曰はく、（5・八六八～八七〇　山上憶良　旅人宛書簡）

⑦昨暮の来使は、幸ひに晩春遊覧の詩を垂れ、今朝の累信は、辱くも相招望野の歌を貺ふ。一たび玉藻を看て、稍く欝結を写き、二たび秀句を吟ひて、已に愁緒を蠲く。この眺翫にあらずは、孰か能く心を暢べむ……。（17・三九七六・三九七七　大伴家持　池主宛書簡）

⑧七月十七日を以ちて、少納言に遷任せらゆ。よりて別を悲しぶる歌を作りて、朝集使掾久米朝臣広縄の館に贈り貽せる二首
既に六載の期に満ち、忽ちに遷替の運に値ふ。ここに旧きに別るる悽しびは、心の中に欝結、渧を拭ふ袖は、何を以ちてか能く旱かむ。因りて悲びの歌二首を作りて、式ちて忘らえぬ志を遺す。その詞に曰はく、

（19・四二四八・四二四九序文的題詞　大伴家持）

⑥は、山上憶良が、家持・書持兄弟の父でもある、大伴旅人に送った書簡である。憶良は、旅人が松浦川に巡行したことに対する羨望と、それに伺候できなかったことに対する「意は内に多端に、口は外に出し難し」というような口に出せない様々鬱積した気持ちを「欝結」として示してみせている。三首の歌を献上することでそれを晴らすのだと述べる。その一首目は、「松浦県佐用比売の子が領巾振りし山の名のみや聞きつつ居らむ」(5・八六八)で、別れた男性を慕って領巾を振ったという松浦佐用姫伝説の山のことを耳にしただけであったという歌である。巡行に同行できなかった「欝結」の内実とは、文芸の伝承地を、太宰府での「筑紫歌壇」の中心となる文芸の交友でもある旅人とともに訪れることができなかったという、晴れない気持ちである。それを歌を献上することによって取り除くのだと言う。

⑦は、当該歌の六年後、家持が国守として赴任した越中で、越中掾大伴池主に送った書簡である。池主から「晩春遊覧の詩」や「相招望野の歌」を送られ、その詩を見ることによって「欝結」を晴らし、その歌を口ずさむことで「愁緒」(=憂愁)を取り除く。これら良景を賞翫する詩歌がなければ、どうして心を伸びやかに晴らすことができるであろうかと述べる。「欝結」は、「愁緒」と対されている。繰り返し文芸の書簡をやりとりをする交友としても知られる池主との、文雅の世界に触れることができずに鬱々として晴れない愁いの気持ちであることがわかる。

⑧は、当該歌から十年後の天平勝宝三年(七五一)に、家持が少納言に任ぜられて、足かけ六年の越中赴任を終えて帰京する際のもの。越中掾である久米広縄宅に残した、歌に付された序文的題詞である。旧友広縄と別れる心の中の「欝結」、袖の涙はどうしても拭えない。そこで悲しみの歌を作って、友を忘れない気持ちを残すのだと題する。広縄は、池主が越前掾として転任後、後任の越中掾として赴任。家持が度々訪れた布勢の海遊覧に

も随行し、共に詠作をする文雅の交友でもあった。「欝結」を晴らそうとして広縄に送った第一首は、

あらたまの年の緒長く相見てしその心引忘らえめやも（19・四二四八）

右の一首である。「旧きに別るる悽しび」「式ちて忘らえぬ志を遺す」と友を忘れない気持ちを残すと題詞で宣したものが「あらたまの年の緒長く相見てし」「その心引き忘らえめやも」と歌本文にまさに表されている。「欝結」は「悲しびの歌」を制作する誘因と解される。

⑥〜⑧から理解できるのは、「欝結」とは、当該歌と同様に歌を作ることによって（時には、詩歌に触れることによって）、晴らされるものとして『万葉集』では描かれているということである。別の言い方をすると「欝結」が、歌を制作する誘因となるのだと示していることになる。これは、当該歌の「因りて三首の短歌を作りて、欝結の緒を散らさまくのみ」と等しい関係にある。

その「欝結」が起こる原因は、右のような内容を煎じ詰めていけば、理想的な文雅がありながらそれを交友と共有できないこと、もしくは、交友がありながら理想的な文雅がないこととなるであろう。

⑦には、当該「志を暢べ」（原文「暢志」）とほとんど語を同じくする「心を暢べ」（暢心）も用いられている。⑦について、伊藤博氏は、家持と池主の二人は、

「歌」とは何か、「文芸」とは何かを、たがいに確かめあっているかのごとくであり、かれらは、ここで、歌を詠むことが男子の「志」であるという中国的理念を下敷きにしているように思える。(17)

と、「心」を当該「志」に置き換えて、中国詩論との関係から語っている。その詩論とは、先と同じ『毛詩』の中に論じられている。鉄野氏が述べるように『毛詩』の大序を指すものと考えられる。「詩は志の之く所なり。心に在るを志と為し、言に発するを詩と為す。情、中に動きて、言に形はる。之を言うて足らず、故に之を嗟嘆

す。之を嗟嘆して足らず、故に之を永歌す」と序されるように、心から飛び出したやり場のない「志」が言葉として発せられると詩になるのだと言う。当該家持は、それを「志を暢べ」るとする。「暢」は、『芸文類聚』の晋郭璞の詩に、

青陽暢和気　谷風穆以温（巻三　歳時上・春）

と春になって陽気が伸びやかになることにも用いられている。小野寛氏は、『懐風藻』に収められた葛野王の「春日翫鶯梅」の「優足暢愁情」を引きながら、「暢ぶ」は「述ぶ」と同訓であるが、むすぼれているものをひろげのばす、のびのびとくつろぎやわらぐ意味であると「暢ぶ」の字義を明確にしている。(18)「志を暢べ」るために三首の短歌を作り「欝結の緒を散ら」すと述べるように、「暢志」と「散欝結之緒」とは同義と考えられる。

九　むすび

③～⑤の部分を主にまとめてみよう（①・②については、小結的に「五」でまとめた）。「七」で前述したように、家持は、序文的題詞の「嚶」によって詩論を想起させ、兄弟関係を交友関係に置き換えてみせていた。書持の①・②は、霍公鳥が常に鳴くことを希求・仮想する状態で、現状は逆であるという理想的な文雅を欠く状態を意味している。これはまさしく「欝結」が起こる原因となるものである。この「八」冒頭で示したように、家持はそれを引き取って、③によって題詞の「嚶」くということばの表面上の意味も満たし、かつ霍公鳥が鳴くという理想的な文雅を作り出してみせた。このことによって、書持の「欝結」を浄化解消させているのである。

ただ「欝結」は、「嚶」を挟むことによって『毛詩』小雅「伐木」の意味する詩論「交友」として書持の世界

を引き受けることとなっていた。「欝結」は、⑥~⑧すべてが、実は書簡や題詞を付して歌う当人のものであった。「欝結」は家持自身のものでもなければならない。それを④と⑤が担っているのであろう。

④の「玉貫く月」が「五月」に固定されたものであることから、「ここ久迩京は四月の今も鳴いているのに、世間で五月の鳥のように言われているのはどういうことかと、通念に対して疑問を呈している」と松田聡氏は述べる。古くは天武の妻である藤原夫人の歌に「霍公鳥いたくな鳴きそ汝が声を五月の玉にあへ貫くまでに」（8・一四六五）とあり、家持自身も先の一五〇七で「……百枝（ももえ）さし　生（お）ふる橘　玉に貫く　五月を近み……」と詠んだように、まさしく「玉に貫く」は「五月」のものとされている。しかし当該歌は、前述したように、閏四月、つまり例年の五月に相当する月に詠まれたものである。

本稿で繰り返し述べるように④も序文的題詞のパラテクストによって枠取られたものである。④にとっての「欝結」とは、③で鳴くとは言ったものの、それも今の閏四月、つまり例年の五月のものであるということでなければならない。最近の通釈書が、「玉貫く月」を今の閏四月としているのは正しいものと考える。例年の五月にあたる今、交友書持と共有すべき理想的な文雅とは、霍公鳥が常に鳴く世界である。これが現実には、例年の五月にしか鳴かずに叶わないことから誘因される「欝結（うつけつ）の緒（こころ）」を、家持は④を歌うことで浄化解消、つまり「志を暢べ」ているのではないだろうか。

同様にパラテクストで枠取られた⑤は、先に示したように『毛詩』小雅「伐木」の「出自幽谷、遷于喬木」を抱え込んで歌われる。③で鳴くものとされた霍公鳥は、②で橘の代わりに植えられた「楝」の枝に飛んでいき、花は薬玉の緒が切れて散っていくように霍公鳥によって散ってしまう。それによって霍公鳥は、花がない楝にも訪れなくなるのではないかと歌って、③で引き取った「欝結」に対して⑤を詠作し「報へ送る」ことによって解消している。家持は、③で弟の「欝結」を題詞の「嚶」とともに交友として引き取り、歌のことばとしても「鳴かぬ日は無し」と「鳴く」を際立たせて解消してみせた。今度は⑤を詠むことで「欝結の緒を散ら」すのだ、と薬玉の「緒」が切れて「散」るという優美な情景に重ねて際立たせて表現してみせたのではないだろうか。

当該①〜⑤には、書持が「奈良に留まる坂上大嬢の立場になりきるようにして、家持を霍公鳥になぞらえ家持への思慕の情を述べ」、家持が「妻坂上大嬢の留まる奈良への望郷の思いと深く関わる」「欝結の緒」を歌によって晴らすものであるとする先の鈴木武晴氏の説がある。また、鉄野氏は、歴史的な状況も組み込みながら、「平城京に取り残された書持」が、「霍公鳥以外に向き合う相手の居ない自己の状況とその孤独感を語る歌」であり、家持の報歌は、山住まいの閉塞的な現在の欝結を散じようとする営為であると述べている。しかし、題詞と左注という如上の二つのパラテクストから枠取られた世界を理解することによって、坂上大嬢や歴史的状況による閉塞・孤独感を介在させることなく、二人の関係は理解することができるものであった。

なお先の花井しおり氏も、既に家持の「欝結」が書持のそれを承けるものであり、また「『欝結の緒』は、たとえ書持のそれを承けたものであったとしても、それと同時に家持のものであったとみねばなるまい」と、「欝結」の二面性を指摘している。慧眼と言うべきであろう。しかし、私が二つのパラテクストから導き出した、兄弟関係を交友と捉え直す視点や「欝結」が理想的な文雅と交友との関係から起こるものであるという視点から論じたものとはなっていない。

当該歌群は、「題詞」という縦枠のパラテクストと、「左注」という横枠のパラテクストとの双方によって枠取られたものとして『万葉集』は読むことを求めている。これに従って丁寧に読むことによって、他の要素を介在させずとも、兄弟による詩論の交友の中での歌の応酬として、十分に読み解くことができるものと考えられよう。

注

（1）鈴木武晴「家持と書持の贈報」（『山梨英和短期大学紀要』第二一号　一九八八年一月）、同「家持と書持の贈報再論――異論を超えて真実へ――」（『都留文科大学研究紀要』第八五集　二〇一七年三月）。以後断りの無い限り本文中での、鈴木氏の論は、前者を指すものとする。

（2）鉄野昌弘「詠物歌の方法」（『大伴家持「歌日誌」論考』塙書房　二〇〇七年　初出一九九七年九月）。鈴木氏の論と同様に、以後断りの無い限り本文中での、鉄野氏の論は、この論文を指すものとする。

（3）松田聡「家持と書持の贈答――「橘の玉貫く月」をめぐって――」（『家持歌日記の研究』塙書房　二〇一七年　初出二〇一六年五月）。鈴木・鉄野両氏の論と同様に、以後断りの無い限り本文中での、松田氏の論は、この論文を指すものとする。

（4）ジェラール・ジュネット著・和泉涼一郎訳『パランプセスト　第二次の文学』第一章「5つのタイプの超テクスト性と、そのひとつとしてのイペルテクスト性」（水声社　一九九五年　原著一九八二年）。同『スイユ　テクストから書物へ』「序論」（水声社　二〇〇一年　原著一九八七年）。

（5）トークィル・ダシー著・品田悦一・北村礼子訳『万葉集と帝国的想像』「結論」（花鳥社　二〇二三年　原著二〇一四年）。なお、二〇一九年度上代文学会大会におけるダニカ・トラスコット氏の発表「テクストとしての『万葉集』巻四――大伴坂上郎女の作歌に即して――」では、この部分を、

『万葉集』の歌の文学的な解釈をそのパラテクスト的な情報（題詞や左注）、及び歌集の連作と配列に広げることによって、『万葉集』における歌の構成や、いっそう広範囲な諸様式の意義に関する新たな問題を俎上にのせることが可能になる

と訳している。

（6）野村忠夫「律令官人の出身と階層構成」（『律令官人制の研究　増訂版』吉川弘文館　一九七〇年　初出一九六六年十二

月）。佐藤美和子「萬葉集中の国守たち～家持の内舎人から越中守時代について～」（『万葉』第一一二号　一九八三年一月）。

（7）現在の二十四節気と暦日との対応は、内田正男編著『日本暦日原典』（雄山閣　一九七五年）・湯浅吉美編『日本暦日便覧』（汲古書院　一九八八年）による。以後の現代の暦日との対応もこれに従う。

（8）東光治「ほと・ぎす考」（『万葉動物考』人文書院　一九三五年）。

（9）なおこの歌群の最後の一首は「杜若衣に摺りつけ大夫の着襲ひ狩する月は来にけり」（三九二一）。橋本『全注』が述べるように、六首の最後では「孤独感をふり払うように気持を立て直し、公人としての自覚から、花やかな薬猟の楽しさに思いを馳せ、宮廷生活に復帰する憧れを述べて、全体を引き締めようとし」、「独り」の意識からの解放をはかり、「心を宮廷生活に向けてはばたかせ、全体を閉じている」。

（10）大越寛文「玉に貫く花橘――薬玉説に対する疑問――」（『阿南工高専研究紀要』第八号　一九七二年三月）。

（11）平山城児「旅人の妻の死亡時期の推定」（『大伴旅人逍遙』笠間書院　一九九四年　初出一九七〇年十一月）。

（12）花井しおり「『橘』と『あふち』――家持と書持『ほととぎす』をめぐる贈答――」（『奈良女子大学文学部研究年報』第47号　二〇〇三年十二月）。

（13）寺川真知夫「『万葉集』の橘――その表現の展開――」（『同志社女子大学日本語日本文学』第七号　一九九五年十月）。寺川氏は、古代の橘を記紀・歌謡から『万葉集』内での人麻呂歌集や作者未詳歌、大伴家持とその後まで、表現史の展開を詳細に論じている。

（14）木下武司『和漢古典植物名精解』（和泉書院　二〇一七年）。

（15）前掲花井注（12）。

（16）「平成十三年度恭仁宮跡発掘調査現地説明会資料」（京都府教育委員会　二〇〇一年十一月二十四日など）。

（17）伊藤博「家持の文芸観」（『万葉集の表現と方法』下　塙書房　一九七六年　初出一九六八年三月・一九六九年九月）。

（18）小野寛「あに志を暢べざらめや」（『万葉集歌人摘草』若草書房　一九九九年　初出一九八三年十一月）。

第三章　安積皇子挽歌論

一　はじめに

万葉歌人のほとんどは、官僚であり、東アジアから圧倒的な影響を受けていた。『大宝令』や『養老令』には、大学寮での必読書を「凡経、周易、尚書、周礼、儀礼、毛詩、春秋左氏伝、各為二一経一。孝経、論語、学者兼習レ之」（「学令5」）と規定している。[1]「大宝令」の注釈『古記』には、『文選』『爾雅』も必読ではないものの、修得すべきものと記されている。従八位下や大初位の微官に登用される場合でも、「取下明閑二時務一、并読二文選爾雅一者上」（「選叙令29」）とあるように『文選』『爾雅』が読めることを求められた。このように、万葉官僚歌人は、具体的な東アジアとの「交渉」というよりむしろ、東アジアの文化に万葉歌をどう「連関」させるかに腐心していた。別の言い方をするならば、漢詩文の作者や作品との仮想的な交渉関係の中で、どのように新たな万葉歌を制作するかに苦心していたかに他ならない。

さて、今回扱う大伴家持歌も、作品の初発から中国漢詩文を摂取したものとなっている。作歌年代が明らかな最も早い作は、「大伴宿禰家持の初月の歌一首」と題された天平五年頃の作、

振仰けて若月見れば一目見し人の眉引思ほゆるかも（6・九九四）

である。この歌は、つとに言われるように「娟娟として蛾眉に似たり（＝三日月があでやかで女性の眉のようだ）」（鮑昭「翫月城西門解中一首」『文選』第三十）といった三日月を眉に喩えた漢詩文を摂取して制作されたものである。橋本達雄氏がこの歌について指摘するように、「月」を「ふりさけ見る」のは、人麻呂歌集歌（11・二四六〇）とその類歌（11・二六六九）に見られ、「眉引き」を「思ほゆるかも」と歌うのは作者未詳歌に二例見られる（11・二五四六、12・二九〇〇）。家持は、単に万葉歌に漢詩文を摂取するのではなく、人麻呂歌集や作者未詳歌に見られた表現の組み合わせを漢詩文的な彩りで装い、その上で独自の境地——この歌では、三日月を女性の眉に喩えるのではなく、三日月を見たことで、実際に見た魅力的な女性の眉が思われると歌っている——を開こうとしているのである。(2) 家持は、東アジアの文化に「連関」した万葉歌制作を、このような形でスタートしたことになる。

二　安積皇子挽歌と石見相聞歌・高市皇子挽歌

その家持の歌の中から、巻三に収められた「安積皇子挽歌」（四七五～四八〇）を取り上げることとする。安積皇子は、聖武天皇の皇子である。当時皇太子は、阿倍内親王（後の孝謙天皇）であり、藤原仲麻呂が勢力を持つ中での藤原氏出身の異例の女性皇太子であった。安積皇子は、県犬養広刀自（従五位下県犬養唐の娘）腹で、薨じたのは、天平十六年（七四四）閏一月十三日。当時の都である久邇京から難波宮への行幸に従っていたときに、

脚の病によって引き返し、二日後に急死している。皇位から外れるものの、唯一の皇子であることから、藤原氏による暗殺ではないかとする説もあるほどの皇子であった。[3]

その皇子への挽歌は、「十六年甲申。春二月に安積皇子の薨りましし時に、内舎人大伴宿禰家持の作れる歌六首」という題詞にもあるように、六首により構成されている。この当該歌群は、第一長反歌（Ⓐ）と第二長反歌（Ⓑ）とが対応する構成を持つ。ⒶとⒷと上下に分けると、次の表のようになる。長歌のそれぞれの対応する内容を簡潔に示すと、「主格の提示（1・1′）、場所の提示（2・2′）、自然描写（3・3′）、感歎の挿入句（4・4′）、薨去後の様子（5・5′）、詠嘆的な結び（6・6′）」のようになる。

表

Ⓐ	Ⓑ
1（主格の提示） 懸けまくも　あやにかしこし 言はまくも　ゆゆしきかも わご王　皇子の命	1′（主格の提示） 懸けまくも　あやにかしこし わご王　皇子の命
2（場所の提示） 万代に　食したまはまし 大日本　久邇の京は	2′（場所の提示） もののふの　八十伴の男を 召し集へ　率ひ賜ひ 朝猟に　鹿猪ふみ起し 暮猟に　鶉雉ふみ立て

3（自然描写）
うちなびく　春さりぬれば
山辺には　花咲きををり
川瀬には　年魚子（あゆこ）さ走り
いや日異（ひけ）に　栄ゆる時に

4（感歎の挿入句）
逆言（およづれ）の　狂言（たはごと）とかも

5（薨去後の様子）
白栲（しろたへ）に　舎人装（よそ）ひて
和豆香山（わづかやま）　御輿立たして
ひさかたの　天（あめ）知らしぬれ

大御馬（おほみま）の　口抑へ駐（と）め
御心を　見（め）し明らめし
活道山（いくぢやま）　木立の繁に

3′（自然描写）
咲く花も　移ろひにけり

4′（感歎の挿入句）
世の中は　かくのみならし

5′（薨去後の様子）
大夫（ますらを）の　心振り起し
剣刀（つるぎたち）　腰に取り佩（は）き
梓弓　靫（ゆぎ）取り負ひて
天地と　いや遠長に
万代に　かくしもがもと

6（詠嘆的な結び）
こいまろび　ひづち泣けども
せむすべも無し（3・四七五）

7
反歌
わご王（おほきみ）天知らさむと思はねば
凡（おほ）にぞ見ける和豆香（わづか）そま山（四七六）

8
あしひきの山さへ光り咲く花の
散りぬるごときわご王（おほきみ）かも（四七七）
右の三首は二月三日に作れる歌なり。

憑（たの）めりし　皇子の御門の
五月蝿（さばへ）なす　騒く舎人は
白栲に　服（ころも）取り着て

6′（詠嘆的な結び）
常なりし　咲（ゑま）ひ振舞ひ
いや日異（け）に　変らふ見れば
悲しきろかも（四七八）

7′
反歌
愛（は）しきかも皇子の命のあり通ひ
見（め）しし活道（いくぢ）の路（みち）は荒れにけり（四七九）

8′
大伴の名に負ふ靫（ゆぎ）負ひて万代に
憑（たの）みし心何処（いづく）か寄せむ（四八〇）
右の三首は、三月二十四日に作れる歌なり。

この六首は、見てのとおり、第一長反歌（Ⓐ）から第二長反歌（Ⓑ）へと時間が推移する。のみならず、歌い出しの「主格の提示」Ⓐ（1）が「懸けまくも　あやにかしこし　言はまくも　ゆゆしきかも　わご王　皇子の命」、Ⓑ（1'）が「懸けまくも　あやにかしこし　わご王　皇子の命」とほとんど同じくする正対的な対応となっている。六首の構成を、対となった二組の長反歌として理解することを求めている。とすると「1'」は、「1」で詳述した内容を、承認済みのものとして簡潔にしているようにも思われる。

同種の構成が、既に柿本人麻呂の石見相聞歌（巻2・一三一～一三三、一三五～一三七）に見られることは橋本達雄氏による指摘がある。(4) 二組の長反歌からなる石見相聞歌は、二組の冒頭が石見の海岸を描写する内容となっている。第一長歌（一三一）が「石見の海　角の浦廻を　浦なしと　人こそ見らめ　潟なしと　人こそ見らめ　よしゑやし　浦は無くとも　よしゑやし　潟は無くとも　鯨魚取り　海辺を指して　和多津の　荒磯の上に　か青なる　玉藻沖つ藻　朝はふる　風こそ寄せめ　夕はふる　浪こそ来寄せ　浪の共　か寄りかく寄る」のように二句をかけて丁寧に描写している。一方第二長歌（一三五）では、「角さはふ　石見の海の　言さへく　韓の崎なる　海石にそ　深海松生ふる　荒磯にそ　玉藻は生ふる」のように、第一長歌で委曲を尽くした内容を、承認済みのこととして省略しているとする。また冒頭は、第一長歌が「石見の海　角の浦廻を」と「石」―「角」のとなっているが、第二長歌では「角さはふ　石見の海の」と、続きを逆に「角」―「石」としたものであるとも指摘している。当該「1」「1'」も続きが逆になっているならば、さらに石見相聞歌との関係の深さを感ぜられようが、続き方は同じである。

実は同じ人麻呂の高市皇子挽歌（巻2・一九九～二〇二）の冒頭にも「懸けまくも　ゆゆしきかも　言はまくも　あやにかしこき　明日香の　真神が原に……」とあるように、当該歌群と似通った表現が見られる。「1」は、まるで石見相聞歌冒頭の関係を取り込みながら、「ゆゆしきかも」と「あやにかしこし（き）」の続きを逆にして高市皇子挽歌冒頭と対そうとしているかのように見える。だが当該歌は家持が人麻呂を直接典拠とするだけではないものと考えられる――二組の長反歌がⒶⒷよりも更に精緻な「反対」という対構造を持ち、時間空間をも十全に対応させる「六合」の考えをも取り入れた万葉歌という漢詩文の世界をくぐり抜けたものと考えられる――が、このことは後述することとする。

ところで「1」と類同する四句を持つ歌は、巻六の散禁於授刀寮時作歌（＝正月に諸王子や君臣たちが蹴鞠に興じ、天皇の近習や警護のものがいなくなっていたことを咎められ、宮中警護の役所である授刀寮から外出を禁じられた時の歌）にも見られる（「懸けまくも　あやに畏く　言はまくも　ゆゆしくあらむと　あらかじめ　かねて知りせば……」九四八　笠金村歌集）。また二句ならば巻十三の作者未詳の挽歌（「懸けまくも　あやにかしこし　藤原の　都しみみに……」三三二四　作者未詳）や巻五の山上憶良の鎮懐石の歌にも用いられている（「懸けまくは　あやにかしこし　足日女　神の命……」八一三）。しかし九四八は、冒頭ではなく、長歌の中盤に用いられており、また九四八の意味するところも、謹慎を受けたことを大袈裟に表現した部分である。歌われた部分も歌柄も内容も異なる。

一方当該ⒶⒷ両群と高市皇子挽歌との関係は、つとに指摘されている。青木生子氏は、当該両群と先行する類句・類歌を細かく表にまとめながら、冒頭四句以外にも高市皇子挽歌との類句関係を、Ⓐでは四箇所、Ⓑでは三箇所の計七箇所指摘している[5]。また神野志隆光氏は、冒頭四句「1」を含めたⒶの四箇所について、その構成が柿本人麻呂の皇子挽歌、特に高市皇子挽歌に依拠することを、次のような対照の形で示している[6]。

歌い起こし――「懸けまくも　ゆゆしきかも　言はまくも　あやにかしこき」（一九九）＝「懸けまくも　あやにかしこし　言はまくも　ゆゆしきかも」（Ⓐ）、「万代」という期待のなかにあった――「万代に　然しもあらむと」「万代と　思ほしめして」（一九九）＝「万代に　食したまはまし」Ⓐ、しかし、思わざる死がもたらされた――「使はしし　御門（みかど）の人も　白栲の　麻衣着て（あさごろもきて）」（一九九）＝「狂言とかも　白栲に　舎人装ひて」Ⓐ、その死にとまどい、なげきにくれる――「ひさかたの天（あめ）知らしぬる君ゆゑに日月（ひつき）も知らに恋ひ渡るかも」（二〇〇）＝「ひさかたの　天知らしぬれ　こいまろび　ひづち泣けども　せむすべも無し」Ⓐ。

さらに鉄野昌弘氏は、前の青木氏が指摘したもう一つの部分である「木綿花（ゆふはな）の　栄ゆる時に」（一九九）と「いや日異（ひけ）に　栄ゆる時に」Ⓐとについて、盛りの極において死がもたらされ一気に事態が暗転する表現として、「思わざる死」の部分として共通するとする。(7) このように高市皇子挽歌とは類句のみならず構成も近似しているようにも思われる。しかし、高市皇子挽歌は、一四九句に及ぶ万葉集中最大の長歌で、その中には壬申の乱での奮闘の様子も述べられている。長大な挽歌の中から対応する部分のみを抜き出して、当該Ⓐが高市皇子挽歌に拠っていると即断するには、少しく躊躇いがある。例えば高市皇子挽歌の構成を、斎藤茂吉は以下のように四段構成とし、壬申の乱の叙述にその一段を充てている。(8) その高市皇子挽歌の構成は、（Ⅰ）「全体の冒頭、天武天皇の御登極から崩御までを数句であらはした。十二句」、（Ⅱ）「壬申の変の叙述　a天武天皇の御行動から戦争の序曲、二十四句。b高市皇子の御奮戦の有様から戦争の終局に到る、五十一句」、（Ⅲ）「高市皇子殯宮の叙述　a壬申平安後の新帝都から、皇子の奏政。十一句。b皇子の薨去のこと。殯宮、万民悲歎のこと。三十八句。客観的叙述の部分」、（Ⅳ）「作者の感慨。全体の結び。十三句。以上主観的部分」。合計一四九句となっている。茂吉が示すように、高市皇子挽歌には、天武が高市に対して平定を命じ、それに応じた高市の奮闘に全体の三分の一が充てられているのである。ただしこの部分を、内容に細かく立ち入らず、概括してまとめるならば、構成要素としては、生前の皇子を叙述した部分であるとすることは不可能ではない。

ただ、神野志氏が四段構成とした二段目には頷かれない点がある。「『万代』という期待の中にあった」とする高市皇子挽歌の対応部の一つである「万代と　思ほしめして」は、長歌の最終部の叙述となる。「城上の宮を常宮と　高くしまつりて　神ながら　鎮まりましぬ」という、高市が薨去して殯宮に鎮まってしまったという内容に続く最終部に位置する。皇子自らが永遠に続くものと考えていた宮が、主亡き後も、その宮だけは永遠であって欲しい旨を述べる「然れども　わご大君の　万代と　思ほしめして　作らしし　香具山の宮　万代に　過ぎむと思へや」という最終部の叙述の中にある。「万代に　然もあらむと」やⒶの「万代に　食したまはまし」のように、「万代」を作者が願うものとは、構成する場所も主体も異なる。さらにその「万代に　然もあらむと」の方も、Ⓑ長歌の「万代に　かくしもがもと」の方が、より強い類句関係をなしていると言えるのではないか。

ところで、阿蘇瑞枝氏は、日並皇子挽歌・高市皇子・明日香皇女挽歌の三つの人麻呂殯宮挽歌の構成を、「（一）堂々たる格調の高い歌いだし、（二）生前の皇子・皇女の叙述、（三）皇子・皇女の薨去と残された者の悲しむ姿の叙述、（四）永遠に死者を偲ぶことを誓う」のように四段で示している。高市皇子挽歌もこの構成をとり、日並皇子挽歌（2・一六七）が（四）を欠くことを除けば、高市皇子挽歌を含む人麻呂殯宮挽歌に共通すると論じる。(9)前の「万代と　思ほしめして」は、正に（四）の部分（＝「然れども」以下の部分）に含まれ、当該Ⓐと対応しない構成部分となっている。最終部「詠嘆的な結び」は、Ⓐ「6」が「こいまろび　ひづち泣けども　せむすべも無し」、Ⓑ「6」が「悲しきろかも」のように、悲歎の叙述で歌い納められ、永遠の偲びを欠いている。とするならば、むしろ構成は日並皇子挽歌に近い形と言えそうである。もちろん日並皇子挽歌は、天地開闢や高天原の神話的な叙述から始まる。このような叙述は当該歌には含まれないものである。ただ前の高市皇子挽歌での壬申の乱の叙述と同様に、内容ではなく構成に注目するならば、これは考慮の外に置くこともできよう。さらに日並皇子挽歌は、阿蘇氏の構成をひとまず借りて述べるならば、（二）の直後に「いかさまに　思ほしめせか」という口説き文句が挿入されている。「表」にも示したように当該Ⓐ「4」にも同様に「逆言（およづれ）の　狂言（たはごと）とかも」という口説き文句が挿入句として差し挟まれている。対応するⒷ「4」にも「世の中は　かくのみならし」の二句が挿入されており、当該歌の構成は、より日並皇子挽歌に近いと考えられる。これもひとまず阿蘇氏の構成分類を借り、（三）を「皇子・皇女の薨去」と「残された者のかなしむ姿の叙述」に分けるならば、神野志氏が分けた当該歌の構成と日並皇子挽歌の構成は対応するものとなるのである。

先に述べたように、当該長反歌Ⓐと人麻呂の高市皇子挽歌とは、冒頭を含む四箇所の類句関係にある表現が見出される。これは高市皇子挽歌の表現を摸倣するというよりも、積極的に表現を摂取したものと考えられる。それは、当該Ⓐ「1」四句が、高市皇子挽歌冒頭と類句関係にありながら、「ゆゆしきかも」と「あやにかしこし（き）」の続きを逆にしていることからも理解される。これは既述したように、二組の長反歌が対関係をなす人麻呂の石見相聞歌の冒頭を援用したものであった。家持は、冒頭で当該Ⓐ長歌が、高市皇子挽歌と対をなすものであると宣しようとしていたことからも明らかであろう。冒頭やそれに続く部分に波状的に登場する高市皇子挽歌との類句は、高市皇子挽歌と対し、安積皇子を高市に重ね合わせて理解させようとする意図と考えられないだろうか。

その高市は、天武の長子に相当する。母は卑姓の胸形君徳善（むなかたのきみとくぜん）の女尼子娘（むすめあまこのいらつめ）であり、出自は安積皇子と類同する。持統四年に太政大臣となり、国政の中枢を掌った。持統十年七月に薨去するが、『紀』では、これを「後皇子尊薨」と記している。皇太子日並（草壁）亡き後、皇太子に準じて理解されていたという表現である。万葉にも日並皇子挽歌の反歌（2・一六九）を高市皇子挽歌の反歌とするものがあることを注した部分にも「或る本に件の歌を以ちて後皇子尊の殯宮の時の歌の反と為せり」と登場しており、同様の注され方となっている。ただ、高市皇子挽歌の本文で人麻呂は、「やすみしし　わご大君の　天の下　申し給へば　万代に　然しもあらむと」（＝隅々まで統治なさるわが大君高市皇子が、天下のことを奏上なさるので、万代の後までそのようであるだろうと）と歌っている。長反歌Ⓐは、薨去した高市を「永続的に補弼者たるべき皇子と扱い」「即位の可能性のない皇子として歌う」ことを引き受けたものであるとの考えもある。[10] テクストとしてはそう読み取れよう。だが大切なのは、高市皇子挽歌制作時の高市の評価ではなく、後に高市がどう理解され、家持もどう安積皇子と重ね合わせようとしていたかということであろう。

「後皇子尊」という名称については、記紀編纂段階に、さかのぼって天武・持統朝のものとして記載されたものであり、『万葉集』も同様であるとの考えがある。この名称について本間満氏は、その背景には、高市自身に加えて、その子長屋王とその弟鈴鹿王の政治的な力があったとする。[11] 氏の言うように、長屋王は文部・元正の姉妹にあたる吉備内親王を妻とし、藤原不比等とともに元明・元正・聖武の初期まで有力な皇親政治家として活躍し、不比等の死後は右大臣として台閣に列している。また、弟の鈴鹿王も天平九年九月に知太政官事として、聖武政治の後半に重要な役割を果たしている。従うべき指摘と考えられる。

家持も記紀編纂以降の「後皇子尊」としての高市という理解を引き継いで、これに安積皇子と重ね合わせていたものと考えるのが穏当であろう。一方安積皇子も、前述のように皇太子ではないものの唯一の皇子であった。家持や市原王・藤原八束らは、左大臣橘諸兄を中心に安積皇子を盛り立てる一つのグループを作っていたとも考えられている。[12] 皇子薨去の前年には、藤原八束邸において安積皇子を主賓とする宴が開かれ、家持も臨席していた。ここで家持は、安積皇子に近侍する内舎人として「安積親王の、左小弁藤原八束朝臣の家に宴せし日に、内舎人大伴宿禰家持の作れる歌一首」という題詞を持つ歌を残している（6・一〇四〇）。また皇子薨去約一箇月前の天平十六年正月十一日に、「活道の岡」に集宴した際にも家持は歌を残している（同・一〇四三）。「活道の岡」は当該Ⓑ長歌では「活道山」とも呼ばれ安積皇子馴染みの場所であったらしく、この集宴には安積皇子も同席していたと考える説も少なくない。[13] 安積皇子は、長屋王と同じ皇親政治家橘諸兄が期待を寄せる存在でもあった。家持は、これらの複合したシンパシーを以て、安積皇子と高市を重ね合わせようとしていたのではないだろうか。

三　安積皇子挽歌と日並皇子挽歌

では構成上、より類同する日並皇子挽歌との関係はいかがであろうか。日並皇子（草壁）は、言うまでもなく天武と持統の皇子であり、吉野の盟約（天武八年）により諸皇子に上し、天武十年には立太子している。天武亡き持統称制において、将来を期待する皇太子であった。日並皇子挽歌は、冒頭の神話的叙述からはじまり、続いて天武崩御と草壁が二重写しのようになった叙述となっていく。次にはっきりと草壁を主格とする「わご王　皇子の命の　天の下　知らしめしせば」（2・一六七）という、主格の提示部が据えられている。当該Ⓐ長歌にも、この「わご王　皇子の命」は用いられており、この表現は万葉集中、日並皇子挽歌と当該歌群にのみ用いられる表現である。さらに、当該歌でも日並皇子挽歌と同様に冒頭に続く同じ主格の提示部に「わご王　皇子の命」という表現が続いているのである。加えて「皇子の命」という表現だけをとっても、集中六例で、日並皇子挽歌と当該歌群以外の作者判明歌では、安騎野遊猟歌に「日並　皇子の命の馬並めて御猟立たしし時は来向かふ」（1・四九）という、同じく草壁を指す一例に限られている。[14] 大伴家持は、日並皇子挽歌と全体の構成を合わせるのみならず、主格部にほぼ皇太子草壁にのみ用いられた表現を配置することによって、安積皇子を皇太子草壁に重ね合わせていると考えられる。

如上のことを総合すると、次のようにまとめられよう。大伴家持は、高市皇子挽歌の冒頭と類句の重畳、日並皇子挽歌との構成や主格部への皇太子草壁を指す表現を配置するという二つの挽歌の立体的な組込によって、表現上も構成上も皇太子たるべき者の死を悼む挽歌として、安積皇子挽歌を作り出そうとしたのではないだろうか。

四　安積皇子挽歌の構成

ところで、当該歌群は、既述のように、高市皇子挽歌の冒頭に対するのみならず、AとBとが対応する構成を持つ。「表」の対応を細かく見ていくと、次のことが言えよう。

冒頭の「主格の提示」については、「二」で過述したとおり、「1」が高市皇子挽歌の歌い出しを継承し、丁寧に皇位継承も期待された人の死を傷む歌であると宣言する。「1′」は、「1」を前提に、詳述した内容を承認済みのものとして「言はまくも　ゆゆしきかも」を省略し簡潔にしているものと考えられる。

次の「場所の提示」では、「2」は四句によって反実仮想を用いながら、将来永続的に天皇として統治したであろうにと広く当時の都久邇京を提示し、時間軸が未来に向かっている。対する「2′」では、安積皇子が遊猟において、文武百官を統率していた活道山の木立での過去の回想が、一四句にわたって詳細に語られる。「2」と「2′」とは、「広く日本の宮都久邇京」と「焦点化された活道山の木立」、四句（簡素）と一四句（詳細）、「反実」と「事実」、「仮想」と「回想」というように、立体的に「反対（はんつい）」の関係を作り出している。またこの部分には、「2」

で簡素に示されていた将来の天皇としての統治が、文武百官を統率していた事績を一四句で丁寧に語ることによって保証されるようにも思われる。お互いが補う関係となっていることも理解されよう。

続く「自然描写」の部分では、「3」が春の山川における植物・動物の繁栄を通して、多角的に久邇京の繁栄を語るのに対して、「3′」は春の自然の移ろいに重ねて、あっけなく亡くなった皇子の死を暗示している。

「感歎の挿入句」部では、「4」では、石田王卒時の丹生王による挽歌に「逆言か」（3・四二〇）・「逆言の狂言」（四二一）と述べられていた、死を信じがたいものとする表現を取り入れている。また人麻呂の近江荒都歌（1・二九）や日並皇子挽歌（二六七）にも「いかさまに　思ほしめせか」という挿入句としての口説き文句が見られ、この点も摂取した部分となっている。「4′」は、同じく挿入句の形を用いながら、皇子の死を、自然にあらがえない無常の摂理として納得しようとしている。挿入句の前後に意識に大きな差があり、やはり「反対」の関係を家持は作り出そうとしている。

続いて「薨去後の様子」を語る「5」では、「御輿立たして」「天知らしぬれ」（両句の「し」は尊敬の助動詞「す」の連用形）のように、皇子を主語立てて、舎人に白栲の喪服を着せ、和束山の陵墓を治めることとなったと、六句で簡潔に述べる。一方「5′」では、舎人を主語として、日々に憔悴する様子を描く。「5」の「白栲に　舎人装ひて」と類同する表現を含む「五月蠅なす　騒く舎人は　白栲に　服取り着て」を用いつつ、その上に「大夫の　心振り起こし……」という、十数句にわたる大伴家持を暗示する武門を中心とする臣下の様子が冠されている。

最終の「詠嘆的な結び」部は、「6」では、皇子の死を前に悶絶してもどうする術もない現状を嘆いている。「5」が簡潔であるために、死の現実を受け止められず悶絶するという動作が加わり、嘆きの感情も「せむすべも無し」

と行動するにも八方塞がりな状態を表すことばが用いられている。対する「6´」では、「5´」で舎人達の叙述が詳しくなされているので、内面を表現する叙述のみとなっているものと考えられる。「悲しきろかも」の「悲し」は、日並皇子挽歌に続く皇子の舎人達の中でも「わが御門千代永久に栄えむと思ひてありしわれし悲しも」（2・一八三）・「朝日照る島の御門におほほしく人音もせねばまうら悲しも」（同・一八九）のような表現がすでに見られた。Ⓑ長歌後半は、草壁薨去における舎人の心情も引き込みながら作られていると思われる。その「悲し」は不可能を意味する補助動詞「かぬ」と同根であると言われ、「自分の力では如何ともしがたい情動が心に湧き起こってくる状態をいう語である」(15)。如何ともしがたい状態を、「6」では外面としての行動から、「6´」では内面から表出した「正対」で対応させて歌い納めていると考えられる。

五　安積皇子挽歌と久邇京讃歌

このように、当該長歌ⒶⒷは、表示できるようなはっきりとした六つの対応する部分を持ち、それらが対構造をなし、しかもその多くが「反対」をなしていることが理解できた。二組の長歌が表示できるほどしっかりとした対応をなしている淵源は、前述のように人麻呂の石見相聞歌にあった。しかし、石見相聞歌は、冒頭に続く玉藻を序として妻との共寝を描き、別れて来たことを述べる部分は「玉藻なす　寄り寝し妹を　露霜の　置きてし来れば」（2・一三一）に対して「玉藻なす　靡き寐し児を　深海松の　深めて思へど　さ寝し夜は　いくだもあらず　這ふ蔦の　別れし来れば」（同・一三五）となっており、これに続く妻に対する顧みも「この道の　八十隈毎に　万たび　かへりみすれど」（一三一）に対して「肝向かふ　心を痛み　思ひつつ　かへりみすれど」（一三五）

というように、それぞれ「正対」構造となっている。家持は、石見相聞歌の構造を直接摂取したものとすることはできないのではないか。むしろ家持は、同じ久邇京時代に作られた二組の長反歌による久邇京讃歌（6・一〇五〇〜一〇五二＝ⓐとする、一〇五三〜一〇五八＝ⓑとする）から多くを摂取していると考えられる。

久邇京讃歌は、巻六最終部に納められた二一首からなる「田辺福麻呂歌集」に含まれ、一般に家持によって後に追補されたものと考えられており、編纂は当該歌群作歌時よりも下るものである。しかし久邇京讃歌の作歌は、当該歌群に先立つと考えられる。ⓐの第一反歌（一〇五一）異伝に「こころと標さし定めけらしも」とあり、この「標さす」は久邇京遷都に先立ち、右大臣橘諸兄が恭仁郷の地勢を測定して候補地を選定・整備した『続紀』の記事と対応している（天平十二年十二月六日）。久邇京讃歌の初案は、久邇京遷都後、あまり時を置かずに発表されたと考えられる。また、この反歌には異伝があるように、ⓐは繰り返し披露されていたと考えられる。[16] またⓐ第二反歌の久邇京の永遠普遍性を予祝した「百世まで神しみ行かむ大宮所」（一〇五二）部分とⓑの第二反歌の「百代にも易るましじき大宮所」（一〇五五）は、ほとんど同じ表現をなしており、難波や紫香楽への遷都に揺れる以前の作であろう。久邇京で最後に朝賀を受けたのは、天平十六年正月であり、久邇京讃歌の両群は、当該歌に先立つものと考えられる。また、家持は久邇京に居し、[17] 内舎人として繰り返し披露された久邇京讃歌を当然知る立場にあった。

さて、その久邇京讃歌は、長歌のそれぞれの対応する内容を簡潔に示すと「主格の提示」「宮の提示」「空間に関わる自然描写」「時間に関わる自然描写」「予祝の結び」に分けられる。[18] 冒頭の「主格の提示」部は、ⓐ「現つ神　わご大君の」・ⓑ「わご大君　神の命の」と当該歌「主格の提示」部と同様に同格の主格となっている。また、「わご大君」と「神」の位置の入れ替えは、当該歌に先立ち石見相聞歌に負っている。「宮の提示」部は、ⓐⓑは

「高知らす　布当の宮は」を全く同じくする。ⓐで宮選定の経緯を述べた一四句をⓑでは、承認済みのものとして省略した形となっている。しかもこの一四句は、ⓐ（四一句）ⓑ（二七句）という長歌の句数の差に等しく、ⓐの一四句をそのまま組み込むことを想定してⓑが作られていると考えられる。「二」で既述した石見相聞歌における海岸の描写に比して、より精緻な対応となっているのである。続く「空間に関わる自然描写」部では、ⓐ「川近み　瀬の音ぞ清き　山近み　鳥が音とよむ」・ⓑ「百樹なし　山は木高し　落ち激つ　瀬の音も清し」のように「川山」と「山川」とが「反対」の対となっている。同様に「時間に関わる自然描写」部でも「秋されば　山もとどろに……春されば　岡辺もしじに」・「鶯の　来鳴く春べは……さ男鹿の　妻呼ぶ秋は」というように「秋春」と「春秋」とが「反対」の対となっている。のみならず、いずれもⓐの五音部とⓑの七音部が「反対」となっており、仮に当該歌の表のようにⓐを上にⓑを下に並べて折り返すと、重なり合い「反対」をなす構造となっている。

　この重なり方は福麻呂が「六合」の考え方を取り入れたからではないかと考えられる。「六合」は、一般に天地四方の対応を表すが、『淮南子』にも「六合。孟春与孟秋為合、仲春与仲秋為合、季春与季秋為合、孟夏与孟冬為合、仲夏与仲冬為合、季夏与季冬為合」（「時則訓」）とあるように、季節の調和した組み合わせをも「六合」と呼んでいる。「春」「秋」の対は、福麻呂に先立つ宮廷歌人が吉野讃歌などで、既に用いているが、福麻呂は、「六合」を取り入れながらａｂ長歌どうしで対しているのである[19]。

　家持は、冒頭の対や承認済みのものを第二長歌には省略する形を石見相聞歌から直接取り込んだものではなかろう。同じ久邇時代歌われた久邇京讃歌も同様な摂取がなされていた。のみならず当該歌の対応する部分に多く見られた「反対」は、久邇京讃歌が「六合」の概念により時間も空間も整然と対応させた「反対」を重畳させたものと類同する。やはり久邇京讃歌から学んだものと考えるべきなのではないだろうか。

六　むすび

当該歌群は、「二」で示したように、構成について述べるならば、人麻呂の日並皇子挽歌と類同した構成をなしていた。加えて「三」で叙述したように、「主格の提示」というキーポジションに、皇太子を意味する「わご王（おほきみ）　皇子（みこ）の命（みこと）」を配置するなど、安積皇子を日並皇子にも重ね合わせていた。また、「二」で詳述することによって明らかになった当該歌の構成と、長歌Ⓐと Ⓑとの関係からは、漢詩文の概念である「反対（はんつい）」などの対（つい）がいくつも見られた。これは、大伴家持が直接六朝漢詩文などから摂取したものではなかった。二組で対応する人麻呂の石見相聞歌を淵源としつつ、重層的で精緻な対応をなす福麻呂の久邇京讃歌から学んだものと考えられる。大伴家持は久邇京讃歌をただ摂取しただけではなかった。冒頭の言葉を順序を入れ替え対応させる対（つい）し方を同一歌群内部だけのものとしなかった。「二」で述べたように、大伴家持は、他の歌人の長歌と対（つい）するという新たな試みとして発展させているのである。高市皇子挽歌の冒頭と順序を入れ替え対応させることにより、当該歌群を高市皇子挽歌と対（つい）し、高市皇子挽歌との類句を重ねることによって、皇太子に準ずる高市の姿を呼び込み、重ね合わせることに成功していると言えるのではないか。

漢詩文の世界で度々見られる語句の入れ替えは、一作の内部で行われているものが散見する。例えば『詩経』「鄘風（ようふう）」には、

鶉之奔奔　鵲之彊彊　人之無良　我以為兄

鵲之彊彊　鶉之奔奔　人之無良　我以為君　（「鶉之奔奔」）

のように、「鶉之奔奔」と「鵲之彊彊」とが順序を逆にしながら対していた。万葉では、人麻呂が石見相聞歌の二組の長反歌の中でこれを実践し、福麻呂が二組の久邇京讃歌で精緻なものとしつつ、「反対（はんつい）」を重畳させた作品とした。大伴家持は、直接的には久邇京讃歌からこれを摂取したと考えられる。家持は二組の長反歌という自らの挽歌の内部でこれを摂取するだけではなく、過去の挽歌と対（つい）しその挽歌で悼まれる準皇太子や皇太子と安積皇子を重ね合わせようとした。安積皇子挽歌からは、万葉歌における東アジアの「反対（はんつい）」を中心とした対形式の「連関」の一つのありようが見てとれたのではないだろうか。

注

（1）令の算用数字番号は、井上光貞・関晃・土田直鎮・青木和夫校注『律令』（日本思想大系　岩波書店　一九七六年）による。
（2）橋本達雄「若き日の志向」（『大伴家持作品論攷』塙書房　一九八五年　初出一九七七年五月）。
（3）横田健一「安積親王の死とその前後」（『白鳳天平の世界』創元社　一九七三年　初出一九五九年六月）。
（4）橋本達雄「石見相聞歌の構造」（『万葉集の作品と歌風』笠間書院　一九九一年　初出一九八〇年六月）。
（5）青木生子「安積皇子挽歌の表現」（『青木生子著作集第四巻　万葉挽歌論』おうふう　一九九八年　初出一九七五年三月）。
（6）神野志隆光「安積皇子挽歌」（『セミナー万葉の歌人と作品8』和泉書院　二〇〇二年）。
（7）鉄野昌弘「安積皇子挽歌論——家持作歌の政治性——」（『万葉』第二一九号　二〇一五年四月）。
（8）斎藤茂吉『柿本人麿　評釈編巻之上』（岩波書店　一九三七年）。
（9）阿蘇瑞枝「誅と人麻呂殯宮歌の問題」（『柿本人麻呂論考』桜楓社　一九七二年　初出一九六二年六月）。なお、明日香皇

女挽歌の（四）にあたる叙述は、最終部の「音のみも　名のみも絶えず　天地の　いや遠長く　思ひ行かむ　み名に懸かせる　明日香河　万代までに　愛しきやし　わご大君の　形見がここを」である。

(10) 橋本達雄「活道の岡の宴歌」（『大伴家持作品論攷』塙書房　一九八五年　初出一九七八年三月）。

(11) 本間満「草壁皇子の立太子について」（『日本古代皇太子制度の研究』雄山閣　二〇一四年　初出一九九九年）。

(12) 前掲橋本（10）。

(13) 川崎庸之「大伴家持」（『記紀万葉の世界』川崎庸之歴史著作選集第一巻　東京大学出版会　一九八二年　初出一九四二年一月）、山本謙吉「寿は知らず」（『大伴家持』筑摩書房　一九七一年）、前掲橋本（10）、吉井巖『万葉集全注』巻第六（有斐閣　一九八四年）、多田一臣「安積皇子への挽歌」（『大伴家持』至文堂　一九九四年）など。

(14) 他に作者未詳の長歌に一例見られる。「……何時しかも　日足らしまして　十五月の　満はしけむと　わが思へる　皇子の命は……」（13・三三二四）というように、成人を前にして亡くなった皇子を指し、「皇位に就くべく亡くなった皇子を指す」前掲注（7）。

(15) 大浦誠士「かなし」（多田一臣編『万葉語誌』筑摩書房　二〇一四年）。

(16) 拙稿「『久邇京讃歌』の淵源」（『万葉歌人田辺福麻呂論』笠間書院　二〇一〇年　初出一九九四年七月・一九九九年十二月）。なお『続紀』の記事は以下の通り。「是の日、右大臣橘宿禰諸兄、在前に発ち、山背国相楽郡恭仁郷を経略す。遷都を擬ることを以ての故なり」。

(17) 巻六に「十五年癸未の秋八月十六日に内舎人大伴宿禰家持の、久邇の京を讃めて作れる歌一首」と題された「今造る久邇の都は山川の清けき見ればうべ知らすらし」（一〇三七）という歌も残っている。

(18) 詳しい対応については拙稿「久邇京讃歌」（『万葉歌人田辺福麻呂論』笠間書院　二〇一〇年　初出一九九四年七月）。

(19) 詳しくは、拙稿「田辺福麻呂の『久邇京讃歌』と『六合』」（『万葉歌人田辺福麻呂論』笠間書院　二〇一〇年　初出二〇〇九年三月）。

第四章　二上山の賦

一　はじめに

左の歌は、左注で自ら注しているように、大伴家持の作である。三月三十日は、天平十九年（七四七）。この年の立夏は、三月二十一日である。家持が越中の国守として赴任して翌年の、夏のはじめに詠まれたものである。奈良と同様に、二上山と称される、二つの峰を持つ山を讃美した二九句からなる小編の長歌である。

二上山（ふたがみやま）の賦（ふ）一首　この山は射水（いみづ）郡にあり

射水川（いみづがは）　い行き廻（めぐ）れる　玉匣（たまくしげ）　二上（ふたがみ）山は　春花（はるはな）の　咲ける盛りに　秋の葉の　にほへる時に　出で立ちて　振り放け見れば　神柄（かむから）や　許多貴（そこばたふと）き　山柄（やまから）や　見が欲（ほ）しからむ　すめ神（かみ）の　裾廻（すそみ）の山の　渋谿（しぶたに）の　崎の荒磯（ありそ）に　朝凪（な）ぎに　寄する白波　夕凪（な）ぎに　満ち来る潮（しほ）の　いや増しに　絶ゆること無く　古（いにしへ）ゆ　今の現（をつつ）に　か

くしこそ　見る人ごとに　懸けて偲(しの)はめ（17・三九八五）
渋谿(しぶたに)の崎の荒磯(ありそ)に寄する波いやしくしくに古(いにしへ)思ほゆ（三九八六）
玉匣(たまくしげ)二上山に鳴く鳥の声の恋(こひ)しき時は来(き)にけり（三九八七）
右は、三月三十日に興(よ)に依りて作れり。大伴宿禰家持

本文は、鴻巣『全釈』が「例によつて、古歌に倣つた点が多い」と述べ、佐佐木『評釈』が「古人の成句を借用したり摸倣したりして、独自性が希薄である」と述べるように、先行する歌々との類似が古くから指摘される。さらに、『私注』が「先蹤につきすぎて居て、新味の乏しいものである。用ゐられた句など細かくさぐれば、大半摸倣といふことになるかもしれない」と述べる。橋本達雄氏が、これらの評をまとめて述べるように、「一首が多くの先蹤を踏まえて歌われていることは誰の目にも明かである」[1]。『全歌講義』も「先行歌の表現を取り込んだ部分が多く独創性は少ない」と述べている。

一方で鴻巣『全釈』が「併し全体としては整然たる組織で、闡明に且神々しく歌はれている」と述べ、佐佐木『評釈』が「整然たる構成で、美しい対句なども多く用ゐられ、比較的よく古調を出だし、それによつて二上山の神さびた趣を写し得てゐる」と述べている。窪田『評釈』は「作意が条件付きのものであるところから、創意を出す余地はないが、一方、簡潔に、沈静にいっているので、それを補っているといえる」と評している。

『釈注』が「格別新鮮ではないものの、整然たる構成には手法の熟成が感じられる」と言うように、総合すると先行する歌人の表現を取り込んでいる点は評価が低く、整然とした構成力は評価されているのが現状と考えられる。しかし、後述するように、表現の面でも家持の独自性を感ぜられるものがあり、従来の評価を良しとする

だけではない作品となっているものと考えられる。

また、この歌の前書きを意味する題詞には、一般に散文的長編詩を意味する「賦」ということばが見られ、特徴的であることは間違いなかろう。この「賦」は、この歌の後に詠まれる「布勢の水海に遊覧せる賦一首并せて短歌」（三九九一・三九九二）・「立山の賦一首并せて短歌」（四〇〇〇～四〇〇二）とともに「越中三賦」とも称されるものである。その初出でもあり、二重に特徴的である。（大伴池主の題詞にも見られるが、これはこの二首の題詞を引用し「敬和」したと題するものである）。

また左注には、「依興」（興に依りて）のことばも見られる。この「依興」（興中）は、万葉集中一三例見られる。これも家持のみが用いた語であり、その意味するところが、従来議論されている。その「興」と初めて注したのもこの歌であり、この点も注目に値する。

この題詞「賦」、左注「依興」、そして本文から、多角的に当該歌を分析していくこととしたい。

二　「二上山の賦」への階梯

「一」で述べたように、当該歌は、本文以外の題詞「賦」・左注「依興」に顕著な特徴があり、本文以外のこの二次的な情報（パラテクスト＝paratext）、それが作品を枠取っているとも言える。このパラテクストについては、第二章で詳述したように、テクストにある種の（可変的な）囲いを、そして時には公式もしくは非公式の、ある注釈を与えるものである。[2] 当該歌は、「題詞」の「賦」というパラテクストと、「左注」の「依興」といったパラテクスト、いわば縦枠と横枠の二つのパラテクストによって枠取られた作品となっている。

題詞の「賦」は、家持が中国詩文を気取って長歌に「賦」と題していると言えなくもないものだが、家持のみが、三首、しかも越中においてのみ用いており、その気負いを感じるものである。中国詩文を強く意識したものと考えられる。家持は、当該歌を「賦」という縦枠によって枠取っている。

その漢詩文で用いられる「賦」という題詞の枠取りの淵源は、大伴池主との書簡にあると考えられる。この書簡は二月二十九日から始まり、三月五日まで続く。家持は、池主に「掾大伴宿禰池主に贈れる悲しびの歌二首」と題する左の短歌二首を送る。

春の花今は盛りににほふらむ折りて插頭さむ手力もがも（三九六五）

鶯の鳴き散らすらむ春の花いつしか君と手折り插頭さむ（三九六六）

これには、「忽沈二枉疾一累レ旬痛苦」（忽ちに枉疾に沈み、旬を累ねて痛み苦しむ）という突然重い病気にかかり、十日以上も苦しんだ旨を述べることから始まる漢詩の序文が付されている。これに対して池主も三月二日に二首の歌を返す。その前にやはり漢文の序を次のように付けている。

忽辱二芳音一翰苑凌レ雲　兼垂二倭詩一詞林舒レ錦……（忽ちに芳音を辱くし、翰苑は雲を凌ぐ。兼ねて倭詩を垂れ、詞林錦を舒ぶ……）

突然便りを貰ったことへの礼とその序文の素晴らしさを述べ、その上和歌までを送られ、そのことばは、錦を敷いたように美しいと美辞を配して語る。そこで池主は、家持の短歌を中国詩文の世界になぞらえて「倭詩」と呼ぶ。

これを受け三月三日家持は「更に贈れる歌一首并せて短歌」（三九六九～三九七二）を送る。これにも漢文序が前置され、……幼年未レ逕二山柿之門一　裁歌之趣、詞失二乎聚林一矣……（……幼き年にいまだ山柿の門に逕らずして、裁歌の趣は詞を聚林に失ふ……）

というように、有名な「いまだ山柿の門に逕らず」という、山部赤人（または山上憶良）や柿本人麻呂に及ばないという思いが吐露される。これに池主は、四日に詩序と七言律詩、五日に漢文序・長短歌を以てして答え、家持も、詩序・七言律詩・短歌二首を返している。

これら、家持・池主の贈答の応酬については、漢詩文の贈答に擬するとする指摘がある。古くは、岡田正之氏が無前提ながら「此の贈答之書は、晋の劉琨と盧諶との贈答詩に於ける往復の書に擬したるものならん[3]」と指摘している。小島憲之氏は文選六朝のみならず、王勃・駱賓王といった初唐詩の詩序からの影響を指摘している[4]。古沢未知男氏は、文選との関係を丁寧に検証しながら、「茲にどうしても同じ形の文選劉琨・盧諶の贈答書を対比想定せしめずには措かない」と岡田説を補強している[5]。

こうした序文を中心とした漢風に彩られたやりとりの後に、初めて「賦」と題される「二上山の賦」が制作される。「二上山の賦」は「一首」と題され、反歌（短歌）二首を含むものの、「併せて短歌」とは題されていない。直前に詠まれた三月二十日の「恋緒を述ぶる歌」が「一首并せて短歌」と題され、長歌に反歌四首が付されている。これらとは対照的である。やはり、池主との贈答から発したものと考えるべきであろう。「二上山の賦」は、三月二日に池主が「倭詩」と評した短歌二首を追する。「一」で示した「賦」の性格からして、「賦」は長歌を強く念頭に名付けられたものであることは間違いなかろう。このことは、家持の他の二賦が、「布勢の水海に遊覧せる賦一首并せて短歌」（三九九一・三九九二）、「立山の賦一首并せて短歌」（四〇〇〇～四〇〇二）と題していることからも理解できる。「一首」を題詞から削ぎ落として「二上山の賦」とのみ題する、強い「賦」へのこだわりが感ぜられる。池主が広義には和歌を指すが、狭義には直前の家持の短歌を「倭詩」と称したことを意識し、後に詳しく述べるように、いわば「倭賦」を作成しようとして、「二上山の賦」の長歌は制作されたと考えられるのではないだろうか。

三　パラテクストとしての「賦」

さて、この部分の「賦」については、早く契沖が『文選』から「卜商詩序云。故詩有二六義一焉。一曰風。二曰賦云々」（『代匠記』初稿本）と子夏「毛詩大序」の「詩有六義焉。一曰風、二曰賦、三曰比、四曰興、五曰雅、六曰頌」を示している。続けて「注云。賦者敷二陳其事一而直言之者也」と指摘し、「詩序疏曰。賦之言鋪。直陳二今之政善教悪一」と述べる。「賦」の役割を「敷陳」「鋪」「直陳」であると表している。

家持は右の「賦」の定義や意義についてどれほどの理解をしていたのであろうか。例えば『文心雕龍』全賦にも「詩有二六義一、其二曰賦。賦者鋪也。鋪レ采摛レ文、體レ物寫レ志也」とある。文を鋪き摛べるというものであることは十分理解されていたであろう。

また、左思が「三都賦序」で、賦を詠む姿勢を述べている。この『文選』は、官僚必読の書である。これと家持「賦」との関連も考えられる。

蓋詩有二六義一焉。其二曰賦……發レ言為レ詩者、詠二其所一レ志也、升レ高能賦者、頌二其所一レ見也、美レ物者、貴レ依二其本一、讃レ事者、宜レ本二其實一。匪レ本匪レ實、覽者奚信。且夫任土作レ貢、虞書所レ著。辨レ物居レ方、周易所レ愼。聊舉二其一隅一、攝二其體統一、歸二諸詁訓一焉。

特に、「三都賦序」は、山について述べ、見るものの讃美について述べており、関係性が考えられる。また「任土作貢、虞書所著」と土地に応じて賦税を出させることは『経書』にあるとも述べる。五月に税帳使として上京する家持が、これを意識している可能性がある。「二上山の賦一首　この山は射水郡にあり」というようにそれぞれの賦に地名の説明が賦されているのは、上京時の家苞（都苞）として「越中三賦」を持参したためであるともつとに指摘されているところである。

またこの税帳使に関しては、「二二」で述べた家持の病状が癒え、税帳使が「三月なかばごろ正式の決定をみたのであろう」と言う橋本達雄氏の説がある。橋本氏はそのため三月二十日夜に「恋緒を述ぶる歌」が作られたとする。それは「上京決定が直接の刺激となって、今までおさえていた妻への慕情が、夜の静寂のなかで、突如堰を切ったようにあふれでて、歌わずにいられなかったのであろう」と妻坂上大嬢への恋情から作られたとするものである。(6) これに対して、当該歌は「家持の心のなかでは上京が想定されていたが、正式な上京が決定する以前の制作」とする佐藤隆氏の説がある。佐藤氏は、上京確定後の明確な作品は、左注に「右は、守大伴宿禰家持、正税帳をもちて京師に入らむとし、よりてこの歌を作り、聊かに相別るる嘆きを陳べたり。四月二十日」とある「大目　秦忌寸八千嶋の舘にして、守大伴宿禰家持に餞せる宴の歌二首」（三九八九・三九九〇）であると指摘する。また、その一首目に「奈呉の海の沖つ白波」を序詞に用いていることに留意すべきであるとしている。(7) 正式な決定後か否かは、判断がつきかねるが、いずれにしても、家持が意識するにふさわしい「三都賦」序文であることは間違いなかろう。

「二二」で示した、その強いこだわりの題詞「賦」というパラテクストによって枠取られた長歌はどのように理解できるのであろうか。

冒頭四句主題の提示部「射水川　い行き廻れる　玉匣　二上山は」については、橋本達雄氏に重要な指摘がある。「い行き廻れる」が、他に高橋虫麻呂歌集「難波に経宿りて明日還り来し時の歌」に「島山を　い行き廻れる　川副ひの　丘辺の道ゆ」に一例あるのみであることを述べている。そして、山田孝雄『万葉五賦』の「川を活物と見たるなり」を引きながら「両者の結びつきを強めるものであろう」と指摘している。家持が虫麻呂から学んで表現しているものである。これは「二」で指摘した「いまだ山柿の門に逕らず」と告白した家持の、「山柿」に近づくための一つの方法であったと考えられる。それは先行する歌人の表現を徹底的に学びつつ、自らの長歌に取り入れることによって「倭賦」を作成しようと考えていたからではなかろうか。

同じ橋本氏が「い行き廻れる」と類似する表現として、山（や久邇京）を川が廻る様を「帯にせる」「帯ばせる」によって表現した五例が見られることを指摘している。

1　大君の三笠の山に帯にせる細谷川の音の清けさ（7・一一〇二）

2　三諸の神の帯ばせる泊瀬川水脈し絶えずはわれ忘れめや（9・一七七〇　古集）

3　……春されば　春霞立ち　秋行けば　紅にほふ　神南備の　三諸の神の　帯にせる　明日香の川の……（13・三二二七）

4　春されば　花咲きををり　秋づけば　丹の穂にもみつ　味酒を　神名火山の　帯にせる　明日香の川の……（13・三二六六）

5　山背の　久邇の都は　春されば　花咲きををり　秋されば　黄葉にほひ　帯ばせる　泉の川の……（17・三九〇七　境部老麿）

そして、これらのそれぞれの例が讃歌性を持つことを述べている。「帯にせる」「帯ばせる」に類似する内容の「い行き廻れる」にも讃歌性が付与されるという文脈となっているとする。丁寧な論証は、首肯すべきものと考えられる。

ところで、右でも指摘した「都賦」には、都（や険峻なる山）を取り巻く河川を描く表現が頻出する。例えば「西都賦」では、長安の都について、左のように、黄河・涇水・渭水が都を帯水し、六合に叶った場所であると讃美している。

左二據函谷二崤之阻一、表以二太華終南之山一、右界二褒斜隴首之険一。帯以二洪河涇渭之川一……是故横二被六合。三二成帝畿一。

また、「東都賦」では、洛陽の優位性を語り、讃美するために次のように、

秦嶺九嵕、涇渭之川、曷若二四瀆五嶽、帯レ河泝レ洛、圖書之淵一。

西都は、山では秦嶺と九嵕があり、川では涇水と渭水がある。それに対して東都は、四つの大河と五岳を擁する。黄河を帯水し洛水が上流し、大きな淵を作る地であると、述べる。

家持は、「帯にせる」「帯ばせる」が、讃歌性をも持つ和歌表現であることを十分理解していた。それでありながらも、頻出する表現であることから凡庸さを避けたと考えられる。また「倭賦」に対して「都賦」に頻繁に表れる「帯」でもあることからも、「倭賦」を志向する家持は、これを意識的に排したのではなかろうか。そのために「帯にせる」「帯ばせる」に類似することにより讃歌性が付与されつつ「帯」を含まない、「い行き廻れる」を虫麻呂から学び取って表現したのではないだろうか。

なお、鉄野昌弘氏は、この部分について、家持は二上山の全体像を、きわめて簡潔に提示していると評価できるのではないかとし、かかる捉え方の背後に「上干蔽白日下属帯廻谿」（謝朓「敬亭山詩」『文選』）「縈以三湖帯以

九江」（支曇諦「盧山賦」『芸文類聚』）「重巒蹇産迴溪縈帯」（孫綽「太平山銘」『芸文類聚』）といった、漢詩文における山の描写の存在を想定できようとしている。(8)

次の「春花の　咲ける盛りに　秋の葉の　にほへる時に」は、春秋による讃美が、人麻呂や赤人の吉野讃歌をはじめとして、類例が多く　平凡な表現のように思われる。しかしこの部分の、「秋の葉」は、山田孝雄『万葉五賦』が指摘するように集中三例のみで、これが初出である。また、

春花の　繁き盛りに　秋の葉の　黄色の時に（19・四一八七）

春花の　にほえ栄えて　秋の葉の　にほひに照れる（19・四二一一）

他の二例も右の家持の歌であって、橋本氏の言うように「集中三例しかない新しい歌語」と考えられる。

ただ、この部分については『全集』が、「春花」と同じく「秋葉」の翻訳語であろうと指摘する。また、橋本『全注』巻第十七は、芳賀紀雄氏の教示としてさらに詳しく、

芸文類聚巻四十二（楽部二　楽府）に「憶別春花飛　已見秋葉稀」（梁の庾成師「遠期篇」）、同書巻九十（鳥部上　鳳）に「欲舞春花落　将飛秋葉空」（陳の張正見「賦得威鳳栖梧詩」）の二例を見る。あるいはこれを直接学んだものか。

と直接出典となる可能性のある漢籍を挙げている。

片方で漢籍を排除し片方でそれを摂取するというのは、自家撞着を起こしているようにも感ぜられる。しかし「帯」は「賦」の代表的でよく知られた「都賦」に用いられていたものであることもあり、集中類例を見るものとなっていると考えられる。一方「秋葉」は、右の『芸文類聚』を出典とするならば、膨大な資料のかなりの読み込みの中から見出したことになり、「秋の葉」は、集中初出で家持独自のものである。すべて「春花の」と対されており、次に述べるように、対句の面でも「倭賦」として重要な役割を果たす表現である。

その「春花の　咲ける盛りに　秋の葉の　にほへる時に」は、二句対をなす部分である。当該歌は、二九句のうち、対句はすべてが二句対の三組で、左のように一二句をなす。

春花の　咲ける盛りに　秋の葉の　にほへる時に
神柄や　許多貴き　山柄や　見が欲しからむ
朝凪ぎに　寄する白波　夕凪ぎに　満ち来る潮の

「布勢の水海に遊覧せる賦」も、

渋谿の　崎徘徊り　松田江の　長浜過ぎて
沖辺漕ぎ　辺に漕ぎ見れば
渚には　あぢ群騒き　島廻には　木末花咲き

のように三組の対偶をなす。これについて辰巳正明氏は、「この二賦に於ける対偶の比重は大きく、対偶表現への配慮が存在したと思われる」とする。[9]これは、鈴木虎雄『賦史大要』の賦が「魏以降始めて對句を頻繁に用ゐ、又其の工麗ならんことを求めたり[10]」を受けての言で、概要としては首肯できよう。ただ「布勢の水海に遊覧せる賦」は当該歌よりも句数が三七句と多い。また、右のように「沖辺漕ぎ　辺に漕ぎ見れば」は、一句ずつの対偶である。これに対して当該歌は、整然とした二句対となっており、この二点からも当該歌が、より対偶を重視する「賦」の世界観を具現化したものとなっていることが理解できよう。

さて、先述したように「賦」の役割は「敷陳」「鋪」「直陳」であった。家持が目にしていたであろう『文選』の陸機「文賦」について、鈴木道代氏がこう解説している。

「文賦」は「賦」の特徴として「賦體レ物而瀏亮」（賦は物を體して瀏亮なり）というように構成的に部分ごとに描

写して明瞭であると説明していると言う。その李善注では、「賦以陳レ事、故曰體レ物、綺靡、精妙之言。瀏亮清明之稱」とあり、物事の形を明瞭に描くこと、つまり具体的に物事を陳述することであると解説している。[11] 二句対三組の形式とその表現は、明瞭具体的なものとなっていることがわかる。

また先の辰巳正明氏は、五字・七字の仮名表記に注目する。先の鈴木『賦史大要』が指摘する「賦」において五字・七字の混用が始まるのは、梁の沈約の頃からで、初唐の王勃・駱賓王が五・七言詩句を使用し顕著であるということとの家持への影響を指摘する。[12] そこから、家持の作品の表記には漢字と仮名の混用表記が一般的であるのに対し、三賦にあっては、「二上山の賦」の三例を除き、他はすべて一字一音の仮名表記であることを指摘する。さらに慎重に考察を加え、三賦に至るまでの長歌四首の漢字表記・正訓・義訓表記も考察する。「長逝せる弟を哀傷(かなし)びたる歌一首」(三九五七)では、五一句中「大王・出・青・泉……」など二六例、以下「忽(たちま)ちに枉疾(わうしつ)に沈み、殆(ほとほと)に泉路に臨めり、よりて歌詞を作りて悲緒(ひしょ)を申(の)べたる一首」(三九六二)では、五七句中一三例、「更に贈れる歌一首」(三九六九)では、六一句中一六例、「恋緒(れんしょ)を述べたる歌一首」(三九七八)では、五六句中二三例が、漢字表記・正訓・義訓表記となっており、万葉集の一般的な表記法を用いていることを述べている。これに対して「二上山の賦」では、「山」「出立」「葉」の三例を摘出するのみであることを論じている。他の二賦とは違い完全ではないものの、五・七の仮名表記が二九句中、二六句を占めている。「賦」と題された「二上山の賦」から、突如としてほとんどを五字・七字の仮名表記とする形態に変化しているのである。「二上山の賦」が、六朝・初唐賦の五・七言詩句の使用を意識しながら、「倭」の一字一音にこだわりを持っていたことがよく理解できよう。

このようにパラテクストという縦枠「賦」で囲われた当該歌が、形式・内容・表現のすべてにおいて、「中国賦」を過剰なまでに意識しつつ、「倭」の世界でそれを具現化しようとしていたように考えられる。三月三日に「いまだ山柿の門に遥らずと自省した家持は、三月三十日に心血を注いで、「二上山の賦」という「倭賦」を作成したのではないだろうか。

四　パラテクストとしての「依興」

もう一つのパラテクストとして左注の「依興」があり、横枠として「二上山の賦」を枠取っている。前述したように、「依興」は集中一三例見られ、家持のみが用いた表現であり、しかもその初出例である。当該歌と歌学を理解する上で非常に重要である。その「依興」が理解されないと、パラテクストとして、当該歌を横枠としてどのように枠取っているかが明確にはならない。

その「依興」については実は、諸氏見解が分かれており定説をみていない。「依興」については、鈴木崇大氏が高岡市万葉歴史館［編］『大伴家持をよむⅡ』の中で諸氏の説を明快に引用しまとめている。[13] 小野寛氏と鈴木道代氏の説以外は、鈴木崇大氏の引用をまとめながら紹介する形で示していきたい。

「依興」の問題を初めて扱った小野寛氏は、「家持の『依興歌』は非現実の世界をうたう歌であった。家持の『興』は現実から離れて想像の世界を描こうとする心だと言えるだろう。『興』は家持独自の文学を生み出す意識を示すことばであった。文学創造における想像力の存在を意識したことばだったのである」とする。[14]

橋本達雄氏は、「『依興』なる語は、家持の胸奥にはそれなりの脈略もあり、必然もあるのだが、普通に見るといかにも唐突でその場にそぐわないと思われるような状況で発した感興を述べた歌に対してつけられているのである」。「『興』はやはり感興以外のものではない」とする。

辰巳正明氏は、「およそ家持の『依興歌』は、その背後に、あるいは歌の言外に作者の何等かの余意が含まれている歌である」と、「三」でも示した『毛詩』大序の「興（暗喩）」から生まれたものとする。[15]

藤井貞和氏も中国詩学に関する語であるとした上で、それを発展させ、「意あふれることがさきに立ち、文飾は二の次だ、という謙辞」であり、「ごく私的な、つまり自分の心のなかだけの事件としての感興という意味」であるとする。[16]

鉄野昌弘氏も中国詩学に関わりのある語ととらえ、「『興』が心中の動きを意味することは、無論である。しかしその動きは、心の内部で完結するのではなく、常に外界の変化によって刺激されて起こっているものであろう」と述べる。[17]

松田聡氏は、「興」が「特定の文学理念や作家手法を表しているような例」は万葉集のみならず、『懐風藻』や勅撰漢詩集に到るまで認められず、「『依興』の『興』は『感興』『興趣』の意味に解するのが穏やかではないか」と橋本説を補強する。[18]

鈴木道代氏も『毛詩正義』を引き「事物を述べることによって詩人の心を表すことが『興』である」と述べ、また『詩品』を引きながら「『興』については『文已に尽きて而して意余り有るは、興なり』と規定する。言葉が尽きても余情が残ると言うのであり、換言すれば言外に真意があることが『興』であると言うのである。中国詩学においての六義の『興』の定義については、解釈の幅はあるものの、基本的には『物』に託した隠喩を指し、『文』に現れないところに『情（志）』を述べることだと説明できよう」と、辰巳論を継承して述べている。[19]

これら鈴木崇大氏の明快な整理を中心に諸氏の論を縷々示してきたが、はたして「依興」とは、これらのどれにあたるのであろうか。はたまた、諸氏には指摘がない、全く別の意味をなすのであろうか。

当該歌は、家持初めての「倭賦」の試みであり、その出来栄えについて、藤井氏の言うように「意あふれることがさきに立ち、文飾は二の次だ、という謙辞」を以て、左注にしたということは考えられよう。しかし、これが中国詩文に関連する語であるとするには、内容からの検証が必要である。

「二上山の賦」は、二九句と短い長歌である。それは、前述したいくつかの例の「都賦」とは違い、長大なものとは言えない。しかし、橋本達雄氏が指摘するように、『芸文類聚』所収の「山賦」が平均二五句程度であることを考えると、当該長歌が、極端に短形式とは言えない。「三」で詳述したように、中国賦の形式を踏襲しながら、内容は、それを排除していた当該歌であった。また内容も「賦」にふさわしく、「敷陳」「鋪」「直陳」「賦體物而瀏亮」たるものであった。

「二上山の賦」が述べているものは、二上山南面の裾回に、射水川が「い行き廻」り、春秋に代表される一年中、二上山は「神柄」「すめ神」として神格化され、良景である。北を見晴らすと山麓の延長線上に位置する渋谿の海岸に朝夕に代表される一日、凪いだり白波が打ち寄せたりと好景を示している。その姿は、古から現在にいたるまでこのようであると明瞭に描いたものとなっていることは諒解されるであろう。

反歌は、長歌後半を受けながら、第一反歌で海の非情物である「波」の光景によって、「古（いにしへ）」が思われると、現在から連なる「過去」に目が向けられている。第二反歌では、山に転じ現在の二上山に、動物である「鳥」が到来するのを希求する未来に向けられたものとなっている。鳥は「玉匣（たまくしげ）二上山に鳴く鳥」と、明示されていない。しかし、諸注が言うように、直前の前日にあたる二十九日、題詞にも「いまだ霍公鳥の啼くを聞かず。因りて作れる恨みの歌」とあるように、家持は、霍公鳥が立夏を過ぎても鳴かないことを恨んだ歌を二首（三九八三・三九八四）制作している。霍公鳥を指すものとみて間違いなかろう。

叙上のように、作品内容を概括したが、そこに中国詩文の「興」の概念を見ることは可能であったであろうか。藤井貞和氏が言うように、家持の机の上には大量の漢籍があり、「中国詩学にいう『興』がここに、無関係であるとは」「到底、考えることができない」[20]とも思われる。しかし、暗喩・隠喩なり、文に現れない「情」を、「二上山の賦」の長歌からも反歌からも、汲み取ることはできないのではないだろうか。また、同じ「依興」と題する、亡き聖武天皇を偲んだ、いわゆる高円歌群「興に依りて各々高円の離宮処を思ひて作れる歌五首」（20・四五〇六～四五一〇）では、家持以外の四人の歌が含まれている。五人が共通して、中国詩文の暗喩・隠喩を意識して作成したとは、到底考えられない。

とするならば、橋本達雄氏の述べるように、「感興」の意と理解するのが穏やかではないだろうか。橋本氏は、今見てきたように、その「感興」が、「家持の胸奥にはそれなりの脈略もあり、必然もあるのだが、普通に見るといかにも唐突でその場にそぐわないと思われるような状況で発した感興を述べた歌に対してつけられているのである」と論じている。

「二」で詳述したように、池主との間で漢文詩序・漢詩など、中国詩文に彩られたやり取りの連続があった。「二上山の賦」は、その累積の中から、家持にとっては必然的なものとして、生み出された「倭賦」であった。しかし、池主とのやり取りは、三月初旬であり、当該歌が制作されたのは、三十日である。しかも、万葉史上はじめての「賦」と題されたものである。さらに題詞には、先述したように「二上山の賦一首」とだけあり、「併せて短歌」ということばも添えられていない。「この山は射水郡にあり」という説明まで加わったものとなっている。まさに「唐突」の感を抱かせるものとなっている。そこで、「依興」という横枠のパラテクストで括ることによって、唐突の感を和らげようとしていたのではないだろうか。「唐突の感を和らげ」るとは、松田聡氏が言うように、読者（と想定される官人層）を意識した編纂上の注記とも言える。さらに松田氏は、日付順を原則とする万葉集末四巻の配列にあって、なぜその位置に配列されるかがわかりにくい場合、注されるのだとする。[21]このことは右のことからも頷かれよう。ただ「興」の文字を見た読者は、題詞の「賦」と合わせて、中国詩学の「興」を意識するかもしれない。それを理解した上で、あえてその意味ではなく、「感興」の意味なのだと今一度、本文に注目させるような左注となっている。「倭賦」という新たな試みによる唐突感を軟化させるための、「いかにも唐突でその場にそぐわない」のだと、いわば戦略的自己卑下として、「依興」はここでは機能していることとなる。

「依興」が注されない他の二賦の題詞は「布勢の水海に遊覧せる賦一首并せて短歌　この海は射水郡の旧江村にあり」、「立山の賦一首并せて短歌　この立山は新川郡にあり」となっている。「二」でも示したように「并せて短歌」が付されており、唐突の感がない。また、この二賦にも、地名の説明が加わっているが、これは、「二上山の賦」で既に説明済みのものとして、読者は素直に読み進めていくことができよう。また、「立山の賦」では、左のように「三」で取り上げた「帯」が用いられている。

……皇神の領きいます　新川の　その立山に　常夏に　雪降りしきて　帯ばせる　片貝川の　清き瀬に　朝夕ごとに　立つ霧の　思ひ過ぎめや……

「二上山の賦」での強い「倭賦」への気負いは和らぎ、中国賦やその翻案としての他の万葉和歌で用いられた表現が取り込まれている。ただ右のように「立山の賦」でも、「朝夕」といった時間的な讃美、「皇神の領きいます」という神格化が表現され、「二上山の賦」を受け継いだものとなっている。長歌の句数も三一句であり、当該歌よりも二句多いに過ぎず、同様に明瞭にまとめられた作品であることが見てとれるのである。

五　むすび

最後に、二点述べて「むすび」としたい。

まず、一点目は、「倭賦」と類似したことば「倭詩」についてである。「二」で示した池主が、家持の短歌二首を評したことばである。辰巳正明氏は、この語を使いながら、次の旨述べる。池主との贈答の中から家持は、詩文と和歌との接近を試み、そのような和歌のあり方を「倭詩」という意識において捉え、伝統的和歌から新たな天平和歌へと出発する。家持の「越中三賦」もこのような過程で試みられた「倭詩」として捉える必要がある。[22]

たしかに、「三」で詳述したように、当該歌が、形式・内容・表現のすべてにおいて、「中国賦」を過剰なまでに意識しつつ、それを「和」の世界で具現化しようとしていたことは、「詩文と和歌との接近を試み」たものと捉えることができるかもしれない。ただしそれは、「倭詩」の語を含む池主との贈答のあとに生み出されたものでもあり、意識的に「賦」と題された長歌となっている。家持が試みたのは、中国賦の形を借りた倭の賦であり、やはり「倭賦」と表現するのが適当なものであると考える。

もう一点は、「依興」歌の意義についてである。先に示したように松田聡氏は、「依興」は、日付順を原則とする万葉集末四巻の配列にあって何故その位置に配列されるかがわかりにくい場合、注されるのだとする。そして、「依興」と注記することは、披露の時点ではなく「興」の発動した時点を記録しようとする営為であり、言い換えれば、心の動き（興）を自覚的に捉え、その心の動きを時系列の上に定位させようとする試みなのである。そこには自照性の萌芽を見てよいと思われるが、こうした自照性を示す編纂上の注記が末四巻に見られるということは、これら四巻が家持の心の軌跡を語る日記文学的歌巻として構想されていることを示唆しているのではあるまいか。[23]

と述べている。松田氏は、集中の「依興」すべてを吟味した上で右のように論じており、慧眼と考えられる。その上で当該歌に「依興」と注する意義を改めて問いたい。

三月三十日という、池主との贈答から二十日以上も経て、突然詠まれたことの説明として「依興」というのは、右の松田氏の論からも理解できる。しかし、繰り返しになるが、「賦」と題された当該歌は、形式・内容・表現のすべてにおいて、「中国賦」を過剰なまでに意識しつつ、「倭」の世界でそれを具現化しようとしていたものであり、家持にとっての力作と考えられる。それを左注で「感興を催して」の「依興」だと言ってしまうことには、矛盾があるようにも思われる。この矛盾の解決は、突然の力作の登場の唐突さを、「依興」と言って自照して見せて解決しようとする、やはり「四」で示したような戦略的自己卑下によるものであったと考えられるのではないだろうか。

注

（1）橋本達雄「二上山の賦をめぐって」（『大伴家持作品論攷』塙書房　一九八五年　初出一九八三年十一月）。以後断りの無い限り、橋本氏の論は、この論文を指すものとする。
（2）第二章「大伴書持と大伴大伴家持との贈報歌」。
（3）岡田正之「漢文学と万葉集」（『近江奈良朝の漢文学』養徳社　一九四六年）。
（4）小島憲之「天平期に於ける萬葉集の詩文」（『上代日本文学と中国文学』中　塙書房　一九六四年）。

（5）古沢未知男「家持・池主の書と劉琨と盧諶との書」（『漢詩文引用より見た万葉集の研究』桜楓社　一九六六年）。
（6）橋本達雄「越中時代」（『大伴家持』集英社　一九八四年）。
（7）佐藤隆「二上山賦」（『大伴家持作品論説』おうふう　一九九三年　初出一九九二年十一月）。
（8）鉄野昌弘「「二上山賦」試論」（『大伴家持「歌日誌」論考』塙書房　二〇〇七年　初出二〇〇〇年五月）。
（9）辰巳正明「家持の越中賦」（『万葉集と中国文学』笠間書院　一九八七年　初出一九八〇年四月）。
（10）鈴木虎雄「駢賦時代」（『賦史大要』冨山房　一九三六年）。
（11）鈴木道代「大伴家持の遊覧と賦の文学」（『大伴家持と中国文学』笠間書院　二〇一四年）。
（12）前掲注（9）・（10）。
（13）鈴木崇大「『春愁三首』の読みの現在」（高岡市万葉歴史館編『大伴家持をよむⅡ』笠間書院　二〇一九年）。
（14）小野寛「家持の依興歌」（『大伴家持研究』笠間書院　一九八〇年　初出一九七三年十二月・一九七七年十二月）。
（15）辰巳正明「依興歌の論」（『万葉集と中国詩学』笠間書院　一九八七年　初出一九八二年二月）。
（16）藤井貞和「《興》という詩的言語の成立」（『詩の分析と物語状分析』若草書房　一九九九年　初出一九九一年三月）。
（17）鉄野昌弘「巻十九巻末三首をめぐって」（『大伴家持「歌日誌」論考』塙書房　二〇〇七年　初出二〇〇五年四月）。
（18）松田聡「依興——家持歌日記の問題として——」（『家持歌日記の研究』塙書房　二〇一七年　初出二〇〇五年六月）。
（19）鈴木道代「家持聖武朝回想と『万葉集』の終焉——高円歌群の依興歌を中心として——」（『上代文学』第一二〇号　二〇一八年四月）。
（20）前掲注（16）。
（21）前掲注（18）。
（22）前掲注（9）。
（23）前掲注（18）。

第五章　田辺福麻呂の越中家持訪問と福麻呂歌集の追補

——家持歌と万葉集編纂にもたらした意味——

一　はじめに

万葉集巻十八の冒頭は、「天平二十年の春三月二十三日に、左大臣橘家の使者造酒司令史田辺史福麻呂を守大伴宿禰家持の舘に饗す。爰に新しき歌を作り、并せて便ち古き詠を誦みて、各々心緒を述べたり」という題詞から始まる。

大伴家持による、田辺福麻呂をもてなす宴は、四〇四三左注に「前の件の十首の歌は、二十四日の宴に作れり」とあるように、連日行われた。また、続く二十五日には、「布勢の水海に往き」（四〇四四題詞）、「遊覧」（四〇四六題詞）も行われた。さらに翌二十六日にも、「椽久米朝臣広縄の館に、田辺史福麻呂を饗せる宴」（四〇五二題詞）も執り行われている。広縄邸での宴時の福麻呂の歌、

霍公鳥今鳴かずして明日越えむ山に鳴くとも験あらめやも（四〇五二）

の「明日越えむ」には、福麻呂出発の意も込められていることから、福麻呂は二十七日に、帰京の途についたと考えられている。

このように福麻呂は、四日の長きにわたり歓待を受ける、家持らにとって重要な人物であったことがわかる。その福麻呂の越中訪問の目的には、主に四説が存在する。

このうち（イ）「諸兄の私の使」として家持のもとを訪れたと、抽象的に述べた井上『新考』の説は、従うものがなく、（ロ）万葉集の編纂に関するためとする尾山篤二郎氏や伊丹末雄氏に始まる説、(1)（ハ）越中に大寺・大族の墾田があることを根拠とした武田『全註釈』に始まる墾田の用務説、（ニ）橘家と大伴家との深い関係から政治的な意味を持つものがあったとする坂本太郎氏に始まる政治的理由説(2)が現在有力となっている。

本稿では、この目的も含めて、福麻呂の越中訪問が、万葉集と大伴家持にもたらした意味を考えていきたい。

二　福麻呂により届けられた資料

福麻呂の家持訪問の目的のうち、（ロ）を除く三説は、外部徴証からその目的を帰納するものである。唯一（ロ）については、その糸口が巻十八冒頭歌群の中に含まれている。

冒頭の福麻呂関係歌の最後に、「太上皇（おほきすめらみこと）の難波の宮に御在（いま）しし時の歌七首　清足姫（きよたらしひめ）の天皇なり」と題される、元正上皇の難波宮滞在時の歌（四〇五六～四〇六二）が収められている。元正の難波宮滞在は、天平十六年閏一月十一日から十一月四日までに及ぶ（『続日本紀』）。伊藤博氏は、『続紀』二月二十四日の条に、聖武の紫香楽宮行幸の記事の後に「太上天皇及左大臣橘宿禰諸兄留在二難波宮一焉」とあることにも注目している。(3)聖武に付き従っていたと考えるならば、この間大伴家持は、難波宮にはいないこととなる。この七首については、沢瀉久孝氏が、この天平十六年の夏（四〇五六・四〇五七、四〇六一・四〇六二）と冬（四〇五八〜四〇六〇）のものであるとしている。[4]諸注指摘するように、家持は難波には滞在していないことから、この七首の内容を知らないこととなる。一方福麻呂は、諸兄や元正に付き従っていたため、知る立場にあったわけである。その七首とは、次の七首である。

左大臣橘宿禰の歌一首

堀江には玉敷かましを大君を御船漕がむとかねて知りせば（四〇五六）

御製歌一首　和へ

玉敷かず君が悔いていふ堀江には玉敷き満てて継ぎて通はむ〔或は云はく、玉こきしきて〕（四〇五七）

右の一首の件の歌は、御船の江を泝りて遊宴せし日に、左大臣奏れり。并せて御製。

御製歌一首

橘のとをの橘八つ代にも我は忘れじこの橘を（四〇五八）

河内女王の歌一首

橘の下照る庭に殿建てて酒みづきいます我が大君かも（四〇五九）

粟田女王の歌一首

月待ちて家には行かむわが插せるあから橘影に見えつつ（四〇六〇）

右の件の歌は、左大臣橘卿の宅に在して肆宴きこしめしし時の御歌なり。并せて奏れる歌。

堀江より水脈引きしつつ御船さす賤男の伴は川の瀬申せ（四〇六一）

夏の夜は道たづたづし船に乗り川の瀬ごとに棹さし上れ（四〇六二）

右の件の歌は、御船の綱手を以ちて江を泝り遊宴したまひし日の作なり。伝へ誦める人は田辺史福麻呂これなり。

最後の二首は、作者名を記さないことから、伝誦した福麻呂自身の作と考えられる。また、「伝へ誦める」の範囲も、西本願寺本では、別行となっており、一般に七首全体を指すものと考えられている。

さて、「伝誦」と左注にあるように、この七首は、越中でも、福麻呂が実際に詠み、大伴家持に伝えたものと考えられる。では、伝誦された四〇五七に異伝注記が付されているのは、いかなる事情からであろうか。

巻十八は、つとに言われるように、破損が大きく、平安時代に大規模な補修が施されたことで知られる。大野晋氏は、一字一音の仮名表記に、事・川・根・野といった稀字母が用いられ、今日の「へ」に当たる草書体までも見られる（『元暦校本』）ことから、おそらく梨壺の五人による補修ではないかとしている(5)。また、左注に示される歌と実際の歌数にも齟齬があり、合計九首の脱落もある。このうち、四〇四四〜四〇五一の左注に「前の件の十五首の歌は、二十五日に作れり」とあるにもかかわらず、実際は八首しか収められていないことについて、伊藤博『全注』は、右の四〇五六〜四〇六二までの七首が四四五一の後に収められており、それが脱落したのだとする。そして、四〇五七の異伝注記は、前日に「玉しきこきて」と誦詠し、ここでは「玉敷き満てて」と誦詠したものと考えている。

もし、伊藤博『全注』の言うように、同じ七首が四四五一の後に収められていたとするならば、四〇五七の歌は、「玉敷かず君が悔いていふ堀江には玉こきしきて継ぎて通はむ」と表記されていたはずである。四〇五七では、「玉敷かず君が悔いていふ堀江には玉敷き満てて継ぎて通はむ」と表記されたままで、異伝注記を付す必要はなかったはずであろう。

逆に、同じ歌が繰り返され、しかも繰り返される側は歌数に入れられないとされる場合がある。近藤信義氏は、大伴旅人による一三首のいわゆる「讃酒歌」（3・三三八〜三五〇）は、四首ずつの起承転結を四回繰り返す構成であるとする。つまり、総主題提示としての「験なき物を思はず一杯の濁れる酒を飲むべくあるらし」（三三八・起）から四首目までで起承転結の構成をなす。次に五首目（承）から七首目（結）までのものの前に三三八が（起）として挿入された構成となる。また同様に八首目（承）から一〇首目（結）までのものの前に、さらに一一首目（承）から一三首目（結）までのものの前に、三三八（起）が繰り返し挿入して働かせる意識があり、四首ずつの起承転結となる、綿密に構成されたものであるとしている（「万葉集の酒の歌――大伴旅人『讃酒歌十三首』の構成と構想――」『悠久』第一二三号　二〇一〇年十一月）。この場合も「験なき……」は、（起）として繰り返される場合、歌数に入れられてはいない。

では、なぜこのような異文が付せられたのであろうか。それは、福麻呂の伝誦と違った資料との交合によるものと考えるのが自然であろう。先述したように、家持は、この七首を知らない立場にあった。その家持のもとに資料がもたらされるとするならば、それは、福麻呂が、この越中訪問時に文字資料として、これを携えてきたからと考えられないであろうか。この部分には、諸兄の、大君（＝元正）讃仰の歌（四〇五六）とそれに答える元正の歌（四〇五七）、「橘」に諸兄を寓する元正による寿歌（四〇五八）が含まれる。巻十八冒頭に「左大臣橘家の使者」と記される福麻呂は、文字資料としてこの七首も家持に知らせるのみならず、宴席で誦詠することによっても、家持をはじめとした臨席するものすべてに、ぜひともこれを披露したかったのではないだろうか。

三　巻十九家持歌と福麻呂歌集

このとき、福麻呂から家持に届けられた資料は、先の七首のみであったのであろうか。

実は、越中での家持詠は福麻呂から影響を受けて成されたと考えられるものが存在する。天平勝宝二年三月二日の未明に詠まれた、巻十九に収められた四一四六から四一五〇までの歌群、

夜の裏に千鳥の喧くを聞ける歌二首

夜ぐたちに寝覚めて居れば川瀬尋め情もしのに鳴く千鳥かも（19・四一四六）

夜ぐたちて鳴く川千鳥うべしこそ昔の人もしのひ来にけれ（四一四七）

暁に鳴く雉を聞ける歌二首

杉の野にさ躍る雉いちしろく音にしも哭かむ隠妻かも（四一四八）

あしひきの八峰の雉鳴き響む朝明の霞見ればかなしも（四一四九）

遙かに江を泝る船人の唱を聞ける歌一首

朝床に聞けば遙けし射水川朝漕ぎしつつ歌ふ船人（四一五〇）

である。

四一四六に詠まれた「寝覚め」という表現は、集中家持歌を除いて二例にすぎず、作者判明歌は、巻六の田辺福麻呂歌集の「難波宮讃歌」（6・一〇六二～一〇六四）が初出である。[6]もう一例は、巻十の二三〇二「けだしくはあな情無と思ふらむ秋の長夜を寝覚め臥すのみ」である。その福麻呂歌は、左の歌である。

難波宮にして作れる歌一首并せて短歌

やすみしし　わご大君の　あり通ふ　難波の宮は　鯨魚取り　海片附きて　玉拾ふ　浜辺を近み　朝はふる波の音騒き　夕凪に　楫の声聞ゆ　暁の　寝覚に聞けば　海石の　潮干の共　浦州には　千鳥妻呼び　葭辺には　鶴鳴きとよむ　見る人の　語りにすれば　聞く人の　見まく欲りする　御食向ふ　味原の宮は　見れど飽かぬかも（6・一〇六二）

反歌二首

あり通ふ難波の宮は海近み漁童女らが乗れる船見ゆ（一〇六三）

潮干れば葦辺に騒く白鶴の妻呼ぶ声は宮もとどろに（一〇六四）

菊池威雄氏は、先の家持の四一四六～四一五〇の歌群と福麻呂の「難波宮讃歌」との関係を、

福麻呂歌集歌が暁の寝覚めであったのに対し、家持は「夜ぐたち」の「寐ざめ」であったが、共に聞いたのは千鳥の声であった。家持の千鳥は赤人や人麻呂の古を喚起せしめたであろうが、歌う契機をなしたのは福麻呂歌集歌であったに違いない。千鳥を「夜ぐたち」に歌い、一夜明けての早朝、家持は船人の声を聞いている。櫂の音と船人の声との違いはあっても、両者の関係は最早偶然とは思われない。

と述べ、家持歌が、福麻呂の「難波宮讃歌」の影響下にあり、「寝覚め」は、福麻呂歌を学んだものであると述べている。(7) たしかに、巻十の作者未詳歌と比べ、福麻呂と家持の親和性は際立っている。菊池氏の指摘のように、「寝覚め」に聞いているのはどちらも「千鳥」の声であり、両者とも船人が発する音を聞いている点も共通する。

また、家持の四一四六～四一五〇とそれに先立つ四一三九～四一四五は、鉄野昌弘氏によると、「絞り込まれた感覚による景物描写」に「互いを閉塞し絞り込むように、巧妙に組み合わせられた視覚と聴覚の対」である〈視

聴対〉を多用する中国六朝以降の詩文の影響下にあると言う。[8] だが、すでに福麻呂の「難波宮讃歌」には、長歌内部に「見る人の　語りにすれば　聞く人の　見まく欲りする」（一〇六二）という〈視聴対〉が見られる。また反歌も第一反歌が、「あり通ふ難波の宮は海近み漁童女らが乗れる船見ゆ」（一〇六三）という視覚に対して、第二反歌が「潮干れば葦辺に騒く白鶴の妻呼ぶ声は宮もとどろに」（一〇六四）という聴覚となっている。反歌どうしも〈視聴対〉の構造を成していることがわかる。とすると、家持に影響を与えた福麻呂歌に、既に六朝詩の影響を見ることができると言えよう。

鉄野氏は、これら家持歌における〈視聴対〉の影響を語る際に、謝霊運の「登池上楼一首」を一例として示している。[9] 謝霊運は、この詩の中で「傾耳聆波瀾　挙目眺嶇嵚」（耳を傾けて波瀾を聆き、目を挙げて嶇嵚を眺む）というように、それまでは視覚と視覚、聴覚と聴覚という平板な対であった詩文を〈視聴対〉をなす、洗練された作品に高めている。実は福麻呂の「難波宮讃歌」の長歌に見られる「楫の音聞ゆ」の「聞ゆ」には、右の謝霊運の「登池上楼一首」の「傾耳聆波瀾」に見られた「聆」の文字が、まさに用いられている。この「聆」の字は、他の上代文献には見られるが、万葉集中では、排されている文字で、集中この一例のみである。家持以前に、福麻呂の「難波宮讃歌」の〈視聴対〉に、「登池上楼一首」からの直接の影響が考えられるのである。[10] つまり、家持は、〈視聴対〉を福麻呂の「難波宮讃歌」というフィルターを通して、まずは吸収していると考えられよう。

このように、天平勝宝二年三月の家持歌には、福麻呂の「難波宮讃歌」の影響が様々指摘できるのである。

ところで、この福麻呂の「難波宮讃歌」を含む田辺福麻呂歌集歌は、巻六に収められている。巻六は、細かく年代順に配列されている。その中で、田辺福麻呂歌集は、年代が付されず、一括して巻六の最終部に収められている。このことから、一般に田辺福麻呂歌集は、巻六の最終段階に追補されたものであると考えられており、家持が直接目にしたのも、遅い段階であったと考えられる。

また、「難波宮讃歌」の作歌時期についても、ある程度推定ができる。この作歌時期は、「あり通ふ　難波宮」などの表現があることから、難波宮遷都以前の天平十六年閏一月十一日の行幸から同年二月二十六日の遷都の間に詠まれたものである（窪田『評釈』）と考えられてきた。しかし、天平十六年の行幸時は、直後の閏一月十三日に、安積皇子が急病により亡くなっており、難波遷都のわずか二日前、皇子の六七日にあたる二月二十四日――左注の「三月」は「二月」の誤りと考えられる――に、家持の安積皇子挽歌（3・四七八）が詠まれていることなどからして、とても讃歌が詠まれる環境にあったとは考えられない。このことから作歌時期は、平城京に都が戻ってからの難波行幸時と考えられる。つまり、天平十七年八月二十八日から聖武が一時危篤状態に陥った九月十七日の間と考えられる[11]。

田辺福麻呂歌集が、家持の手に渡ったのも、これ以後である。つまり、天平十七年八月以降そして巻十九の家持歌四一三九～四一五〇が詠まれた天平勝宝二年三月以前と考えられる。この中で、家持に福麻呂歌が手渡される接触の機会として、最も合理的に考えられるのは、やはり巻十八冒頭の題詞にある「天平二十年の春」である。福麻呂は、元正上皇難波宮滞在時の歌「太上皇の難波の宮に御在しし時の歌七首」（四〇五六～四〇六二）のみならず、田辺福麻呂歌集をも、このときに越中に持参していた蓋然性が高い。

四　処女墓（をとめつか）への追同歌

福麻呂の越中訪問が家持にもたらした意味を、福麻呂訪問の目的を外部徴証から推測する従来の論とは異なり、越中時代の家持歌と、田辺福麻呂歌集歌という、万葉集の内部徴証から考察してきた。この他にも、越中時代の家持歌と福麻呂歌集歌との関係は指摘できる。

　　追ひて処女の墓の歌に同へたる一首并せて短歌

古に　ありけるわざの　奇ばしき　事と言ひ継ぐ　血沼壮士　うなひ壮士の　うつせみの　名を争ふと　たまきはる　命も捨てて　争ひに　妻問ひしける　少女らが　聞けば悲しさ　春花の　にほえ栄えて　秋の葉の　にほひに照れる　あたらしき　身の壮すら　大夫の　言いたはしみ　父母に　申し別れて　家離り　海辺に出で立ち　朝夕に　満ち来る潮の　八重波に　靡く玉藻の　節の間も　惜しき命を　露霜の　過ぎましにけれ　奥墓を　此処と定めて　後の代の　聞き継ぐ人も　いや遠に　思ひにせよと　黄楊小櫛　しか刺しけらし　生ひて靡けり（19・四二一一）

処女らが後のしるしと黄楊小櫛生ひかはり生ひて靡きけらしも（四二一二）

　右は、五月六日に興に依りて大伴宿禰家持作れり。

この歌も同じ天平勝宝二年の作である。菟原処女の伝説を詠んだ歌は、他に集中巻九に福麻呂（一八〇一～一八〇三）と高橋虫麻呂（一八〇九～一八一一）の二組がある。「追同」は「追和」と同義で(12)、家持が、どの歌に追和したかが問題となっている。

『万葉考』は、「巻十一過芦屋處女墓哥に追和るなり」としている。ここでの「巻十一」は、現在の巻九を指す。理由は示さないが、題詞からわかるように、左の福麻呂の歌に追和したものとしている。

　　葦屋の処女の墓を過ぎし時に作れる歌一首并せて短歌

古の　ますら壮士の　相競ひ　妻問しけむ　葦屋の　うなひ処女の　奥津城を　我が立ち見れば　永き世の

語りにしつつ　後人の　思ひにせむと　玉桙の　道の辺近く　磐構へ　作れる塚を　天雲の　そくへの限り　この道を　行く人ごとに　行き寄りて　い立ち嘆かひ　ある人は　哭にも泣きつつ　語り継ぎ　思ひ継ぎ来る　処女らが　奥津城ところ　我さへに　見れば悲しも　古思へば（9・一八〇一）

反歌

古の小竹田壮士の妻問ひしうなひ処女の奥津城ぞこれ（一八〇二）

語りつぐからにも幾許恋しきを直目に見けむ古壮士（一八〇三）

土屋『私注』は、巻十八の冒頭にあるように、福麻呂が前年の三月に越中に訪問し、家持との間に作歌の上でも交渉があったことから、福麻呂の歌を「聞き伝へる機会は十分に存した筈であ」り「恐らく家持は直接には福麿に追同せんとしたものであらう」としている。ただ内容としては、「『チヌヲトコ』の呼び方、墓の樹の靡くこと等、虫麿作との類似の所の方が寧ろ多い」とも述べる。

一方武田『全註釈』は、理由を述べないものの、左の虫麻呂歌に追同したものだとし、窪田『評釈』は「此の歌の取材から見ると」と伝説内容に依存している点から、虫麻呂歌に追同したものであるとしている。小学館『全集』や橋本達雄氏も内容からして、左の虫麻呂歌を追同したものであるとする。[13]

菟原処女が墓を見る歌一首

葦屋の　うなひ処女の　八年児の　片生の時ゆ　小放髪に　髪たくまでに　並び居る　家にも見えず　虚木綿の　隠りてませば　見てしかと　悒憤む時の　垣ほなす　人の誂ふ時　血沼壮士　うなひ壮士の　廬屋焼く　すすし競ひ　相結婚ひ　しける時は　焼太刀の　手柄押しねり　白檀弓　靫取り負ひて　水に入り　火にも入らむと　立ち向かひ　競ひし時に　吾妹子が　母に語らく　倭文手纏　賤しきわがゆゑ　大夫

の　争ふ見れば　生けりとも　逢ふべくあれや　ししくしろ　黄泉に待たむと　隠沼の　下延へ置きて　うち嘆き　妹が去ぬれば　血沼壮士　その夜夢に見　取り続き　追ひ行きければ　後れたる　菟原壮士い　天仰ぎ　叫びおらび　足ずりし　牙喫み建びて　如己男に　負けてはあらじと　懸佩の　小剣取り佩き　冬蔌蕷葛　尋め行きければ　親族どち　い行き集ひ　永き代に　標にせむと　遠き代に　語り継がむと　処女墓中に造り置き　壮士墓　此方彼方に　造り置ける　故縁聞きて　知らねども　新喪の如も　哭泣きつるかも
（9・一八〇九）

反歌

葦屋のうなひ処女の奥津城を行き来と見れば哭のみし泣かゆ（一八一〇）

墓の上の木の枝靡けり聞きし如血沼壮士にし寄りにけらしも（一八一一）

また、早く『代匠記』が、これもまた理由を示さず、福麻呂歌と虫麻呂歌の双方に追和したものであるとした。伊藤『釈注』は、歌の内容を細かく吟味している。やや長くなるが要点を示すこととする。

まず内容を追うと虫麻呂歌の筋によく対応すると述べる。次に、福麻呂歌は、伝説を概括して歌っており、虫麻呂歌に包み込まれる体裁となっているとする。そして家持の「古に　ありけるわざの……聞けば悲しさ」は、福麻呂歌の内容に応じて矛盾しないとする。虫麻呂歌は、「葦屋の　うなひ処女の」といきなり歌い起こすのに対して、福麻呂は「古の　ますら壮士の」と歌い起こし、家持の歌い起こしと呼吸を一にする。「妻問」の語も、虫麻呂歌にはない。また、題詞「追同處女墓歌」は、虫麻呂歌の題詞「見菟原處女墓歌」、福麻呂歌の題詞「過葦屋處女墓時作歌」との双方に共通する「處女墓」だけを採って構成されており、歌の中でも主人公を「菟原処女」とも「葦屋処女」とも言わず、「少女ら」とだけ呼んでいることを取り上げている。『釈注』は、三者の構成・

題詞・歌句のそれぞれから検証しており、従うべきと考えられる。

題詞の字句の対応といった細かな点まで考慮するならば、『私注』が言うように、天平二十年三月に福麻呂歌を聞き伝えられていたというよりも、天平勝宝二年の段階で、田辺福麻呂歌集は、家持の手にあったと考えなければなるまい。さらに双方に追和したものであるならば、その双方を眼前に置きながら追同したものと考えるのが穏当であろう。

ところで、巻九挽歌は右のように、年代が古いと考えられる虫麻呂歌が福麻呂歌の後に配されている。福麻呂歌は、虫麻呂歌よりも早く作られ、巻九に収められていたのであろうか。

巻九は、「古」「今」構造からなり、例えば相聞の部では「古」「今」が二度繰り返される構造となっている。まず「古」としての「人麻呂歌集」と「古集」に、「今」としての「虫麻呂歌集」が配されている。次にもう一度「古」としての「人麻呂歌集」が配され、「今」としての「虫麻呂歌集」がないために、「金村歌集」と「福麻呂歌集」が続く構造となっている。巻九の最終にあたる挽歌部において、福麻呂よりも虫麻呂が後置される。この点に関して、伊藤博氏は、「この現象には重いものを巻末に置きたいという構造精神がはたらいている」とし、「古」の「人麻呂歌集」と「今」の「虫麻呂歌集」という対応を重視したものであるとしている。「巻九は、『人麻呂集』と『虫麻呂集』のストレートな合体をもって出発し、両集の対比を根幹とする『古今』構造を背負って第二次編者の手に伝えられ、(中略)第二次編者は、一巻の最後だけは虫麻呂歌集によって押さえることにより、その伝統を生かそうとしたのでなかったか」との見解を示している。[14] 橋本達雄氏も、伊藤説を支持し、巻二にも、年代が新しい明日香皇女挽歌(2・一九六～一九八)が、私的であるために、年代の古い高市皇子挽歌(一九九・二〇〇)の前に増補されたという同様な例を挙げ、伊藤説を補強している。[15]

如上のことから、福麻呂の「葦屋の処女の墓を過ぎし時に作れる歌」も、巻九に、虫麻呂歌に割って入る形で追補され、現在のような姿となったものと考えられる。家持は、田辺福麻呂歌集が追補されていない状態の巻九と、天平二十年にもたらされた田辺福麻呂歌集の双方を目の当たりにしながら、追同歌を制作したものと考えられる。

福麻呂の家持歌への影響は、伝説歌の素材としての資料という面に留まらない。廣川晶輝氏は、「菟原処女伝説歌」には、墓の造営時に未来永劫にわたる「偲ひ」の時間が、親族によって墓において開かれる表現、つまり墓の造営時に、その墓の主の親族が、未来にまで語り継ぐことを望む表現の共通性があることを指摘している。そしてその例として、虫麻呂歌の「永き代に　標にせむと　遠き代に　語り継がむと」（一八〇九）、福麻呂歌の「永き世の　語りにしつつ　後人の　思ひにせむと」（一八〇一）、家持歌の「後の代の　聞き継ぐ人も　いや遠に　思ひにせよと」（四二一一）を挙げている。[16]廣川氏は、三首の影響関係を述べているわけではないが、家持歌が、虫麻呂歌から「語り継がむと」と「遠き代」とを摂取し、福麻呂歌から「後人の」と「思ひにせむと」とを摂取し、両者を混交したような表現になっていることは、見てとれる。

実は、複数の先行する歌人の詞章を混交して取り入れる姿勢も、福麻呂に先例を見るものである。[17]先に取り上げた「難波宮讃歌」の難波堀江の河口付近での朝夕の聴覚にかかわる描写による讃美部である「鯨魚取り　海片附きて　玉拾ふ　浜辺を近み　朝はふる　波の音騒き　夕凪に　楫の声聞ゆ」は、左のように、柿本人麻呂の石見相聞歌（2・一三一）と車持千年の難波宮讃歌（6・九三一）の双方を摂取している。

…………海片附きて（←柿本人麻呂）
…………浜辺を近み（←車持千年）

朝はふる　…………（↑柿本人麻呂）
夕凪に　…………（↑車持千年）

しかも「海片附きて」（柿本人麻呂）・「浜辺を近み」（車持千年）・「朝はふる」（柿本人麻呂）・「夕凪に」（車持千年）というように、交互に摂取したものである。先行する歌人の詞章を連続して交互に摂取する手法は、福麻呂の「寧楽故郷歌」（6・一〇四七）にも見られ、「かぎろひの　春にしなれば　春日山　三笠の野辺に　桜花　木の晩ごもり　貌鳥は　間なく数鳴く」の部分も、左のように、

かぎろひの　春にしなれば
（↑霞立つ　春に至れば　3・二五七　鴨君足人）
（↑打ち靡く　春さり来れば　3・二六〇　或る本の歌）
春日山　三笠の野辺に
（↑春日の山の　高座の　三笠の山に　3・三七二　山部赤人）
桜花　木の晩ごもり
（↑桜花　木の晩茂に　3・二五七　鴨君足人）
（↑桜花　木の暗れ茂に　3・二六〇　或る本の歌）
貌鳥は　間なく数鳴く
（↑容鳥の　間なく数鳴く　3・三七二　山部赤人）

鴨君足人と山部赤人との二つの歌を交互に摂取していることが理解できる。これらを考量すると、家持は、「追同」という形で巻九の福麻呂歌を、表現方法の摂取という形で巻六の福麻呂による宮廷讃歌を学び、「追ひて

処女(をとめ)の墓(つか)の歌に同(こた)へたる一首」を成しているものと考えられるのではないか。

五　むすび

それでは、福麻呂は、なぜ「太上皇の難波の宮に御在しし時の歌七首」（四〇五六〜四〇六二）と田辺福麻呂歌集を越中に持参したのであろうか。

「二」で前述したように、元正上皇の難波滞在時の歌は、家持が臨席していないときの歌であり、しかも家持が盟主と恃む諸兄を「橘」に寓した寿歌（四〇五八）を元正自らが詠んでいた。また諸兄の元正讃仰（四〇五六）とそれに答える元正歌（四〇五七）という君臣和楽を成すものも含まれている。福麻呂が家持に届ける手土産として、最も相応しい品であったと考えられる。

では、田辺福麻呂歌集はいかがであろうか。その答えのヒントが、巻十八冒頭歌群の福麻呂と家持とのやり取りの中に残されている。

　　時に明日を期(ちぎ)りて、布勢の水海に遊覧せむとし、仍(よ)りて懐(おもひ)を述べて各々作れる歌

如何にある布勢の浦そもここだくに君が見せむとわれを留むる（18・四〇三六）

　右の一首は、田辺史福麻呂

乎敷(をふ)の崎漕ぎ徘徊(たもとほ)り終日に見とも飽くべき浦にあらなくに〔一は云はく、君が問はすも〕（四〇三七）

　右の一首は、守大伴宿禰家持

例えば、右の福麻呂歌では「布勢の浦」と水海の総称で呼びかけている。これに対して家持は「乎敷の崎」と

いう部分名で答えており、この答え方は、予備知識を持たないと理解が容易ではないと考えられる。このことに対して、伊藤博氏は、「二人の間では、『布勢の浦』に対して『乎布の崎』をもって応じても、唐突でもなければ非礼でもない、共通理解が存在した」と述べている。そしてそれは、巻十七に収められている家持（三九九一・三九九二）と池主（三九九三・三九九四）との間で交わされた布勢遊覧の賦であるとする。家持が「……布勢の海に船浮け据ゑて　沖辺漕ぎ　辺に漕ぎ見れば……」（三九九一）と呼びかけるのに対して、池主は、「……うらぐはし　布勢の水海に　海人船に　真梶櫂貫き　白栲の　袖振り返し　率ひて　わが漕ぎ行けば　乎布の崎　花散りまがひ　渚には　葦鴨騒き　さざれ波　立ちても居ても　漕ぎ廻り　見れども飽かず……」（三九九三）と「乎敷の崎」の詳細な叙述で応じている。しかも、家持歌に類似する「漕ぎ廻り　見れども飽かず」も含まれているとする。この共通理解を可能にした理由は、この前年天平十九年に大伴家持が正税帳使として上京した際に、いわゆる「万葉五賦」（内家持の賦は、三賦、後の二賦は、池主の敬和）をも含めて、巻十七の三九四三〜四〇一〇までの歌群を、手土産として諸兄に献上したためであり、福麻呂もそれを披見していたためであるとしている。[18] この伊藤説は、その他の歌のやり取りと巻十七との関係をも細かく検証しており、従うべきと考えられる。

とするならば、福麻呂は、前年に家持が手土産として持参した「万葉五賦」を含む巻十七の六八首の顰みに倣い、田辺福麻呂歌集を家持への手土産として持参したものである蓋然性が高い[19]。家持の越中における山水を讃美した「万葉五賦」に匹敵しうるものとして、都での長歌による宮廷讃歌を中心とした、田辺福麻呂歌集を、最上の手土産として福麻呂は、来越したのではないだろうか。

最後に、先述のように、家持の天平勝宝二年の歌に、福麻呂の影響が強い原因を探りたい。

「三」で前述したように、天平勝宝二年三月の時点で、家持は、福麻呂の「難波宮讃歌」から学ぶ立場にあった。

また五月の時点では、「四」で論じたように、家持は、「難波宮讃歌」や「寧楽故郷歌」に見られる先行する歌人の歌を混交して作歌に生かす方法も摂取していた。福麻呂歌に対する行き届いた理解の様子が見て取れる。福麻呂歌をかなり読み込んでいると考えられる。

また、「追ひて処女の墓の歌に同へたる一首」の制作時には、虫麻呂と福麻呂の歌を披見している。この両者を見る機会は、いったいどんなときにあるのであろうか。

福麻呂の「葦屋の処女の墓を過ぎし時に作れる」は、巻九の構成を鑑みて、虫麻呂歌に前置されたものであった。言うまでもないことだが、家持は、このときに確実に両者を目の当たりにしているのである。作歌動機を表す左注「興に依りて」は、詳しくは第二章にゆずることとする。家持が両者に追同する歌を制作する機会は、この追補時以外に考えられない。つまり、家持は、天平勝宝二年の三月から五月にかけて、田辺福麻呂歌集を追補する作業を行っていたと考えるのが最も穏当であろう。

福麻呂来越は、その目的が（イ）～（ニ）のどれに当たるかを別にして、万葉歌の内部徴証から、結果として、追補部を形成する資料を提供したものと考えられることにより、万葉集の編纂に大きな影響を与えたことが理解できた。のみならず、天平勝宝二年の歌から、編纂過程が断片として現れることにもなっている。さらに、巻十九には、福麻呂のフィルターを通して摂取された〈視聴対〉の世界や、福麻呂歌から学んだ先行する歌人の詞章の取り込みによる家持歌が存在する。福麻呂の越中訪問は、家持歌へも、多大な影響を与えることとなったのである。

注

（1）尾山篤二郎氏は、越中に万葉集編纂の材料を届けたとし（『大伴家持の研究』大八州出版　一九七八年）、伊丹末雄氏は、逆に編纂が完了した諸巻の受領のために赴いたとした（『万葉集成立考』国書刊行会　一九七二年）。
（2）坂本太郎「万葉集と上代文化」（『万葉集大成』第五　平凡社　一九五四年）。
（3）伊藤博『万葉集全注』巻第十八（有斐閣　一九九二年）。
（4）沢瀉久孝『万葉集新釈』上巻（星野書店　一九四一年）。
（5）大野晋「万葉集巻第十八の本文に就いて」（『国語と国文学』第二十二巻第三号　一九四五年四月）。
（6）田辺福麻呂歌集歌は、福麻呂作とする通説に従う。
（7）菊池威雄「朝床に聞けばはるけし――家持の様式――」（『天平の歌人　大伴家持』新典社　二〇〇五年　初出一九九四年十一月）。
（8）鉄野昌弘「光と音――家持秀歌の方法――」（『大伴家持「歌日誌」論考』塙書房　二〇〇七年　初出一九八八年一月）。
（9）鉄野昌弘「大伴家持――憧憬の歌人――」（和歌文学講座『万葉集Ⅱ』勉誠社　一九九三年）。
（10）拙稿「難波宮讃歌」（『万葉歌人田辺福麻呂論』笠間書院　二〇一〇年　初出一九九七年三月）。
（11）前掲注（10）。
（12）芳賀紀雄「万葉集における『報』と『和』の問題――詩題・書簡との関連をめぐって――」（『万葉集における中国文学の受容』塙書房　二〇〇三年　初出一九九一年）。
（13）橋本達雄「大伴家持の追和歌」（『万葉集を学ぶ』第八集　有斐閣選書　一九七八年）。
（14）伊藤博「『人麻呂歌集』の配列」（『万葉集の構造と成立』上　塙書房　一九七四年）。
（15）橋本達雄「巻九の私家集（一）」（『万葉集の編纂と形成』笠間書院　二〇〇六年　初出一九九七年一月）。
（16）廣川晶輝「『万葉集の菟原娘子伝説歌――〈墓〉の表現性――』」（『美夫君志』第七十三号　二〇〇六年十一月）。
（17）前掲注（10）。

(18) 伊藤博「布勢の浦と乎布の崎――大伴家持の論――」(『記紀万葉論叢』塙書房　一九九二年)、伊藤『全注』、伊藤『釈注』。

(19) 市瀬雅之「編纂者への視点――巻六の場合――」(『大伴家持論――文学と氏族伝統――』おうふう　一九九七年)。村瀬憲夫「田辺福麻呂歌集と巻十三」(『万葉集編纂の研究』塙書房　二〇〇二年　初出一九九八年十二月)。

第六章　大伴家持が幻視したをとめ

一　はじめに——上代文学と妖怪・幽霊・怪異

本章は、少し変化球から入ってみたい。「妖怪・幽霊・怪異」ということばについて述べたいと思う。これらの語は、熟語としては上代にはほとんど見られない語である。もちろん上代にも怪異現象は、様々あった。例えば、

狭井河よ雲立ちわたり畝火山木の葉さやぎぬ風吹かんとす（記二一）

は、一面の雲の出現と木の葉のさやぎによって、当芸志美美の反乱を伊須気余理比売が子供達に知らせたもので、自然現象が災厄の兆しとなっているものである。また、三輪山の神婚伝説も、活玉依毘売に鍵穴をすり抜けて通うという、大物主神がなせる怪異ということができるかもしれない。また上代には妙霊で不思議な様子を表し「あやし・さが」と訓む「怪（恠）」の語は多数あるものの、「怪異」と記されることはなかった。

わずかに「妖怪」が、『続日本紀』宝亀八年三月辛未（＝七七七年三月十九日）の条に「大祓す。宮中に頻りに妖怪有るが為なり」とあり、臨時の大祓が行われた記述の中に怪異現象として残っている。この怪異現象は、「宝亀六年四月に没した井上内親王と他戸王に関係するか」[1]とも考えられており、夫である光仁天皇や難波内親王を呪詛したとの罪で庶子に落とされ、幽閉先で前年になくなった井上内親王母子に関わるものとされている。また「幽霊」は、上代文学には用例がなく、平安中期になり、藤原宗忠の『中右記』に「毎年今日可二念誦一、是為二本願幽霊成道一也」（寛治三年（＝一〇八九）十二月四日）と記され、「死者の魂」の意として登場してくる。[2]

似たことば「霊異」は、後の『日本霊異記』の怪異応報とは異なり、霊妙なる素晴らしさを形容することばとなっている。

『日本書紀』には三例見られる。まず、伊弉諾と伊弉冉が、天照の誕生に際して、「吾が息多しと雖も、未だ此の若く霊異しき児有らず。久しく此の国に留むべからず」と光り輝く様を賞したことばに始まり、「霊異」は古訓に従い「くすびにあやしき」と訓む（巻第一神代上）。次に神代下には、吾田鹿葦津姫が一夜にして瓊瓊芸の子を産んだことに対して「汝霊異しき威有り」と不可思議な霊力を賞讃している（一書第五　巻第二神代下）。第三は、雄略天皇が清寧に対して「（清寧）天皇、うまれながらにして白髪にましまし、長りて民を愛みたまふ。大泊瀬天皇、諸子の中に、特に霊異しびたまふ所なり」と生まれながらに白髪であり、成人して民を慈愛したことに感ずることばとして用いられている（巻第十五　清寧天皇即位前紀）。

また「風土記」には、香島神宮の周りにある卜部氏の居所を説明することばとして「春にその村を経れば、百の艸に□（欠字）の花あり、秋にその路を過ぐれば、千の樹に錦の葉あり。神仙の幽り居む境、霊異の化誕るる地と謂ふべし。佳麗しきことの豊かなる、悉くには記すべからず」（『常陸国風土記』香島の郡）とあり、鹿島神宮の周辺を神仙境としてとらえ、佳麗な豊かさを霊異が姿を変えたものとしている。

さらに『続日本紀』にも二例見られる。行基の死に際して「和尚、霊異神験、類に触れて多し。時の人号して行基菩薩と曰ふ」と、「仏教にいう菩薩像の説話的具現として民衆に受け止められた(3)」行基の行動を「霊異神験」と述べている。もう一例は、「風土記」にも見られた鹿島神宮に関することである。常陸国守から出された、戸籍から漏れている賤民を鹿島神宮の神戸（＝神域の戸籍）に編入する申請を朝廷が許す際に、今後は神官が計画的に良民を賤民とすることを認めないとする「但し、神司、妄に良民を認めて規りて神賤とし、霊異に仮託して朝章を侵し擾せり。今より以後、更に申し請ふこと莫からしむ」という記述に、鹿島神宮の霊妙さの表現として「霊異」が見られる。このように、上代文学における「霊異」は霊妙なる素晴らしさの形容となっている。

さて、今日私達が想起する「妖怪」や「幽霊」は、（人であるかは別として）人格を持った生き写し、あるいは生命体に類する存在であり、別な言い方をすると「独立した意志をもつ『キャラクター』(4)」である。水木しげるの人気漫画『ゲゲゲの鬼太郎』のアニメ化（一九六八年より）によって、「『キャラクター』としての妖怪」が現在の私たちの一般的な妖怪理解となって(5)」おり、そのキャラクターは、

> 前近代までの「物の怪」や「化け物」とは別種の存在である。水木の妖怪は現実の脅威や、倒すべき敵、パロディの対象ではない。それは民俗文化にルーツを持つ土着の存在で、文明に対する自然の側に立ち、奇妙な姿かたちと特殊能力をもつと設定されている、「キャラクター」なのである(6)。

さらに、これらキャラクターとしての妖怪は、水木の故郷、境港に銅像として並び、小泉八雲とともに「ゴーストツアー」として文化資源ともなっているのである。

二 「桃の花」と「堅香子の花」と「嬬嫣（をとめ）」

さて、水木が、自然の側に立つものから造形したものに似た存在を、大伴家持も作り出している。大伴家持の場合は、一つ一つのキャラクターを持った存在というよりも、「精霊・妖精・フェアリー」に近い存在を造形していく。それは堅香子（かたかご）（＝カタクリ）の花から生み出されるものであった。

堅香子（かたかご）草の花を攀（よ）ぢ折れる歌一首

物部（もののふ）の八十嬬嫣（やそをとめ）らが汲みまがふ寺井の上の堅香子（かたかご）の花（19・四一四三）

右の歌は、中西進氏が言うように「一本の堅香子草から景を連想」（『万葉集 全訳注原文付』講談社文庫 脚注）したものであろう。どこからどこまでの景を連想したかは説が分かれようが、後に示すように、中西氏の説は、頷かれよう。「八十嬬嫣（やそをとめ）ら」を実景として「何本か折り取った花を眺めつつ、ふと眼を転ずれば、水を汲む娘子たちが賑々しく集うそのまわりに、堅香子がひっそりしかも群がって咲いている。（中略）やはり家持の目に入った光景を背景にしての図と見るのが自然であろう」と言う伊藤『釈注』の説もあるものの、次の二点から、幻想の景と考えられる。まず前日に詠まれた四一三九が、幻想の「をとめ」を詠んだもので、当該歌が、それに対（つい）する関係となっているという点である。もう一点は、家持は若き日から架空の女性を詠むときに「をとめ」の語を好んで用いてきたという点である。以下詳しく述べていこう。

まず、第一点から述べることとしよう。少しく説明が細かくなるが、論をなすにあたって、重要なもとのなるので、古くからの研究史となるが辿って述べていきたい。

天平勝宝二年三月一日の暮に、春の苑の桃李の花を眺矚(なが)めて作れる二首

春の苑紅にほふ桃の花下照る道に出で立つ𡢽嬬(をとめ)（19・四一三九）

わが園の李の花か庭に降るはだれのいまだ残りたるかも（四一四〇）

右の二首は、堅香子の歌の前日に詠まれたものである。その一首目四一三九にも「𡢽嬬(をとめ)」が詠まれている。この桃と「𡢽嬬(をとめ)」については、古く『万葉集管見』や『代匠記』が、毛詩「桃夭」との関係を指摘している。『代匠記』は「毛詩曰。桃之夭々　灼々其華、之子于帰　宜㆓其室家㆒。これも色よき女のたとひなり。よりて桃花のもとに出立る妹といふなり」（初稿本）と述べている。この場合、論文筆者の考えとは逆に、桃は若々しく美しい女性の比喩表現として機能していると『代匠記』は考えている。たしかに家持の脳裏には、著名な「桃夭」が浮かんでいたかもしれない。この歌を制作するにあたって、着想のひとつになっていたことは十分考えられよう。だが、のちの研究史の蓄積などにより、四一三九の「𡢽嬬(をとめ)」も幻想の「をとめ」を詠んだものと考えられる。

早くに、土屋文明氏は、以下のように述べる。

此の歌などもやはり一変化を求めた詠風であつて、謂はば絵画的な効果をねらつたとも言ふべき歌であるが、家持以前にはかういふ濃艶な作風は見えないのである。正倉院御物中にある鳥毛立女の屏風は鳥毛が剥落して、下図を露出して居るのであるが、制作の年代には非常に濃彩艶麗なものであつたらうと言はれて居る。薬師寺の吉祥天女像なども濃い強い色彩を用ゐて居る。さう云ふものを考へて此の歌に向ふと、此の歌の目指してる(ママ)ところも分るし、又家持が歌によつてこれだけの表現を得来るには、どの位工夫と苦心を重ねたかといふことも推測出来るやうに思ふ。結局歌としてはかう云ふ行き方は純然たる叙情詩の名作のやうには行かないのであるが、やはり一つの芸術としては短歌と雖も出来るだけの変化をも又その存立の一要素とする

のであるから、さう云ふ点では家持の作者としての意義を認めてやつてもよい。(7)

土屋氏は、右のように、正倉院御物の「鳥毛立女屏風」や、薬師寺の「吉祥天女像」のような絵画芸術を例示しながら、家持が濃艶な絵画的効果をねらったものとした。土屋氏は、「鳥毛立女屏風」から家持歌への直接の影響を述べたものではない。それは、諸氏が指摘するように、正倉院のこの屏風は、その下張りの反古に天平勝宝四年とあり、「天平勝宝二年三月一日」の題詞がある四一三九の二年後のものだからである。しかし「鳥毛立女屏風」のような濃彩艶麗な「樹下美人図」が制作される状況下で、家持歌が作られたという関連性を指摘した論として注目される。なお、鈴木武晴氏は、四一三九について、研究史を丁寧に追いながら論じている。土屋氏も含め、本稿で取り上げる資料も、鈴木論からの教示によるところが多い。(8)

朝日新聞社で美術を担当した春山武松氏は、四一三九について、

これはさながらの「樹下美人図」である。しかも桃花を背景とするものが正倉院の阮咸や、「アスターナ断片」にあるのだから益々興味が深い。(中略)家持は以前どこかで「樹下美人図」を見知つてをり、或はそれに親しみをさへもつてゐた。さういふ心の底にひそんでゐた記憶は、眼前に現れた現象に唆られて即興詩の形をとり、さてはかういう歌になつたのではなからうか。(9)

と述べている。まず桃花を背景とする樹下美人図が、中国周辺の日本の正倉院や、シルクロードを経て中国に到る新疆ウイグル自治区のトゥルファン遺跡群(=アスターナ)から採取された断片にもあることを指摘している。「鳥毛立女屏風」以外の「樹下美人図」があり、しかも桃花を背景としたものがあったことを指摘し、家持もこのような「樹下美人図」を見知っており、これをモチーフとして、四一三九を作歌したと述べている。

毎日新聞社で遺跡発掘など古代に精通した森豊氏も、次のように指摘している。

正倉院には（中略）、阮咸（げんかん）の撥（ばち）に「桃下婦女遊楽図」があり、また夾纈・臈纈屏風などに樹下動物図がいくつもある点から見て、家持が桃李の花を見た連想の底にはそうした図がおのずと浮かんできたのではなかろうか。ことにインテリ貴公子だった家持にとっては、都への思慕と唐風思慕の二つが重なって、そこに「樹下美人」の歌が口ずさまれたのではなかろうか。
もし、そうであるとすれば、万葉のこの歌は正倉院の樹下美人図、桃下婦女遊楽図、樹下動物図と一連をなす奈良天平の人々の志向の一つを示すものであろう[10]。

このように、家持が「樹下美人図」から着想を得た可能性を示すとともに、土屋氏が指摘したものと類同する絵画的志向があることを述べている。

また、尾山篤二郎氏は、四一三九について、

鳥毛立女の屏風絵でも見るやうな頗る絵画的な歌である。出で立つをとめを見てゐるぢやなく其処にさういふ女を空想して幻を描いたものだらう。或は西王母や雲華夫人が其待女達と遊歩する唐画か何かがモチーフ（ママ）なつてゐるかも知れないが、人麿にも憶良にも赤人にも無いもので、玉台集の所謂宮体の影響が茲に於て著しいものがあつたとすべきである。素朴を以つて生命とした従来の歌の上に斯う云ふ瑰麗なる趣きを加へ得たのも歌を一歩進めたものと云つてよからう[11]。

と述べる。「樹下美人図」のような絵画的な歌であり、「出で立つをとめ」は「空想して幻を描いたもの」と、幻想のをとめであることを指摘している。

中西進氏も、「私は別にこの一首に関して『夷にある家持は空しい苑裏を一人眺めやって幻の樹下美人を思い描くのである』と言い、この幻は夷なるものを規定した京の風俗であった事を述べた[12]」と述べている。また同論

で、四一三九から四一四三までの一連の作で、

　二日に、柳黛を攀ぢて京師を思へる歌一首

春の日に張れる柳を取り持ちて見れば都の大路し思ほゆ（四一四二）

と次の四一四三が、

「攀ぢ折」った枝、花を見てなした作であり、実際に寺井のほとりに立った写実詠ではない。第四二（塩沢注）は、もっとはっきりと、柳を手にした時の空想を歌っている。同様なものと解するのが、その前日の作にあっても正しいようであろうが、これも「桃李花」を「眺矚」しての作で、その実景から導かれた空想の情景である。

とも論じている。

　このあたりのことも少し触れておこう。「攀じ折」った枝、花を見てなした作であることは、四一四二、四一四三の題詞がパラテクストとして、それぞれの歌全体を括っていることで理解できる。[13]「攀づ」は、『時代別国語辞典』上代編にあるように、「しっかりとつかんで引き寄せる。樹木などを引き折ろうとする」ことを指す。四一四二は、その題詞から、引き寄せて折ることであるのは頷かれる。また、本文でも「取り持ちて見れば」とあることからも明らかである。また、四一四三も題詞が「堅香子草の花を攀ぢ折れる歌」と全体をパラテクストで枠取っていることが、重要である。カタクリの花を一本引き寄せて折り取り、見てなした作であろう。ただ「実際に寺井のほとりに立った写実詠ではない」と直ぐに述べることは、まずは慎重でありたい。周知のように、カタクリは、湿地に群生する。群生するカタクリの中から一本を「攀ぢ折」ったことは、題詞が保証しているであろうが、「寺井の上」に群生するカタクリを見て、「八十嬬嫣らが汲みまがふ」姿を幻視した可能性もある。

題詞との関係を少し述べた。実は題詞のパラテクストとしての枠取りと、内容の祖語がつとに指摘されている歌が、一連の歌の配列の中にある。四一四一である。この歌については、触れないわけにはいくまい。少々冗長となるが、述べることとする。

飛び翔る鴫を見て作れる歌一首

春まけて物悲しきにさ夜更けて羽振き鳴く鴫誰が田にか住む（四一四一）

四一四一は、題詞に「飛び翔る鴫を見て」とある。しかしながら、本文に「さ夜更けて羽振き鳴く鴫」とあり、鴫を見ているのではなく、その羽ばたく音と鳴き声を聞いているとしているような歌となっている。これに対しても中西同論は、「題詞は『見飜翔鴫』といいながら、『さ夜更けて羽振き鳴く鴫』と歌っていて（中略）これ又『さ夜更け』の鴫を夢想した情緒の世界である」と述べている。家持が題詞に「見て」と入れることによって歌全体を「見る」パラテクストで括っている。その世界に「さ夜更けて羽振き鳴く」と見えない聴覚の世界であるとあえて歌うことによって、これが夢想であることを明らかにする手法をとっていると中西氏は示している。慧眼と言えよう。

四一三九も題詞が「春の苑の桃李の花を眺矚めて作れる二首」と四一四〇とともにパラテクストとして歌を枠取っている。とするならば、四一三九は、中西氏の言うように「『桃李花』を『眺矚』しての作で、その実景から導かれた空想の情景」と、万葉集は読ませようとしていることとなる。

桃と「をとめ」との関係について、少し付け足したいことがある。それは、桃の植生に関することである。各地の万葉植物園で、四一三九の歌とともに桃が植えられていることがある。桃の下には、人が立てる形となっている。だが、よく見ると下枝が切り落とされ、人が立てるように剪定されていることがわかる。実は私の実家は果樹農家で、多く桃を出荷して桃の木の植生を理解している。桃の木は、地上一メートルほどで通常横に広く枝を張る。人が立つ高さ以前に横に枝を広げてしまうのである。そもそもその下に通常人は立てるものではないと考えられる。これは現代の桃についてだが、日本在来の毛桃についても同様と考えられる。

以上のように家持は、「春の苑の桃李の花を眺矚(なが)め」、あくまでも様式美としての「樹下美人図」を脳裏に描きながら、幻想の「媙嬬(をとめ)」を造形したものと考えて良いだろう。

この幻想の「媙嬬(をとめ)」を詠んだと考えられる「桃の花」の歌四一三九と「堅香子の花」の歌四一四三との対関係については、青木生子『全注　巻十九』が四一四三について、左のようにわかり易くまとめている。

> この日、折り取ったかたかごの花を眺めつつ、その群生する可憐な花の風情をおとめの群像に配して想い描いた歌である。清らかな泉のほとりに群生して静かに咲き乱れるかたかごの花と、さざめきながら入り乱れて水汲むおとめらとはその愛らしさを映発しあって、あたかも先の四一三九の桃の花に美女を配した歌の発想、手法に通う。集中他にない桃とかたかごの花を新素材として、前者は濃艶、後者は清艶な情景が醸し出されている。

このように「四一三九の桃の花に美女を配した歌の発想、手法に通う」四一四三の「堅香子の花」は、やはり家持が造形した幻想の「媙嬬(をとめ)」として考えるのが穏当であろう。

では、それを「攀(よ)ぢ折」った堅香子の花一輪を「媙嬬(をとめ)」とせずに、「寺井の上」（＝寺の井戸または水辺のあたり）で「八十媙嬬(やそをとめ)らが汲みまがふ」（＝たくさんのおとめらが入り乱れて汲む）情景として造形したのであろうか。このあたりのことは、後に述べることとする。

三　「娘子(をとめ)に贈れる歌」

では、もう一点、家持が若き日から架空の女性を詠むときに「をとめ」の語を好んで用いてきたという点について述べていこう。

実は幻想の「をとめ」自体、家持が若き日から好んで詠み出していたものと考えられる。家持は、天平五年（満十五歳）から十年（二十歳）頃にかけて、後に妻となる坂上大嬢や二九首を家持に贈った笠女郎以外にも、紀女郎や巫部麻蘇娘子(かんなぎべのまそをとめ)・日置長枝娘子(へきのながえのをとめ)などの女性達と贈答をしている。それ以外にこの年代の家持の歌で、答歌がない「娘子(をとめ)」に贈る歌が、左のように一四首残されている。

大伴宿禰家持の娘子に贈れる歌二首（4・六九一・六九二）
大伴宿禰家持の娘子の門に到りて作れる歌一首（4・七〇〇）
大伴宿禰家持の娘子に贈れる歌七首（4・七一四～七二〇）
大伴宿禰家持の娘子に贈れる歌三首（4・七八三～七八五）
大伴宿禰家持の娘子の門に到りて作れる歌一首（8・一五九六）

小野寺静子氏は、この題詞の「娘子」とはその正体を明かさない、匿名性を強調した書き方であり、「娘子」は、坂上大嬢や亡妾への恋を下地にしたものとも、架空の女性で虚構の作とする指摘もあると諸説をまとめながら述べている。(14) その上で氏は、

恋の歌の相手は自分には振り向きもしない女官で、この女官は家持の訪問に対しても動ずることなく帰し、

家持は恋情をあれこれと歌うものの、ついに家持に心を傾けることはなかった。こうしてみるとこの歌群は、娘子の感情を一切抜きにしてつくりあげられた虚構のいろあいを持つ。が一方、一四首に及ぶ家持の娘子への恋歌を詠むと、実在の女性であったのではないか、という思いも起こる。（中略）私は娘子は実在の女性で、家持は実際に歌を贈ったのだと考える。その理由を明らかにするのは難しいが、女官との恋はいかにもありそうである[15]、娘子の家は佐保川を隔てた所にあり門田がある、三年ほども思い続けてきた、など具体的に歌われていることが理由としてあげることができる[16]。

と述べている。「娘子の家は佐保川を隔てた所にあり」とは「千鳥鳴く佐保の河門（かわと）の清き瀬を馬うち渡し何時（いつ）か通はむ」（4・七一五）とあるように、佐保川を馬で早く渡って通っていきたいという片思いを詠んだものである。また「門田がある」とは前述の「娘子の門に到りて」という題詞を持つ「かくしてやなほや退（まか）らむ近からぬ道の間をなづみ参来（まゐき）て」（4・七〇〇）と「妹が家の門田を見むとうち出来し情（こころ）もしるく照る月夜（つくよ）かも」（8・一五九六）の二首からの考えである。さらに「三年ほども思い続けてきた」とは「前年（をととし）の先（さき）つ年より今年まで恋ふれど何（な）そも妹に逢ひ難（がた）き」（4・七八三）からの考えである。

小野寺氏は、右に長く引用したように、逡巡しつつも、娘子を実在のものとしている。しかし、氏の考えに肯うことは難しい。氏は、五群一四首の「娘子」に贈った歌を一連のものと予め想定して実在の女性と考えているが、まずこれらが同一人物であるという徴証を見出すことができない。次に、家持歌の生成過程からも指摘できることがある。家持の「娘子に贈れる歌」は、その初発から、同じ題詞を持つ左の湯原王の、

湯原王の娘子に贈れる歌二首

表辺（うはへ）なきものかも人はしかばかり遠き家路を還す思へば（4・六三一）

目には見て手には取らえぬ月の内の楓のごとき妹をいかにせむ（六三二）

に拠っているということである。家持の、

表辺なき妹にもあるかもかくばかり人の情を尽くさす思へば（六九二）

は、この湯原王の歌に拠りつつ制作していることは明らかであろう。湯原王の贈歌六三一から始まる一二首の歌群は、四回の贈答が繰り返され、

湯原王の歌一首

吾妹子に恋ひ乱れたり反転に懸けて縁せむとわが恋ひそめし（４・六四二）

という、独詠の述懐で結ばれている。この歌群は、窪田『評釈』の「正に一篇の歌物語をなしてゐるものである」ということばにあるように、小説的あるいは物語的とつとに指摘されているものである。橋本四郎氏は、この歌群は当時、官人の地方生活の一面を綴った物語的な歌群として享受されていたもので、そのヒロインは、まさに「娘子」として示されるのがふさわしい、名を明かす必要のある特定個人でなくてもよい旨を述べている[17]。家持は、この湯原王による虚構のヒロインを下敷きに「娘子に贈れる歌」を作り始めている。

以上、「二」で示した樹下美人図の様式をモチーフにした「桃の花」の歌四一三九との対関係、若き日から架空の女性を詠むときに「をとめ」を用いていたという複数のベクトルにより、「堅香子の花」の歌四一四三の「嬬嬬」は、家持が幻想の「嬬嬬」を造形したものと考えられるのではないだろうか。

四　井戸に立つ幻想の「をとめ」

堅香子の歌に先立って、家持は「桃李」や樹下美人図といった、舶来の中国風な知識の構図の中に「⿰女感嬬（をとめ）」を造形させ、既述の青木氏のことばにあるように濃艶な情景を描き出していた。一方堅香子の歌は「もののふの」という枕詞で始まっている。周知のように文武百官の総称としてのことばで、大和朝廷への奉仕を前提になされることばである。また「寺井の上」の「⿰女感嬬（をとめ）」は、清艶な情景を描き出すものであるが、その「井」は、神が来臨する場で、それを迎える巫女との神婚の場であり、(18) 和文脈の中で完結する内容として、「桃の花」の歌と対していると考えられる。群生するカタクリから一本を攀（よ）ぢ折り、「⿰女感嬬（をとめ）」を幻想したのも、それが「井の上」であり、聖水に奉仕する巫女の姿が下敷きになっていると考えられる。多田一臣氏は、『万葉集』中に見られる井の聖水に奉仕する巫女の姿として、左の五例をあげている。

藤原の大宮仕へ生（あ）れつぐや処女（をとめ）がともは羨（とも）しきろかも（1・五三）

山の辺の御井を見がてり神風の伊勢処女（をとめ）ども相見つるかも（1・八一）

勝鹿の真間の井を見れば立ち平し水汲ましけむ手児奈し思ほゆ（9・一八〇八）

人皆の言（こと）は絶ゆとも埴科（はにしな）の石井の手児（てご）が言な絶えそね（14・三三九八）

鈴が音の早馬駅家のつつみ井の水をたまへな妹が直手よ（14・三四三九）

これらについて多田氏は、五三は、「藤原宮御井の歌」の反歌で、「聖水奉仕の巫女が生まれつづくことで、宮廷に新たな生命力が絶えずもたらされることを祝福した歌」であると述べ、八一の伊勢少女も「『山の辺の御井』

に奉仕する采女」で「この井が特別なものであることは、これが伊勢斎宮に派遣された勅使の歌であることからも理解される」とする。一八〇八・三三九八は聖水を汲む聖女の名が「真間の手児奈」「石井の手児」として伝えられた例で「どちらも理想的な美女と考えられているのは、彼女たちが神迎えをする巫女、即ち神に選ばれた女性たちだからである」と述べる。三四三九で「手ずから与えられる水には、特別の呪力が感じ取られていたのだろう」とする。これらをまとめて氏は「宮廷における采女のみならず、各地の聖なる井には、聖水に奉仕する巫女たちのすがたがあったのである」とまとめている。さらに氏は、井が不思議な出会いの場であったとの伝承を、生後間もない女児をさらわれた父親が、八年後に井戸で再会する『日本霊異記』上九縁の話、内舎人が戯れに結婚の約束をしたまま忘れていた婚約者と山城の井手の「井」で出会った『大和物語』(一六九段)を挙げて説明している。(19)

かなり長く多田論を引用したが、このように「井」は、不思議な出会いの場であり、現実はひとまず置くとしても、采女・巫女という聖水に奉仕する理想的な美女に出会える場所であるという概念をもつ場であることを確認したいがためであった。家持は、このような概念をもとにしながら「井」に「嬬嬬(をとめ)」を現出させたものと考えられる。

五　むすび

「桃の花」の歌四一三九は、「二」で古くからの論を引きながら詳述したように、「下照る道に出で立つ」と歌った瞬間にそこには実際の「嬬嬬(をとめ)」がいないことが示される。歌われる「嬬嬬(をとめ)」は、舶来趣味の樹下美人図をもとにした理想的な「𡢳嬬」の幻想であることとなる。

では、「堅香子」の歌四一四三はどうであろうか。この場合「八十𡢳嬬らが汲みまがふ寺井」と歌った瞬間に、そこに「𡢳嬬ら」がいないことが諒解されるであろう。聖水に奉仕する理想的な女性が、たくさん、しかも入り乱れて水を汲むことは、「四」で示したように、理想の概念であり、実際あり得ないことであろう。そして「井の上の堅香子の花」のあたりを読んだときに、「八十𡢳嬬ら」は、群生する堅香子の花のことだと種明かしされる。

さて「二」で留保したように、はたして家持は、カタクリの群生を見て、「物部の八十𡢳嬬らが汲みまがふ寺井の上」までを幻視したのであろうか。それとも「物部の八十𡢳嬬らが汲みまがふ」までを幻視したのであろうか。繰り返しになるが、パラテクストが歌を枠取る題詞は、「堅香子草の花を攀ぢ折れる歌」と短く、いずれとも判断がつきかねる。ただ、先の青木『全注』が、四一三九と対関係にあることを指摘していたように、幻想部分が「𡢳嬬」に関する部分であることを考慮すると、後者のように考えるべきではなかろうか。また、「寺井の上の堅香子の花」の部分は、連体格の「の」によって、強く結ばれているリズミカルな部分で、切り離すことが難しいと考えられる。やはり、後者のように理解するのが穏当と考えられよう。いずれにしても、堅香子の花が「八十𡢳嬬ら」の姿を喚び起こしていることには変わらない。堅香子の花には、まるで「𡢳嬬」の精霊が潜んでいるかのようにも感じてくる。

「二」冒頭で述べた、水木が、自然の側に立つものから造形したものに似た存在とは、家持の場合、堅香子の花という自然から造形した理想の女性としての「𡢳嬬」ということになるだろう。

なお、四一三九について、少し補足的な説明を加えたい。どこからどこまでが幻想の「𡢳嬬」を指しているかという問題である。題詞「春の苑の桃李を眺矚めて作れる」というパラテクストが括る歌の内容を考えると「下照る道に出で立つ媙嬬（をとめ）」ということになろうが考慮が必要である。

四一三九は知られているように、句切れが問題となる。佐佐木『評釈』以来従うものが多い二句切れ説と、従来からの三句切れ説である。(20) 二句切れの諸説の大きな根拠は、同じ「紅にほふ」を冒頭に含む左の二首、

黒牛（くろうし）の海（うみ）紅にほふももしきの大宮人し漁（あさり）すらしも（7・一二一八）
雄神川（をかみがは）紅にほふをとめらし葦附（あしつき）採（と）ると瀬に立たすらし（17・四〇二一）

が、二句切れとなっていることである。

橋本達雄氏は、右の二首が、二句切れであることを認めつつ、

二首とも上二句の景を下三句で説明・推量しているもので、上二句と下三句は因果関係をもって照応している。

しかるに当面歌（＝四一三九　塩沢注）は、仮に通説のいうように「紅にほふ」で切ってみても、下三句はその説明とはならず、まして推量でもない。同じ句法、同じ構造とはいえないのである。この点で前二首をもってこの歌の句切れを云々することはできない。また詩語「春苑」が紅に映えるという続き方で読まれた中国詩の例も見出しがたく、上二句をひとまとまりとする二句切れには同調しがたい。(21)

と論じている。また、四一三九の「二・三句はまさに『紅花灼灼』の翻訳ともみうる景でひとまとまりをなす。その二句を分離すべきではなかろう。そしてその花の下照る道に近景として美女を立たせ、これをクローズ・アップする構図となる」ことなども同論で加えている。二句切れ説の二首について、構造関係にまで注目して、吟味し、その他の理由もいくつか挙げながら多角的に二句切れ説を否定しており、従うべき論と考える。四一三九は、やはり、三句に句切りを持ったものと考えられる。

以上のように、「樹下美人」に関わる古くからの論の詳細な検討、若き日の家持が描く「娘子（をとめ）」像、題詞が枠取る歌との関係によるパラテクストからの検討によって、家持が描き出した幻想の「をとめ」を検討した。屋上屋を架すようにもとれようが、このあたりの理解が深まればと考える。

注

（1）新大系『続日本紀　五』（一九九八年）脚注。
（2）堤邦彦「『幽霊』の古層――江戸の庶民文化にはじまるもの」（小松和彦編『国際日本文化研究センター国際研究集会報告書　第四五集　怪異・妖怪文化の伝統と創造――ウチとソトの視点から』二〇一五年一月）。
（3）新大系『続日本紀　三』（一九九二年）脚注。
（4）飯倉義之「描かれる異類たち――妖怪画の変遷史」（伊藤慎吾編『妖怪憑依擬人化の文化史』笠間書院　二〇一六年）。
（5）前掲（4）。清水潤「一九七〇年代の「妖怪革命」」（一柳廣孝『オカルトの帝国』青弓社　二〇〇六年）。
（6）前掲（4）。
（7）土屋文明『万葉集名歌評釈』（非凡閣　一九三四年）。
（8）鈴木武晴「大伴家持の越中秀吟」（『都留文科大学大学院紀要』第2集　一九九八年三月）。鈴木氏は、当該部分について、「桃の花の下に立つおとめの構図には、つとに土屋文明『萬葉集名歌評釈』（昭和九年〈一九三四〉十一月）が指摘しているように、正倉院御物の鳥毛立女屏風の樹下美人図等の絵画の影響が考えられよう」と述べている。
（9）春山武松「鳥毛立女屏風」（『日本上代絵画史』朝日新聞社　一九四九年）。
（10）森豊「『万葉集』の樹下美人」（『樹下美人図考』六興出版　一九七四年）。
（11）尾山篤二郎「越中時代の家持」（『大伴家持の研究』平凡社　一九五六年）。
（12）中西進「くれなゐ――家持の幻想――」（『万葉史の研究』桜楓社　一九六八年　初出一九六七年六月）。なお、中西氏が

「別に……述べた」とされる論については、論文作者塩沢の調査不足により明白でない。

(13) 本書第二章参照。

(14) 小野寺静子「娘子型の歌」(『家持と恋歌』塙書房 二〇一三年)。

(15) 女官との恋は、「ももしきの大宮人は多かれど情(こころ)に乗りて思ほゆる妹」(4・六九一)の「大宮人」から想定された内容である。

(16) 前掲(14)。

(17) 橋本四郎「幇間歌人佐伯赤麻呂と娘子の歌」(『橋本四郎論文集 万葉集編』角川書店 一九八六年 初出一九七四年十一月)。

(18) 真下厚「大伴家持の歌一首」(『美夫君志』第三十六号 一九八八年三月)。

(19) 多田一臣「井の誓いの歌と物語」(『古代文学表現史論』東京大学出版会 一九九八年 初出一九九二年四月)。

(20) 二句切れ説は、佐佐木『評釈』、『大系』、中西『全訳注』、『全集』、『集成』、『新全集』、『全注』、『全解』、『和歌文学大系』などがある。三句切れ説は、『全釈』、『総釈』、武田『全註釈』、窪田『評釈』、『私注』、『注釈』などがある。なお、『新大系』は、「春の園の、紅に色づいた桃の花が下に照りはえる道に、立ち出でた娘子よ」と、初句・四句で、一呼吸置くリズムの歌としている。『全歌講義』は、「春の苑一面に紅色に照り映えている桃の花の下の、照り輝く道に出て立っている娘子よ」のように、三句で息継ぐ、ものとしている。

(21) 橋本達雄「紅にほふ桃の花」(『万葉集の時空』笠間書院 二〇〇〇年 初出一九九二年九月)。

第七章　家持が過ごした久邇京時代の催馬楽「沢田川」

——「沢田川　袖つくばかり　浅けれど　恭仁の宮人　高橋わたす」——

一　はじめに

左の催馬楽は、現存する催馬楽六一曲のうち、「我駒」に続いて二番目に掲げられた「沢田川」である。

沢田川　袖つくばかり　浅けれど　はれ　浅けれど　恭仁の宮人　高橋わたす　あはれ　そこよしや　高橋わたす　一説、「あはれ　ととやしや」（本文は『新編日本古典文学全集』による）

大伴家持が過ごした久邇京をテーマにした当該催馬楽には、（1）沢田川と高橋の所在、（2）久邇京時代に成立したのか否か、（3）当該催馬楽の主題、などといった問題が指摘されている。（3）には悩ましい問題がある。和歌が明確な像を結ぶのに対して、歌謡催馬楽が、明確な像を結びにくいという点である。文字によって固定化された和歌と違う歌謡は、（囃子詞や舞・所作を伴い）場に適った形で解釈・消費され、別の場ではその場に沿った形で再解釈される、一回性の実演が繰り返される。歌謡における歌詞の持つ意味も音楽化され、フレーズによって示される「詩の意味は、音楽によっては引き受けられずに一変してしまう」[1]。場を失った文字情報として催馬楽を見る解釈には限界がある。音楽性に注目するならば、「言語の一次的機能は伝達にあり、ある意味を伝えるのに対し、音楽はなんらかのメッセージを伝えるが、明確な意味を伝達するとは言い難い」[2]ように、音楽が心裏にイメージや思潮を伝える特性から、催馬楽も離れることはできない。

「沢田川」は、『和名類聚抄』（巻四　曲調類）に「狭鰭河 律澤田河曲是也澤原作師誤」として雙調曲として示されている。平安時代には、特定の曲調を以て実演が繰り返されていた。その実演は、一回限りのライブである。しかし、実演は累積される。和歌のように明確な主題・楽想を捉えることは難しいながらも、累積によりいくつかの主潮は形作られることになるであろう。付帯された楽曲や所作を失った文字のみの中からも、その痕跡を捉えることは不可能ではないものと考えられる。今回は、如上の歌謡の特性を十分に顧慮しつつ、糸口としての地名である（1）を中心に論じることから、（2）・（3）そして当該催馬楽の宮廷への受容時期に関して、いくつかの可能性を指摘していきたいと考える。

二　沢田川＝泉川説

まず、（1）沢田川と高橋の所在について考えていこう。歌謡の特性として、実演の度に地名の入れ替えは可能であり、その地名の検討に関する有意性を、疑問視するむきもあるだろう。だが当該催馬楽は、囃子詞を異にする「あはれ　ととよしや」という一説があるのみで、地名の異伝はない。ただし、類似する万葉歌「広瀬川袖漬くばかり浅きをや心深めてわが思へるらむ」（7・一三八一）が残されている。この「広瀬川」の所在は、早く『代匠記』が当時の河合村と指摘した。現在の奈良県北葛城郡河合町の式内社、広瀬神社付近の曽我川ではないかと考えられている。天武天皇が竜田神社の風神に対して、水神としてこの神社に祭ったとされる（『天武紀』四年）。久邇京とは、直接関わりを持たないと考えられる。真淵は、この万葉歌の「本を用いて末をかへて山城の久迩の都作られし初にいへる物なり」（『催馬楽考』）と具体的に生成過程を想定している。万葉歌の成立年代ははっきりしないが、家持の手によると考えられる「譬喩歌」の部立に収められる。(3) 当該催馬楽が久邇京当時のものであるならば、逆に、当該催馬楽の影響を受け、水神や広瀬川が持つ「（浅）瀬」とのイメージの繋がりから、万葉歌が作られた可能性もある。

この広瀬川は、平安末期以降に数多く詠まれている。万葉歌の影響を受けた良経の「広瀬川袖つくばかり浅きこそ絶え絶え結ぶ契りなりけれ」（『秋篠月清集百首愚草』一六三）など、以後繰り返し「袖漬くばかり」を伴って歌われている。ただし、「川袖漬くばかり浅」の部分を除いて当該催馬楽と類歌をなすものは、管見の限り見られず、広瀬川と橋を結びつけた歌も見受けられない。まずは、広瀬川とは別に、沢田川のみで考えを進めてよかろう。

さて、沢田川に架橋された高橋は、沢田川の確定によりその所在も決定する。その沢田川は、早く一条兼良『梁塵愚案抄』が「皆山城国みかの原に有所の名也」と、久邇京近辺であるとした。これ以外に三つの説が示されている。①泉川（＝木津川）（またはその部分名）。②泉川の支流。③泉川を沢田川とした「いひなし」説である。

真淵は、「こは泉川なるへきを沢田川といへるにや」（『催馬楽考』）と①説を述べる。『梁塵後抄』（熊谷直好）も、①説をとり、「沢田川といふは泉川の名にや宮城以南大路西頭與甕原宮東之間といへる所なるへし」と架設された橋との関係から、泉川のどの部分であるかも具体的に示している。「泉川」は、万葉集でも久邇京関連歌を中心に九例見られる。京内を東西に横切る泉川は、田辺福麻呂の「久邇京讃歌」で「泉川ゆく瀬の水の絶えばこそ大宮所移ろひ往かめ」（6・一〇五四）と詠まれるように、その水量の多さから無絶無窮に繁栄を期待された久邇京のシンボルである。また、藤原京造営時に、切り出した木材は、藤原宮の役民の歌に「泉の河に　持ち越せる真木の嬬手を　百足らず　筏に作り　泝（のぼ）すらむ」（1・五〇）と詠まれるように、筏に組み、泉川を遡上させ、泉津（木津）で陸揚げした。また聖武朝では、紫香楽宮での大仏造営時、木材をやはり泉津で陸揚げ運搬している。泉川は、水運の要路で、泉津は明治期まで水運の要地であった。久邇京当時は、京域に含まれていた泉津を含む泉川は、シンボリックな存在だけではなく、土木経済的にも重要な役割を果たしていた。この泉川が、久邇京関連の催馬楽として歌われることは、まずは考えられる。ただ久邇京時代に、泉川を沢田川と呼んだ確例がないことが不審として残る。

泉川と、橋や水深との関連を考えられる歌は、『万葉集』に見られる境部老麻呂の「三香の原の新しき都を讃めたる歌」がまず挙げられよう。「……泉の川の　上つ瀬に　打橋渡（わた）し　淀瀬には　浮橋渡し　あり通ひ　仕へまつらむ　万代までに」（17・三九〇七　天平十三年二月）のように、久邇京に二橋を渡す様が歌われている。久邇京の右京と左京との間に「大橋」が架けられたのは天平十四年であり（『続日本紀』八月十三日条）、当時橋は渡されていなかった。「浮橋」は、舟や筏を並べてその上に板を渡した橋を指し、歌の当時の泉川にはふさわしい。一方「打橋」は、板を両岸に打ち渡した簡素な橋で、川幅が広い泉川に「打橋」を架けることは難しい。この「打橋渡し」という連用中止法の表現は、「浮橋渡し」と対をなし、永遠の奉仕を希求する「仕へまつらむ　万代までに」に係る。このことから「泉川に佳き橋が一刻も早くできてほしいという願望表現に基づく詩的表現」（伊藤『釈注』三九〇七の注）と考えられる。また巻十三には、「泉川渡瀬深みわが背子が旅行き衣濡れにけるかも」（三三一五）と、渡河する様が詠まれている。結句には異訓もあるが、平城京にいる妻が泉川を渡る夫を思いやる歌説が多数を占め、実際に徒歩で渡ることは難しいと考えられる。同じ巻十三に「……奈良山越えて　真木積む泉の川の　速き瀬を　竿さし渡り　ちはやぶる　宇治の渡の　滝つ瀬を　見つつ渡りて……」（三二四〇）とあるように、泉川は舟で渡るのが一般的で、水深があったものと考えられる。

平安になると『源氏物語』にも、初瀬詣での帰りに、浮舟の女房が「泉川の舟渡りも、まことに、今日はいと恐ろしくこそありつれ。この二月には、水の少なかりしかばよかりしなり」（宿木）と、二月に比して四月の舟渡りは、水量が多く恐ろしかったと述べている。『木津町史』は、泉川は水の流れが急で、洪水があると橋梁がすぐに流されるため、人馬を渡すために泉橋寺に大船二艘・少船一艘を買い置き附属させる（貞観十八年（八七六）三月一日条）とした太政官符や右の『源氏物語』の例も示しながら、泉川は「水量が多く、また急流であったことは有名であった。もとより宝亀八（七七七）年冬のように、雨が降らず、井戸は枯れ、宇治川とともに出水（泉川が枯渇するというような事態もあったが、それは特に正史に記録される程の異常な旱魃であったという意味である。泉木津は普通は通過するには難所であり、橋を架けても、それを維持することは極めて困難であった」[4]と示している。泉川の実態は、「袖つくばかり　浅」いと詠まれるものとはかけ離れ、そのまま沢田川に引き当てることは穏当とは言えない。

三　沢田川＝泉川支流説

折口信夫は、沢田川を「山城の国の恭仁の都のそばで、木津川の支流だ」と早く支流説を示し、『歌枕歌ことば辞典』も従っている。[5]『日本の歌謡』は、「木津川の部分名か、その支流かであろう」と①と②との可能性を示し、[6]『古典文学全集』は、「淀川に注ぐ木津川（古称山背川・泉川）か。木津川を沢田川と呼んだ例はないから、沢谷にある田の中を流れる川の通称か」と判断を留保している。久邇京近辺で「沢田川」と呼ばれる川が存在したことは、江戸初期の文献からわかる。海住山寺の子院住職定与が、旧記・古書等を抄録し自身の見解を述べた『海皐遺編』（一六五六年）所収の「瓶原八景詩歌」の中に、左のように泉川と沢田川とが詠まれ、泉川は「河」の字で示される。

泉河柴舟
泉河旦夕下柴舟　回首二京炊靄浮　自是世波應利渉　いつみ河出るはさひし柴舟の末はいつこのうみとにきあふ

澤田川霧
秋霖未霽漲瓶原　水溢小橋征馬煩　日暮川頭回首處　沢田薄霧罩前村　つさにかくいととへたつる沢田川平くたちかへす野辺のひとむら

「柴舟」が朝・夕下る泉川に対して、沢田の中を流れ小橋が渡された別の川として沢田川は描かれる。先の②の説と重なる。『日本歴史地名大系　京都府の地名』にも、相楽郡西村西に「村の西方山中より流れる沢田川の源流には衣ノ滝があり」と記されている。[7]現在も木津川市加茂町西、福田酒店の東に、「沢田川」と呼ばれる川幅一メートルほどの小川が存在する。[8]当該催馬楽の沢田川の可能性はある。ただ、現「沢田川」は、久邇京当時、左京の西端に位置し、ここに架けられた橋を詠む必然がなく、また久邇京時代に久邇近辺で沢田川と呼称される川を見つけることはできない。

平安期の和歌には、沢田川が散見される。平安中期の『躬恒集』に「沢田川瀬々の白糸繰り返し君打ち延へて万代はへよ」（二九二）と詠まれ、また『曽丹集』には、「沢田川」が三例詠まれている。「沢田川流れて人の見え来ずは誰に見せまし瀬々の白玉」（四三八）・「沢田川井手なる葭の葉別れて影さすなへに春更けにけり」（四九二）・「沢田川瀬々の埋木表れて花咲きにけり春のしるしに」（五三五）である。平安中期に沢田川は「瀬々」や「白波（糸）」を伴い類型化して、あるいは「瀬々」と浅瀬のイメージが伴うようにも思われる。しかし、既に万葉の人麻呂歌集に「宇治川の瀬瀬のしき波しくしくに妹は心に乗りにけるかも」（11・二四二七）と詠まれ、『古今集』にも「清滝の瀬々の白糸くりためて……」（九二五　神退法師）ともある。「瀬々」や「白波（糸）」は、特に沢田川とのみ結びつくものではなく、また沢田川が浅いイメージも定着しておらず、当該催馬楽と関連を想起させるものとはなっていない。

ただし、『曽丹集』四九二に「井手」を詠んでいることは、注意せねばなるまい。「井手左大臣」（『尊卑分脈』）と号したとされる橘諸兄と関係が深い「井手」という地名がある。久邇京右京から北に位置する、泉川流域にあたる現在の京都府綴喜郡井手町あたりである。『続紀』に、「天皇、右大臣の相楽別業に幸したまふ。宴飲酣暢（たけなは）なるときに……」（天平十二年五月十日条）とあり、この別業はその「井手寺」あたりと考えられていた。近時「阿支波支乃之多波毛美智（秋萩の下葉もみち）」という万葉歌（10・二二〇五）と冒頭を同じくする木簡や土師器皿などの遺物が、久邇京右京域内から出土した（「馬場南遺跡」）。この遺跡は久邇京時代と同じ八世紀後半と考えられる。「相楽」の名のように、相楽別業は相楽郡にあったと考えるのが自然であり、対して井手寺跡はだいぶ北に位置する綴喜郡に位置する。またこの相楽別業への行幸が遷都の誘因となっており、馬場南遺跡を相楽別業と考える方が穏当である。(9)

また、「井手」も沢田川近辺の地名ではなく、「井堰・しがらみ」一般を歌ったとも考えられる。万葉にも、「泊瀬川ながるる水脈の瀬を早み井堤（ゐで）越す波の音の清けく」（7・一一〇八　作者未詳「詠河」）と泊瀬川の井堰が詠まれている。さらに巻十の作者未詳歌にも「朝井堤（ゐで）に来鳴く貌鳥……」（10・一八二三「詠鳥」）と詠まれ、井堰は廣岡義隆氏が指摘するように「人々に日常の景の一つに過ぎないまでに馴染まれていたことがわか[10]」り、平安中期に沢田川が、「井手」の地という久邇京近辺の泉川流域と関連づけられて詠まれていたことを確実に示すことはできない。

平安後期になると、長治元年（一一〇四）五月二十六日左近権中将俊忠朝臣家で行われた歌合では、藤原顕仲が、「五月雨にみづまさるらし沢田川まきの継橋うきぬばかりに」（『金葉和歌集』一三八）とあるように、沢田川と橋との取り合わせが詠み込まれている。この顕仲歌をもとに、慈円が「沢田川まきの継橋うきぬれば……」（『拾玉集』三二一七）と詠み、藤原家隆が『壬二集』で「沢田川まきの継橋中たえて……」（二〇六三）と詠じている。同じ『壬二集』には、もう一首「いかにして影をもみまし沢田川袖つくほどの契りなりとも」（三八二三）が残されており、当該催馬楽に依拠しているものと考えられる。平安末頃には、沢田川は、浅いというイメージを持った歌枕・歌ことばとなっていたことがわかる。[11] 中田幸司氏は、顕仲歌と家隆の「いかにして……」に加えて、西園寺公衡の「五月雨の衣へぬれば沢田川袖つくばかり浅き瀬もなし」（『新勅撰和歌集』）を挙げ、当該催馬楽を踏まえたものとし、

宮廷内部において「沢田川」は催馬楽をもって初めて受容されたと考えられ、和歌史上の結果からは、少なくとも「恭仁宮人を歌っているのだから、やはり万葉時代の歌だろう。『万葉集』に残らなくて、後々にまで歌い継がれた歌謡とみるべきだろうか」（『日本の歌謡』……引用者注）という説には些か疑問が生じてくるのである。[12]

とする。当該催馬楽と類句を持つ右の歌々の累積から見るに、少なくとも宮廷内部において「沢田川」が浅いと

いったイメージをもって広く受け容れられるようになったのは、当該催馬楽の影響によってであると考えられよう。

先の『海阜遺編』の「水溢小橋征馬煩」も、顕仲歌と同様に、沢田川が平常浅いことにより、橋が浅く作られた時よりの浅さゆえに、水が橋の上に溢れ、行く馬が難渋する様が述べられている。十七世紀に久邇京の近くに登場し現存する沢田川は、歌枕化されたイメージに適う小川が、後に久邇地域で選び取られ、再定義されたとも考えられる。ただ左京の西端の小川を敢て選んだ説明が必要となろう。

現「沢田川」は左京西端を北から南に流れ、泉川に注いでいる。この泉川との合流点の近くに、天平十四年、大橋が作られたという記事が『続日本紀』に残されている。この「大橋」架橋の記事に惹かれてこの川が沢田川として選び取られた可能性がある。「宮城より南の大路の西の頭と甕原宮より東との間に大橋を造らしむ」（八月十三日条）とあり、諸国の国司に納銭を課した大工事であった。泉川の川幅は、左京朱雀大路あたりは一〇〇メートルほどもある。「大橋」が渡されたと考えられる西岸、甕原離宮があったとされる現法花寺野付近でも、川幅は五〇メートルほどあり、湾曲して細くなっている部分である。それだけ水深は深くなり、水流も早く、難工事が予想される。そこに架設された「大橋」は、久邇京の中で強い印象を与える景となろう。「賀世山の西の路より東を左京とし、西を右京とする」（『続紀』天平十三年九月十二日条）ことから、九条八坊が賀世山（鹿背山）を間に挟んで、久邇京は、左京と右京とに別れて配されたと考えられる。[13] 平城京方面からこの左京大極殿に向かう主な道筋は奈良道を北上し、京域に入ると賀世山西道を北上し泉川を渡り、南の大路の西頭、大極殿の西南に至り、東に向かって朱雀大路に達するものが考えられる（末尾図参照）。主要なルートに架橋されていたという意味でも「大橋」は、久邇京の中で印象深い景と言えよう。

沢田川が歌枕化し著名な場となり、久邇地域で、該当する実際の河川が必要とされる。催馬楽に見合った形で久邇の地名が再定義される段階で、この「大橋」を「高橋」とし、近辺の小川を「沢田川」と決めていったとは、考えられないであろうか。現代でも同様なことはよく見られる。人麻呂の伝説的な臨死歌「鴨山の岩根し枕けるわれをかも知らにと妹が待ちつつあるらむ」（2・二二三）に詠まれた「鴨山」を、茂吉は島根県邑智郡美郷町湯抱にある山を「鴨山」と比定した。現在この山が人麻呂終焉の地「鴨山」と名付けられたのはよく知られたことである。天平十四年の「大橋」は、現「沢田川」近辺にはあるが、泉川に架けられたもので、現「沢田川」に渡されたものではない。これは、歌詞「沢田川」と「高橋」が、それぞれのイメージの連鎖として繋がる。それによって、実際の地勢との矛盾を歌謡の中で克服しているのだとも考えることは不可能とは言えない。だが、この矛盾は少しく気掛かりではある。

四　「いひなし」説

次に、③の「いひなし」説を検討してみよう。守部は、『催馬楽入文』で「今按に、雍州府志、また名所集等に、伏見と宇治との間に此川の名あれど、其れにもあらず。こはたゞいひなしの詞也。（中略）沢田川と云るも、泉川の水源、恭仁ノ宮の南の流れなりけるを、わざと誤て只山沢と云ばかりの、浅き小流れに、然かそくばくの費をかけてといはんん料の誹り言なりけり」と述べている。泉川を、史実と違う小川ほどの沢田川と呼んだ「いひなし」であり、その小川に巨大な橋を架けたものとして、浪費を諷刺した歌謡であると考えている。「泉川の水源」の解釈には少しとまどいが残る。守部時代、淀で桂川・宇治川と合流し淀川となる泉川は、京都から見ると、久邇京あたりは、上流となる。久邇京時代を想定しての言としても、巨大な巨椋池の西南に注ぐ泉川は同様である。守部もその意味で「水源」と語っていると考えると納得がいく。泉川は、前述のように海運の要路であり、到底「袖つくばかり浅」い川ではない。事実との整合性を考えると、この「いひなし」説は、魅力的である。同じ催馬楽「老鼠」の「西寺の　老鼠　若鼠　御裳食むつ　袈裟食むつ　袈裟食むつ　法師に申さむ　師に申せ　法師に申さむ　師に申せ」にも『入文』が「今おほやけに父子心を合わせて御物をかすめ取ル者あり。これをはやく公に申せと云たぐひの諷諫なるべし」と述べ、『日本の歌謡』もこれを童謡めいた歌であるとする。歌謡のリズムに乗った滑稽さの中に、諷刺を込めた可能性はある。

対して『梁塵後抄』は「沢田川といふは泉川の名にや宮城以南大路西頭與甕原宮東之間といへる所なるへし（中略）泉川を沢田川と初ていひなしたりとて何の誹にかならん又沢川と云とは違て沢田川といふ時はもとよりの川の名と聞く外なし」と①の泉川説を採り、「高橋」を天平十四年架橋の「大橋」と想定している。「高橋」が架橋された場所の特定は後述するが、泉川に対して実際の地勢に合わない沢田川という名を持ち出し「浅けれど」と歌うには、諷諫（刺）か否かを別にして、「いひなし」を考えるか、あるいは泉川が沢田川と理解できる道筋の説明が必要となろう。

五　久邇京に架かる四つ目の橋

仮に右の「いひなし」、あるいは泉川を沢田川と理解できる説明が可能であったとすると、久邇京時代には、「高橋」に対応する泉川を渡る三つの橋が架設されていると考えられる。その一つは、天平十四年の『続紀』に「宮城より南の大路の西の頭と甕原宮より東との間に大橋を造らしむ」と示された、先述した橋である（末尾図B）。
また、二つ目は、『続紀』に「癸巳、賀世山の東の河に橋を造る。七月より始めて今月に至りて乃ち成る。畿内と諸国との優婆塞等を召してこれに役ふ。成るに随ひて得度せしむ。惣て七百五人」（天平十三年十月十八日条）と記される橋である。優婆塞の記載から、一般に行基の指導のもとに建てられたものと考えられている。新大系『続日本紀』のように「賀世山西道が、木津川を渡る地点に架設されたもの。鹿背山の東北の加茂町河原の小字橋本の地名が架橋地点か。天平十四年八月乙酉条の『宮城以南大路』と『甕原宮以東』とを結ぶ大橋も、これと同地点に作られたものか」と、Bと同じであるとする。確かに「橋本」は、泉川に橋が架設されたことの徴証とはなるが、天平十三年の橋とは特定できない。天平十四年に別に記事を立て、しかもその地点を「南の大路の西の頭と甕原宮より東」と示していることは、天平十三年の「賀世山の東の河」の橋とは異なるものと考えられる。「賀世山以東ということと、架橋に三ヶ月も要したという日数からみて、恭仁京正面の木津川にかけられた橋[14]」とする考えが穏当であろう。久邇京朱雀大路に架かるものがこれにあたる（末尾図A）。なお、新大系は続けて「催馬楽では、『沢田川』、浅いのに恭仁の宮人は高橋を渡す、と囃されている」と加えている。「高橋」をBと想定しての言であるように考えられる。

もう一つが、久邇京右京の正中線上にある、末尾図Cにあたる橋である。この橋は、『類聚三代格』（十六「道橋事」貞観十八年三月一日の日付あり）に、太政官符として、行基が造営した泉橋寺と渡船・仮橋を、浪人二人に警護させた内容にも「得彼寺牒偁、件寺故大僧正行基建立卌九院之其一也、惣尋本意、為泉河仮橋所建立也」と見える[15]。

実は、これらとは別に、「沢田川」の存在と「高橋」とを想定する説がある。泉川の南を南東から北東に流れ、泉川に注ぐ現在の「赤田川」とし、「高橋」は、左京正中線が「赤田川」と交差するD地点に架設されていたものとするものである。木津川市加茂町大野烏田の北、泉川中学校の北で、現在も小橋が架かっているあたりである。この説は、木津川市の史家、岩口勝彦氏が提唱するものである。周知のように、地域史研究者の説は、自身の在住の地への愛着の強さに伴い、強引な奇説も少なくない。しかし、氏の説は、伝承だけに拠ったものではなく、資料の積み重ねに基づくものである。文章として発表前の論であったため、聞き取り調査を行った要点を、以下にまとめて示すこととする。

（ア）「山城国相楽郡第五区大野村」（明治六年一月）の地図に、赤田川を挟んだD地点の南北に小字名「高橋」が見える。これは、D地点に「高橋」と呼ばれる橋が架設されていた可能性を示す。この地図には、四ノ坪・五ノ坪など、久邇京造営に関わる条里制によって命名された小字も残っており、久邇京当時架橋された「高橋」にちなんで小字ができた可能性がある。

（イ）赤田川は水深が無く、「袖つくばかり」浅い川としてふさわしい。また安永七年（一七七八年）正月作成の「山城州大絵図」には、赤田川を指すと見られる「猿渡川」という名が見られ、「沢田川」の転訛の可能性がある。

（ウ）行基開山とも言われる「西明寺」に残る、文治三年（一一八七年）日付（『加茂町史』でも同年の日付、『賀茂町史』では永仁三年＝一二九五年）の「西明寺領田定之石碑」の銘に、タカハシ・サカノ上・アカタ・蓮田・レンタなど、（ア）の地図に残る小字名が見られる。これは、D地点に小字「高橋」が、十二〜十三世紀末には存在していたことを示す。

（エ）Dを南北に通る道は、泉川の北では、「朱雀道（しゅしゃかみち）」、南では「御所のがいどう」と、朱雀大路を意味する。

（オ）「三」で指摘したように、現「沢田川」が、久邇宮の西に外れるのに対し、D地点は、久邇京当時、朱雀大路（左京正中線上）にあり、立派な「高橋」を渡すのに相応しい。

岩口氏は、右のように、様々資料を駆使し「高橋」を比定しており、説得的である。なお、岩口氏の論は、後に「催馬楽に歌われた恭仁京の『沢田川』を探る」（『やましろ』25　城南郷土史研究会　二〇一一年十二月）として、この点も含めてまとめられた。

筆者も（ア）～（ウ）の資料・石碑を実際に閲覧し、（ア）では、「高橋」その他の坪名を、（ウ）も同様に確認し、文治と読めた。左京域の一町方格地割網は、久邇京の左京中心線と整合した形で作られ、この地割施行が進行した後に里の編成と坪番号が設定されたと考えられる。[16] 久邇の地に、少なくとも十三世紀末まで辿れる地名「高橋」を指摘した点が、最も注目できる。「沢田川」＝「赤田川」、「高橋」＝D地点の説得力はある。「沢田川」（赤田川）という水深がない川に、久邇の大宮人が朱雀大路に、「高橋」を架設した。これにちなんだ催馬楽であるならば、まずは久邇京讃歌と考えられ、その裏に泉川にAを架橋しただけでなく、小川ほどの川[17]にも高橋を架けたことに対する諷刺も込められていた可能性は考えられる。

六　むすび——「袖つくばかり　浅けれど」

「一」で触れたように、泉川は急流で水深があり、徒歩で渡れる川ではなかった。ただ旱魃という非常時には渡河できたことが記されている。『続紀』には宝亀八年（七七七）「是の冬、雨ふらず。井の水皆涸る。出水、宇治等の川は並に掲厲（かちわたり）すべし」と記されている。この「掲厲」について、岩波新大系は、『爾雅』「釈水」の「済有二深渉一。深則厲、浅則掲。掲者、掲レ衣也」を挙げ、「掲」は浅い水を渡ること、「厲」は深い水を渡ることであるとし、「ここでは川が徒歩で渉れるほど水位が下がったということか」（脚注）としている。山城（背）での大渇水は、久邇京が営まれた天平十五年にも起こっている。六月二十五日条に「今月廿四日酉より戌に至るまで、宇治河の水涸渇れて、行く人掲渉（かちわたり）す」という山背国司のことばが残されている。『新大系』は、ここでは「深則厲、浅則掲」（『詩経』「邶風」）に対する、「毛伝」の「褰レ衣而渉曰レ掲」を挙げ「衣の裾をかかげて渡ること」としている。宝亀八年の記事を参考に、天平十五年の状況を察するに、同じ巨椋池に注ぐ泉川も、かなり渇水していたものと考えられ「掲渉（かちわたり）」ができたことは予想される。『爾雅』や『毛詩』は、官僚層には必須の知識であり、[18]『続紀』の記述もそれに基づいている。「深則厲、浅則掲」は、『論語』（「憲問篇」第十四）にも「子撃磬於衛、有荷蕢而過孔氏之門者、曰、有心哉撃磬乎、既而曰、鄙哉、硜硜乎、莫己知也斯己而已矣、深則厲、淺則掲、子曰、果哉、末之難矣」のように見られ、身の処し方の比喩として用いられている。現代でも「深厲浅掲」として知られる故事成語である。官僚層は、むしろこの論語の処世の教訓例に、より親しんでいたものと考えられる。いずれにしても、古代官僚には「深則厲、浅則掲」という表現は、よく知られていたものと考えられる。

当該催馬楽や万葉に見られた「袖つくばかり　浅」いという表現は、『続紀』の「掲厲・掲渉」を間に挟むことによりよく理解できるもので、さらに水深がないものと表現されていることとなる。女性の袖なら「未通女ノ缺腋（ワキアケ）ノ袖ナレハイト長」（『代匠記』精撰本）いものであり、そうでなくても衣を掲げるまでもなく渡河できるほどの浅さを示す表現である。万葉や当該催馬楽の制作過程には、これらの知識がある官僚層の関与が窺われる。特に、当該催馬楽の小川に高橋を架けるとする表現は、『論語』が示す臨機応変に対処するという処世とは全く対極をなすもので、注目される。

結局「四」で示した「いひなし」説、あるいは「五」の「赤田川」説が有力と考えられる。「いひなし」説の場合、次のように理解できる。泉川は急流で、水深もあり、旱魃といった非常時でも漢語「掲厲」で示されるように、袖を掲げて渡るのがやっとであり「袖つくばかり、浅」いことは実際はありえない。泉川には、行基などの手を借りた大工事により、いくつかの大橋が架けられた。その川を小川を連想する「沢田川」と呼び、縮小化して表現することは、一義的には大工事を小川ほどのものとして難なくやりとげる「恭仁の宮人」、ひいては久邇京への讃美となろう。しかし、その表現の背後には『論語』「検問篇」「深則厲、浅則掲」に示された処世とは、全く逆の「恭仁の宮人」の姿勢が歌われており、『入文』が「いひなし」説の根拠とした「恭仁宮に遷し造ること四年にして、茲に功纔かに畢りぬ。用度の費さるること勝げて計ふべからず」（『続紀』天平十五年十二月二十六日条）という記事を挟まずとも、催馬楽の表現自体の中から、諷刺を読み取ることが十分可能である。これは、「五」の説を採っても同様となる。そして「三」で示したように、平安中期以降、当該催馬楽が宮廷が取り入れられることによって、実体からは離れた、浅いイメージを伴った歌語・歌枕化した「沢田川」として定着していったものと考えられる。「五」の現「赤田川」や地名「高橋」も、「三」の現「沢田川」同様、この歌語・歌枕の定着後、中世に再定義された可能性はある。

この催馬楽は、「恭仁の宮人　高橋渡す」と、「宮人」以外の者が、「景としての大宮人[19]」の行為をその外縁から批評的に歌っており、「深則厲、浅則掲」を理解することができる者の手によると考えられる。とするならば、久邇京の「大宮人」の外縁に位置する下級官僚が、まずその歌い手として考えられるのではないか。それが、今述べたような過程を辿りながら、現在に到っているものと考えられるのである。

注

（1）ミケル・デュフレンヌ著・桟優訳『眼と耳――見えるものと聞こえるものの現象学』（みすず書房　一九九五年）。
（2）ジュリア・クリステヴァ著・谷口勇・枝川昌雄訳『ことば、この未知なるもの――記号論への招待』（国文社　一九八三年）。
（3）伊藤博「『譬喩歌』の構造」（『万葉集の構造と成立』上　塙書房　一九七四年　初出一九六四年十二月）。
（4）『木津町史　本文篇』（一九九一年）。
（5）「催馬楽」（『折口信夫全集　ノート編　第十八巻』（一九七二年　講義は一九四八年）、片桐洋一『歌枕歌ことば辞典　増訂版』笠間書院　一九九九年　初出一九八三年）。
（6）西角井正慶「神楽歌・催馬楽」（『日本の歌謡』角川書店　一九五九年）。
（7）柴田実・高取正男監修、芦田完編（平凡社　一九八一年）。
（8）二〇一〇年三月に、現地に赴き、聞き取りを行い、確認をした。
（9）渡辺晃弘「遷都の日々、律令国家への道」（『平城京一三〇〇年「全検証」奈良の都を木簡から読み解く』柏書房　二〇一〇年）。
（10）廣岡義隆「関歌の様相」（『行幸宴歌論』和泉書院　二〇一〇年　初出二〇〇八年六月）。
（11）片桐洋一氏は、沢田川を「山城国の歌枕」とする（片桐洋一前掲（5）。また、『新日本古典文学大系　金葉和歌集　詞花和歌集』（岩波書店　一九八九年）も同様に地名索引において「山城国の歌枕」とする。
（12）中田幸司「催馬楽『沢田川』攷」（『平安宮廷文学と歌謡』笠間書院　二〇一二年　初出二〇〇二年一月）。
（13）足利健亮「恭仁京プランの復元」（『日本古代地理研究』大明堂　一九八五年　初出一九七〇年三月・一九七三年五月）。
（14）足利健亮「恭仁京と行基」（『考証・日本古代の空間』大明堂　一九九五年　初出一九八三・一九八七年）。
（15）足利健亮氏は、「車駕（きょが）、恭仁京の泉橋に至りたまふ。時に百姓、遙かに車駕を望みて、道の左に拝謁（をが）み、共に万歳を称ふ。是の日、恭仁宮に至りたまふ」（『続紀』天平十七年五月六日条）の「泉橋」を次頁図Cとする（前掲注（14））。しかし、紫香楽宮からの到着に際し、恭仁宮を通り越しCに向かうことへの不審があり（新大系『続日本紀』三　補注）、Aを泉橋と考える方が適切であろう。

(16) 足利健亮「畿内条里のケーススタディ・二題」（『考証・日本古代の空間』大明堂　一九九五年　初出一九八七年）。

(17) 明治十六年当時のことを記した『山城国相楽郡村誌』には、「大野村」の「川」の項に「赤田川」に関して、「深処一尺浅処五寸、清ニシテ急巾平均二間余」とあり、当時も水深がない川であったことがわかる。

(18) 万葉時代の官僚と漢籍摂取との関係は、田辺福麻呂を例に述べたことがある。拙稿「和漢の双光——古代官僚田辺福麻呂と宮廷歌人田辺福麻呂——」（『万葉歌人田辺福麻呂論』笠間書院　二〇一〇年　初出二〇〇九年六月）。

(19) 森朝男「景としての大宮人」『古代和歌の成立』（勉誠社　一九九三年　初出一九八四年十一月）。

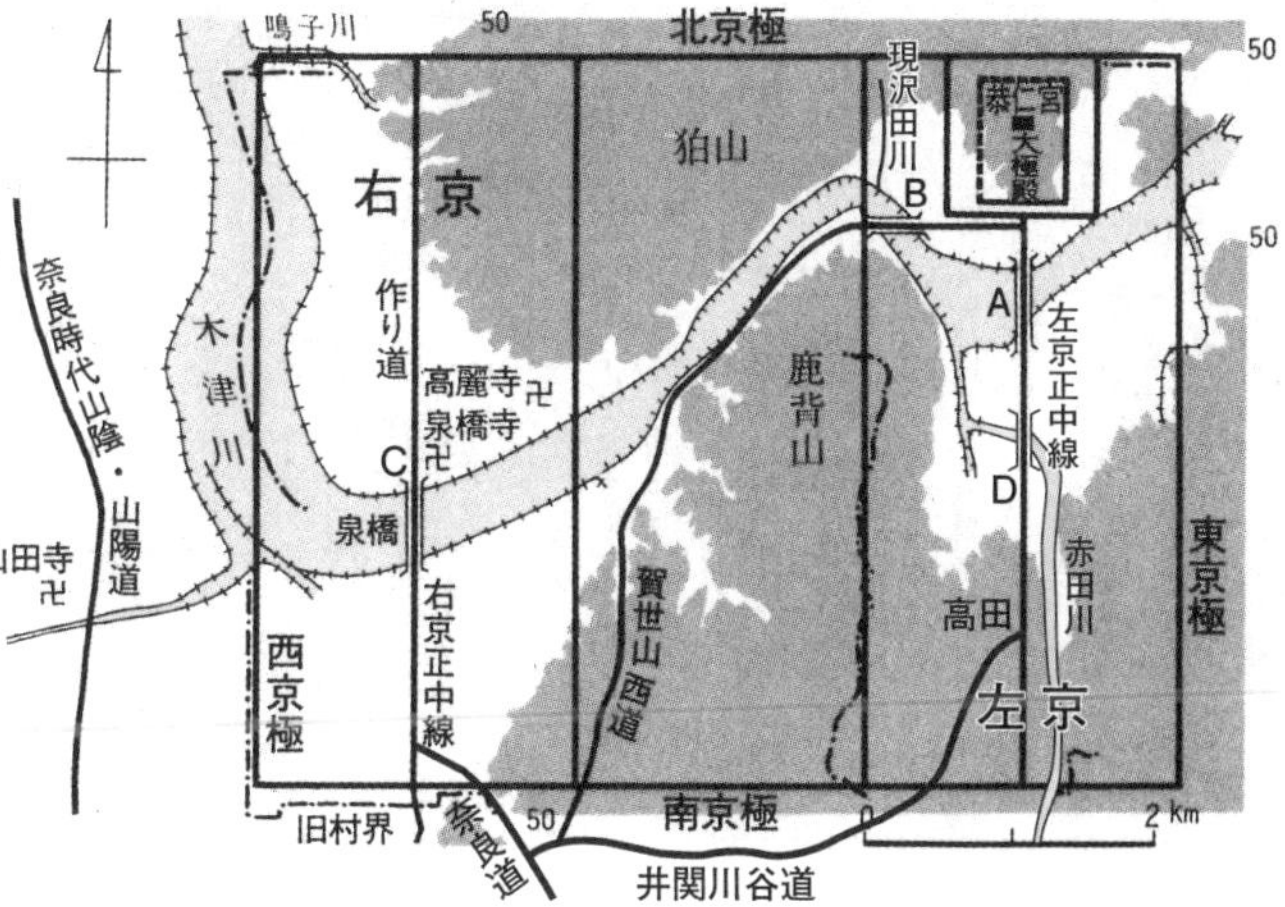

図　足利健亮『景観から歴史を読む』（NHKライブラリー 1998年）に加筆

第八章　家持時代の「書かれる歌」と「詠唱される歌」との〈距離〉

一　はじめに

前第七章では、催馬楽「沢田川」を多角的に分析した。しかし、それは書かれた催馬楽の分析であり、口承音楽性や実演といった面を捨象したものとなっていた。この点を顧慮して分析を進めるのが本章である。家持を含む万葉時代、歌は、どのように「書かれ」、「詠唱され」(る・た)のだろうか。そして、その「書かれる歌」と「詠唱される歌」との間にはどのような〈距離〉があるのであろうか。

論文著者は、古代和歌に軸足を置きつつ、現代歌謡・歌謡文化までを研究の対象としている。原文もなく総序もなく、語らない歌集である『万葉集』や、古代の理解のために、様々な時代の歌・声・音に関する論を示しながら、古代との間を行きつ戻りつしながらの論になることと考える。中国少数民族の歌垣研究や南洋歌謡研究からの堅実に届いている射程とは違い、いささか心許ないが、論を進めていきたい。

まず現代の状況を考えてみよう。現代の私達は、通常万葉歌を「詠唱」しない。注釈書に「書かれた歌」を黙読し理解している。学会発表で歌が引用される場合も、棒読みに近い形で「読まれる」か、あるいは「①の歌のように」と、提示されるに過ぎない。逆に引用歌が「詠唱される」ならば、犬養孝氏のように、特別な技能をもった詠唱者として認められた人を除いては、奇異な感じで受け取られてしまうのではないだろうか。また、例えば手紙で送られてきた中に（万葉）歌が「書かれ」ていたとしても、あまりの達筆で一読して理解できない場合を除いて、口ずさんでみることさえなかろう。和歌が詠唱されるのは、宮中で一月に行われる「歌会始の儀」や、「高岡万葉まつり　万葉集全20巻朗唱の会」などの特別なイベントに限られるであろう。「詠唱される歌」と「書かれた歌」との間には、断絶に近いほどの〈距離（ディスタンス）〉があることを自明のものとしているように思われる。

また、歌謡と和歌は異なるという言説は、つとに耳にするものである。歌謡は歌われる（＝「詠唱される」）もので、和歌は「書かれ」たものであるということである。しかし後に詳しく述べるが、古代の場合、「書かれた」万葉歌が（宴席や宮廷儀礼以外で）「詠唱」されなかったわけではないであろう。万葉歌、特に作者未詳歌に見られる、多くの類歌――早くは、佐佐木信綱氏が集中に、六二一組の類歌を指摘しており、小異歌として或本・一云・一書を含みつつも一一八組を指摘している――(1)や類想歌が、「書かれた」歌の力だけによって伝播したものとは言えないであろう。古代の「書かれる歌」と「詠唱される歌」との〈距離（ディスタンス）〉は、現代私達が目の当たりにしている状況とは、大きく異なっている可能性がある。

現代に戻って、もう少し「書かれ」たものを広げて考えるならば、これは歌だけのものではない。現代、書籍・書類などは、通常すべて黙読されている。「書かれるもの」すべてが、「声に出して読まれる」こととの間には、同じく断絶に近いほどの〈距離（ディスタンス）〉がある。

二　音読と黙読との関係

しかし前田愛氏は、「現代では小説は他人を交えずひとりで黙読するものと考えられているが、たまたま高齢の老人が一種異様な節回しで新聞を音読する光景に接したりすると、この黙読による読書の習慣が一般化したのは、ごく近年、それも二世代か三世代の間に過ぎないのではないかと思われてくる[2]」とも述べている。諏訪春雄氏は、「近世になって木版印刷が始まり、複数のテキストが同時に提供されるようになるまで、古典文学は写本で、多数の読者の前で音読して享受されるのが原則であった[3]」と述べる。諏訪氏の言から想起される、『源氏物語絵巻』東屋での、浮舟や女房達が、右近が朗読する物語に聞き入る有名な場面もある。

前田論・諏訪論文を含めて、音読が不自然とは言えないものであった。後に官僚層を含め詳しく述べることとする万葉時代と平安時代とはひとまず置くとして、先のことも含めて別稿で論じた鎌倉時代から江戸初期の例を、時代を追いながら簡単に三点紹介してみよう。鎌倉初期の『古来風躰抄』では、「歌はただよみあげもし、詠じもしたるに、何となく艶にもあはれにも聞こゆる事のあるなるべし。もとより詠歌といひて、声につきて善くも悪(あし)くも聞こゆるものなり」と音読による鑑賞姿勢が述べられている。室町時代に、『万葉集』『古今和歌集』『伊勢物語』『源氏物語』などを巧みに朗読する「物読み」と言われる人が記録に見られることを小松（小川）靖彦氏が指摘している。[5]これが江戸初期の『町人嚢』では、「物読み儒者」として漢籍を素読・講ずる者として登場している。

近代につなげていこう。前田論では、明治初期に木板印刷から活版印刷に移行しても、村の有志が村人を集めて新聞記事を読んで聞かせる「新聞解話会」や、小説では新聞小説の朗読をせがむ例、書生達のレクリエーションとして愛読する漢詩文や馬琴の読本の吟誦・暗誦が行われていた過渡的な例を紹介している。また、橋元良明氏は、雑誌『言語』の中で、藩校で行われた『孝経』・『論語』等の素読や、『実語教』・『童子教』などの往来物を教科書とした寺子屋に限らず、西洋でも読み書き教育の基本が音読一辺倒であったと述べる。学習層が広がり、その研究がなされるにつれ、読速と理解果について、黙読が音読を上回る科学的研究成果が出る。これを背景に一九二〇年代以降アメリカでは黙読を奨励する学習方針に切り替えられたとする[6]。このように「声に出して読まれ」ない黙読前提の歴史は、さほど古くはなさそうである。

さて、現代の私達にとっての、古典である和歌（万葉歌）は、先のように現代「詠唱」されないが、現代の私達はいつの時代も歌を「詠唱」してい（た・る）。一九六〇年代、新宿駅西口地下広場（現通路）は、自然発生的に多くの人が集まり、フォークソングのゲリラライブ会場となった。七〇年代にはニューミュージック、八〇年代には松田聖子や「おニャン子クラブ」が口ずさまれた。九〇年代の私たちは、小室ファミリーらの数百万枚にのぼるメガヒットを「詠唱」した。現在でも、カラオケや、テレビ・YouTubeを見ながら「詠唱」し続けている。

万葉人にとって、万葉歌は、コンテンポラリー（現代的）で、ポピュラー（一般的）な歌であったと考えられる。もちろんポピュラーには、大衆的という含意もある。この場合、万葉当時の推定人口にあたる六〜七〇〇万人すべてをさすという意味では、大衆的とは言えない。コンテンポラリーに万葉歌に類するものを「読んでいる」人々、つまり万葉官僚歌人層にとっての大衆的を意味することになる。

では、万葉歌を読み書きする万葉官僚歌人層にとって、コンテンポラリーでポピュラーな状況とは、いかなるものであったのであろうか。

三　万葉官僚歌人達を取り巻く、歌・声が響く環境（1）「宣命」

家持最終歌に到る、舒明天皇歌を含めた、いわゆる万葉歌実作の時代は、約一三〇年と長い。「書記」「詠歌」状況を等し並みに考えることは、難しいが、適宜時代性も示しながら説明しよう。

一三〇年の中の、それぞれの時代にコンテンポラリーなものとして、万葉官僚歌人層に響いていたものの第一に挙げられるものは、「宣命」であろう。宣命は、知られるように独特の曲節を伴って朗詠される。歌と言葉のあわいのような存在でもあった。『続日本紀』宣命では、文武天皇即位の第一詔（文武天皇元年八月）から、淳仁天皇即位の第二四詔（天平宝字二年八月）までがそれにあたる。第一詔は以下の通りである。

1　現御神（あきつみかみ）と大八嶋国知らしめす天皇（すめら）が大命（おほみこと）らまと詔りたまふ大命を、集り侍る（うごなはる）皇子（みこ）等・王（おほきみたち）等・百官人（もものつかさのひとども）等、天下（あめのした）公民（おほみたから）、諸（もろもろ）聞きたまへと詔（の）る。

2　高天原に事始めて、遠天皇祖（とほすめろき）の御世、中・今に至るまでに、天皇が御子のあれ坐（ま）さむいや継々（つぎつぎ）に大八嶋国知らさむと次（つぎて）と、天つ神の御子ながらも天に坐す神の依し（よさし）奉り（まつり）し随（まにま）に、この天津日嗣（あまつひつぎ）高御座の業と現御神と大八嶋国知らしめす倭根子天皇命（やまとねこすめらみこと）の授け賜ひ負（おほ）せ賜ふ貴き高き厚き大命を受け賜り恐み坐して、この食国（をすくに）天下（あめのした）を調へ賜ひ平げ賜ひ、天下の公民を恵び（うつくしび）賜ひ撫で賜はむとなも、神ながら思ほしめさくと詔りたまふ天皇が大命を諸聞きたまへと詔る。

3　是を以て天皇が朝廷（みかど）の敷き賜ひ行ひ賜へる百官人等、四方の食国を治め奉れと任（ま）け賜へる国々の宰（みこともちども）等に至るまでに、国の法（のり）を過ち犯す事なく、明き（あかき）浄き（きよき）直き誠の心を以て御称々（みはかりはかり）りて緩（ゆる）び怠る事なく、務め結りて仕へ奉れと詔りたまふ大命を諸聞きたまへと詔る。

4　故、如此の状を聞きたまへ悟りて、款しく仕へ奉らむ人は、その仕へ奉らむ状の随に、品々讃め賜ひ上げ賜ひ治め賜はむ物そと詔りたまふ天皇が大命を聞きたまへと詔る。(7)

犬飼公之氏は、第一詔を「1」〜「4」の段落に分け、それぞれを簡明に定義し、すべての即位宣命に認められるとする。別の宣命の検討時にも重要となるので、簡単に紹介する。「1」は、この宣命が「現（明）御神」のことばであることを宣布した部分。「2」は、悠久の過去から引き継がれた日嗣を先帝から伝授され即位が成立し、新帝は平穏に治めていこうとする意志を表明する。「3」は、扈従する人々は国の法をおざなりにすることなく「明き浄き直き誠の心」で仕えよと言い、「4」は、いさおしく仕える人々を賛め位階を上げようと言うとするのであるとまとめる。また「1」は、文武・元明・聖武・孝謙・淳仁・桓武のいずれの即位詔も、ほとんど共通するとする。(8)

万葉官僚歌人層は、年代を異にしつつも、「1」〜「4」の内容、「1」を共通して、即位宣命を、コンテンポラリーなものとして、聞いていたこととなる。なお、各段落最後の「諸聞きたまへと詔る（原文「諸聞食止詔」）」は、聖武即位宣命以降「諸聞きたまへと宣る（原文「諸聞食止宣」）」となっている。

その即位宣命は、想像をたくましくするならば、天皇により「書かれ」ながら作成された文章が、「微音」によって独特のリズムを以て読声「詠唱され」、宣命使によってさらに増幅され節づけされ「高声」に類した方法で、「詔」される（＝「詠唱される」）構造も想定される。時には、「現（明）御神」自ら、「高声」に類した方法で宣読していたものとも考えられる。

さて、これには、四点ほどの煩瑣な説明が必要となろう。

まず第一に、王や神仏など「聖なるもの」は、小さく低い「微音」で語ることが挙げられる。村山道宣氏は、口承伝承・民俗学では、神の声、託宣は「聖なる囁きの行為」であると述べる(9)。これを受け網野善彦氏は『今昔物語』や『春日社記録』の「しわがれ小さき声」「サ、ヤキ事」などを挙げ、「神の声、人ならぬものの声が微音と考えられていたことは、まず間違いない」とし、「天皇、院、摂関、将軍などの貴人は、『聖なる存在』として、やはり『微音』の音声でその意志を語ったとしてよいのではなかろうか(10)」と述べる。

第二に、「高声」の特性が挙げられる。「高声」とは、「微音」との対義であり、甲高く大きい声、声高な音をさす。中世では、「高声念仏」という熟語で一般化していることばでもある。「高声」は、矛盾するようだが、みだりに発することは禁忌とされた。前述網野論では、寛平元年(八八九)の宇佐八幡宮行事定文に「応レ参二入内院一人、不二高声喧花一事」と定めていることや、寛弘四年(一〇〇七)の霊山院釈迦堂毎日作法に仏前における「高声読誦」が停止されていることなど、神前・仏前での「高声」禁忌の例が多く記されている。これは、「高声」の境界的な性格に起因しており、

神仏の世界と世俗の世界を結ぶ音声である「高声」がみだりに発せられることにより、二つの世界のつり合いのとれた関係がかき乱され、均整が崩れることに対する禁忌感がそこに働いていたのであろう。

と、網野論は述べている。逆に言えば、俗世と神仏の世界の境界を越えようとするときに「高声」は発せられることとなる。「高声念仏」は、まさにこの世を越え仏の世界に入るために唱えられたものと考えられる。『平家物語』の有名な忠度最期でも、薩摩守は念仏を十返唱えようと言い、「西にむかひ、高声に十念となへ」ながら命を失っていることからも、それは理解されよう。

古代後期や中世の「高声」の例を示してきたが、第三に、万葉時代も「高声」は、左のように、たしかに発せ

られていたということである。

①　夫の君に恋ひたる歌一首
　飯喫めど　甘くもあらず　寝ぬれども　安くもあらず　茜さす　君が情し　忘れかねつも（16・三八五七）

右の歌一首は、伝へて云はく「佐為王に近習の婢ありき。時に宿直に暇あらずして、夫の君に遇ひ難く、感情馳せ結ぼほれ、係恋実に深し。ここに当宿の夜、夢の裏に相見、覚き寤めて探り抱くに、かつて手に触るることなし。すなはち哽咽び歔欷きて、高声にこの歌を吟詠へり。因りて王聞きて哀しび慟みて永く侍宿を免しき」といへり。

この①の歌表現や内容は、見てのとおりで、あまり上手なものとは思われない。実態としては、佐為王に仕える侍女が、夫恋しさのあまり、上手くもない歌を嗚咽しながら歌ったために、素っ頓狂でもあるような甲高い大声となってしまったというものであろう。そんな面白みもあって巻十六に収載されている可能性もある。しかしこれは別のストーリーとしても読むことができる。侍女である「婢」が、通常忌避される「高声」を用いることによって、（この場合は俗願ではあるものの）、強い恋情を訴えた。それが境界を越え、聖なる世界の存在としての「佐為王」の耳に届き、寛仁な「王」は、「婢」が夫に逢えるように侍宿を免除したというものである。

佐為王（橘佐為）は、美努王の子で、母は県犬養宿祢三千代である。養老年間に聖武東宮侍従。娘の橘古那可智は、聖武夫人となっている。皇親で政治を司った橘諸兄の弟にあたる。これらの関係から、「高声」を聞き取る耳をもつ佐為王寛仁説話的なものとして、『万葉集』は語っているのかもしれない。

網野論は、「『聖なるもの』の音声が『微音』であることが認められるならば、復唱者の大声――『高声』は、『聖なるもの』の意志を俗界に伝える、まさしく境界的な音声ということになる」と述べている。

第四に、九世紀の記事に、藤原緒嗣が、左の②のように宣命を宣読し、また③のように、仲野親王に音読法を口伝していることが、渡辺滋氏によって指摘されている(11)。

② 参議宮内卿正四位下藤原朝臣緒嗣、進二就閣一宣命。其詞曰……（『日本後紀』弘仁六年（八一五）七月十三日条）

③ 二品仲野親王薨。……親王能用二奏寿・宣命之道一。音儀詞語、足レ為二規範一。当時王公、罕レ識二其儀一、勅二参議藤原朝臣基経・大江朝臣音人等一、就二親王六条亭一、受二習其音詞曲折一焉。故致仕左大臣藤原朝臣緒嗣、授二此義於親王一。（『三代実録』貞観九年（八六七）正月十七日条）

渡辺論は③について、仲野親王の宣命や奏寿の音読作法は藤原緒嗣によって伝授され、その作法の範たるものとなっており、貞観年間には、音読作法を知る人が罕となっている。それを惜しんだ天皇の命により、藤原基経・大江音人らにその作法が伝授された旨、わかり易く解説している。

以上四点の理由から帰納されるように、即位宣命は、万葉の例とは逆に、「現（明）御神」である天皇の聖なる声が、宣命使の「高声」に類するものを通じて、あるいは直接天皇の曲節によって、俗界にある、万葉歌人を含む宮廷官僚達の耳に響き渡っていたのではないだろうか。いずれの場合でも、境界を越えてもたらされることに変わりはない。どちらの場合も、宮廷官僚達は、「現（明）御神」から直接もたらされる、「詠唱される」、「聖なる」詔声として理解していたと考えられる。

聖武即位宣命の各段落の最終表現「諸聞食止宣」について、早く三宅清氏は、尊敬語として理解できる「宣」が用いられていることについて次のように述べる。氏はこれを「宣」と読み、

> 宣命文は必ずしも宣命使がよむべきものではなかつた。宣命文は天皇自身のりたまふ事もあつたのであり、天皇が自身のりたまふものとして一般に理解されてよいものであつたのである。「のりたまふ」は天皇がの

りたまふであつて少しも差し支へがない（中略）内記が書きつつあり宣命使が宣しつつあつても而もそれが
天皇自身の書きつつあり宣ひつつある文になつてゐるのである。[12]

と指摘している。小谷博泰氏は、同じ「宣」を「宣ふ」と訓みつつ、「（宣命使が）『……聞食へ。』と宣ふ」となる主語と敬語の不一致を、右の三宅論に従う形で解決できるとした。[13] このことも今説明してきた宣命の「高声」的構造から頷かれるのではないか。

さて、その即位宣命の中で聖武即位宣命（第五詔）は、犬飼論が示す「2」の部分が、微に入り細に入り語られる。まず、皇統が天孫降臨説話に沿って元正にもたらされたことが述べられる。次にその皇統について元正は、「聖武が父文武に賜ったものである」と述べる。それを受け、聖武は恐懼していることを理解するようにと詔る。元正は続けて語る。「聖武が幼少であることから、荷が重く堪えられないと祖母元明にまず譲り、元明が統治した。霊亀元年に朕（＝元正）に授賜し、元明は、『天智が定めた不改常典の法に則り、聖武に帝位を過失なく授けよ』と教詔した。そうしているうちに神亀が出現し、これを機に聖武に帝位を授譲する」と述べる。聖武はこれを「頂に受け賜り恐み持ちて、辞び啓さば天皇が大命恐み、被賜り仕へ奉らば拙く劣くて知れること無し。進も知らに退くも知らに、天地の心も労しく重く、百官の情も辱み愧みながらも」帝位を継承すると述べていく。

文武即位宣命に比べて、詳細な事情説明と、聖武の質樸な心情が吐露されている。早川庄八氏が「八世紀半ば過ぎまでの天武系の諸天皇は、自分の言葉でものをいっていた」と指摘するごとく、[14] 聖武即位宣命「2」の部分には、「進も知らに退くも知らに」という、帝位に就くことへの葛藤・逡巡までもが素直に宣読されている（＝「詠唱される」）。なお、「進も知らに退くも知らに」は、以後、孝謙・淳仁・桓武即位宣命などに継承され、形式化するが、聖武即位宣命が表出した、素直な戸惑いである。この戸惑いまでを、万葉官僚歌人達は、天皇から「詠唱される」のものとして聞き取る環境にあったと考えられる。

四 万葉官僚歌人達を取り巻く、歌・声が響く環境（2）「宣」と「読申公文」

万葉官僚歌人層が置かれた環境を理解する上で大切なものがある。それは「宣」と「読申公文」である。これは、対天皇ではなく、官僚層どうしの関係性の中にあるものである。

まず、「宣」と呼ばれる、口頭伝達を伴う命令文である。これは正倉院文書に遺されたものになる。広く知られるように、正倉院文書のほとんどは、万葉時代光明子の皇后宮職に始まる写経所に関わるものであるので、「宣」も、その範疇に入る。

「宣」については、吉川真司氏が、四つにまとめ、明晰に説明をしている。a「写経を命ずる宣」、b「経典の奉請を命ずる宣」、c「物品の出納を命ずる宣」、dその他となる。[15] 少しく説明することにしよう。

aは、御願の一例を除きすべてが臨時の写経を命ずるもので、天平八年（七三六）から宝亀二年（七七一）にわたって出現すると言う。「宣」の中で最も多いのが経典の貸し出し・借用の双方を意味する「奉請」を命ずるbである。大部分が写経所からの一切経貸し出しに関するもので、三二三通の「宣」が天平十二年（七四〇）から宝亀五年（七七四）まで見られると言う。また、写経所では、写経事業を運用するために物品が収納・出用され、cのような「宣」が出された。八九通を確認することができ、造寺司官人を宣者とし、尋常でない使用や異動を命じたものが大半を占めると言う。その他のものがdで、七五通。その中で目につくのが、正倉院文書に遺存したことで有名な、天平宝字六年（七六二）の石山寺造営関係資料の中に見られる、「宣」二一通である。吉川論はこれらを紹介しつつ次のように述べる。

まず、宣の実態が文書や判文であり、宣者とはそれらへの署名者である（中略）つまり「宣」と記すから口頭伝達である、と単純には言えないのである。特にそれが顕著なのは造東大寺司官人の宣であって、まさに文書行政に密着した命令そのものが「宣」と呼ばれていた。勿論、宣者が署名する場合には、多くの場合同時に口頭での命令が行われていたであろう。しかし、文書行政を離れて口頭伝達が存在するのではなく、官司の内部では両者は密接な関係にあり、相互に補い合いながら存在したであろうことをここでは強調したいのである。

吉川氏は、「宣」が書かれていたことに重きを置いて右のように述べているが、ここからわかることは、「宣」は、「書かれる」ものであり、多くの場合「声に出して読まれる」ものでもあったということである。口頭で伝達した後に、その内容を正確に記録することは、難しいと考えられるので、「書かれ」た文章（判文）を読み上げていたと考えるのが妥当であろう。まさに「書かれる」ことと「声に出して読まれる」ことは、密着していたと言えるだろう。しかも、「宣」が作られた時代は、万葉第三期・四期とほとんど重なっている。

もう一つ、官僚層の中でやり取りをされたものとして「読申公文」が挙げられる。「宣」は命令文であったが、「読申公文」は上奏文にあたる。

隣国古代中国では、ありとあらゆる種類の最終的な決定・処分・指令が文書によって確定されるという点で、近代的な意味における文書主義の要件を満たすほどに高度なものであった。律令制文書主義が徹底していた唐では、「三判制」という文書だけで決裁する方法が採られていた。四等官は、決裁を、判官―通判官―長官の順で文章のみのやり取りによって受けていた。一方日本において、文書のみによる「三判制」が行われた形跡はない。[16]

その代わりとして、「読申公文」が用いられた。吉川論は判を行い得る判官以上の官に対して、決裁を求める「書かれた」公文を口頭で「読ミ申ス」ことで判断を仰ぐものであったとする。渡辺論も指摘する律令「職員令」の規定にも、四等官が上申するものと規定されている。

④　大史一人。掌。受レ事上抄。勘二署文案一。検二出稽稭失一。読二申公文一。余主典准レ此（職員令1　神祇官）[17]

④のように、下達される「宣」においても、上申される「読申公文」においても、「声に出して読まれる」口頭の伝達と「書かれる」文書とは密着しており、そこに〈距離〉（ディスタンス）は感じられなかったと言えるのではないか。

この「読申公文」は、万葉時代の終焉と軌を一にするように、黙読による「申文刺文」に代わっていく。「申文刺文」とは、立礼によって文書を渡す方法である。文刺（奏杖）に文書を挟み、進上する。進上された者は、その内容を黙読し決裁を下す方法である。この形式への変化に関しては、以下のような昭然とした説明がある。

正倉院文書の如き膨大な文書・帳簿群を基盤とする八世紀の官司業務の総体が、太政官における申文刺文形態の政務を生み出したのである。かくして大局的に見るならば、八世紀前半は諸司諸国で文書行政が急速に発展し、太政官政務に圧力を加えつつあった時代、八世紀後半〜九世紀前期はそれが申文刺文として全面開花し、読申公文を凌駕していった時代と評価できるのではないだろうか。[18]

この「四」のまとめとして示すこととする。

五　「書かれる歌」そして「詠唱される歌」

『万葉集』の内部徴証からも、「書かれる歌」と「詠唱される歌」との間にほとんど〈距離〉（ディスタンス）がなかった例を見出すことができる。巻五と巻十七に見られる書簡と同載される歌からそのことが理解できるのである。このことも注（4）に示した別稿（＝補論）で述べたことがあるが、本丸である『万葉集』に関することであるので、別稿を更に詳しくする形で煩を厭わず詳述することとする。(19)

まず巻五の吉田宜の書簡である。この書簡は、大宰府から大伴旅人が、梅花の宴関係歌とそれに続く松浦川で仙女と遊ぶ歌々（5・八一五～八六三）を送ったことに対して、続いて、都にいる吉田宜が返信したものである。宜は、⑤の波線部のように、

⑤ 宜啓す……梅苑の芳席に群英の藻を摛べ、松浦の玉潭に仙媛の贈答せるは、杏壇各言の作に類ひ、衡皐税駕の篇に疑ふ。耽読吟諷し、戚謝歓怡す（耽讀吟諷戚謝歡怡）……宜、謹みて啓す。不次。

旅人の書簡と歌を、「夢中になって読み、諳んじて小声で歌い、親しみをもって感謝し、声に出して楽しんでいます」と述べている。

また、巻十七には、重病を見舞われた大伴家持が、大伴池主へ礼状と歌を贈った書簡と歌（17・三九六五・三九六六）への、池主の返信と歌（三九六七・三九六八）とがある。書簡と和歌を贈られたことへの礼を述べたあとに、

⑥ 忽ちに芳音を辱くし、翰苑は雲を凌ぐ。兼ねて倭詩を垂れ、詞林錦を舒ぶ。以ちて吟じ以ちて詠じ、（以吟以詠）能く恋緒を蠲く……。

それを⑥の波線部のように「小声で歌ったり調子をつけて大きな声で長く引いて歌ったりして」家持を慕う気持ちを慰めたと述べている。「吟」は、「吟、呻ク也。从ヒレ口ニ今ノ聲」（『説文解字』）とあるように、もともとは呻き苦しむことから出る声のことである。「詠」は「詠ハ歌也。从ヒレ言ニ永ノ聲」（同）とあり、歌うこと、長く声を引くことである。また「吟」は弾琴で小音を奏でることでもある。これらを帰納すると、「吟」は、「詠」と対比さ

れ、小さな声で短く歌うことを、「詠」は大きな声で長く音を引いて歌うことをさすと考えられる。

宜の「吟諷」は「吟哦」と同義であることは知られ、「諷」は「吟」のトートロジーとなるとも考えられる。

しかし『梁書』（王筠傳）に王筠の博学ぶりを伝える中に、「幼年讀二ム五經一ヲ皆七八十遍ナリ。愛二シ左氏春秋一ヲ、吟諷シテ常ニ爲二ス口實一ト」とある。また『周礼』（春官宗伯「大司楽」）には、音楽用語として「諷」が登場し、節を付けずに暗唱してことばを発する旨が述べられている。「吟諷」は「暗唱して小さな声で歌う」という意味に理解し、右のように訳しておいた。


ところで、先の「三」の「高声」に関することで挙げた『万葉集』巻十六の①にも左注に「吟詠」の語が見られた。①は、侍女である「婢」が「高声」で「吟詠」したことまではわかるが、歌を自ら書き記し、「書かれる歌」となっているものを「詠唱される歌」として「吟詠」したか否かは判然としない。しかし、⑤・⑥の例は明らかに「書かれる歌」（と文書）が「詠唱される歌」（と文書）になっていることが理解されよう。

六　むすび

本丸の『万葉集』に入るまで縷々「書かれる」文書と、それが天皇から「詠唱される」声が響く環境を述べてきた。続けて上司（または下僚）によって「書かれる」文書と下僚（または上司）によって「声に出して読まれる」文書が密着している、万葉官僚歌人層が置かれた環境を述べてきた。喩えるならば、『万葉集』という古墳調査について、直接『万葉集』の発掘調査を行うのではなく、近辺の古墳の発掘調査を示したり、『万葉集』という古墳の外観を語るというような外部徴証を多く示してきた。引用が多くテキストのモザイクのようにも感ぜられようが、声と文書の歴史学的成果を間違えなく伝えるためのものとしてご容赦願いたい。

本丸の『万葉集』における内部徴証では、万葉第三期の吉田宜と第四期の大伴池主とを例示しながら、「書かれる歌」と「詠唱される歌」とが密着している様相を述べてみた。現代の我々が置かれた断絶に近い〈距離（ディスタンス）〉がある状況とは全く違った世界が、少ない例であるが見られたと考える。

さて、行政文書が八世紀後半以降、黙読化に向かっていく官僚層での文書のやりとりから、時代を遡って敷衍するならば、万葉第四期・第三期以前は、「書かれる歌」（や文書）と「詠唱される歌」（や口に出して読まれる文書）とは、より強固に結びついていたと想定することは不可能ではない。小松（小川）靖彦氏は、敦煌文書などの形式をもとに、『万葉集』の原本のレイアウトを想定した。その原本は、句読点も空格もなく漢字のみが連続する一行十六文字の本文となるとしている。その本文の意味を読み取り、詠唱するには、音読が不可欠で、漢字用法に習得した専門家によって行われたと述べている。

また、家持たちは、個人的に『万葉集』を閲覧し、小声で読み、「分注については声に出さずに黙読をしていた可能性がある」と述べている[20]。閲覧とは、様々な『万葉集』の編纂に関わる時点をも関連して想定した指摘と考えられる。

『万葉集』を扱う中で、即時的に歌がやり取りされる時点と、それが書き記されたものを後に閲覧する、さらに編纂する時点で、「書かれる（た）歌」と「詠唱される歌」との〈距離（ディスタンス）〉は、小松氏の指摘も含めて、さらに詳細に考えねばならない課題である。

注

（1）佐佐木信綱「万葉集類歌類句抄」（『万葉集の研究　第三　万葉集類句類歌攷』岩波書店　一九四八年）。佐佐木氏は、一句以上の類似を有する歌を抽出して「類歌」と呼んでいる。例えば、三句以上共通するものを類歌、二句までが共通するものを類想歌と呼ぶならば、もちろん佐佐木氏の数字を大幅に下回るものとはなる。
（2）前田愛「音読から黙読へ」（『近代読者の成立』岩波書店　一九九三年　初出一九六二年六月・一九六四年十二月・一九七三年三月）。
（3）諏訪春雄「日本文学国文学——国文学とは何か、そしてどこへ向かうのか」（『国文学　解釈と教材の研究』二〇〇七年五月号）。
（4）本章　補論。
（5）小川靖彦「音読から黙読へ」（『万葉集　隠された歴史のメッセージ』角川書店　二〇一〇年）。
（6）橋元良明「音読と黙読」（『言語』一九九八年二月号）。
（7）『続日本紀』本文は、新大系『続日本紀』（岩波書店）による。私見で改めたところもある。
（8）犬飼公之「日嗣の次第——続紀、即位の宣命——」（『古代文学』23号　一九八三年三月）。
（9）村山道宣「耳のイメージ論——『聴耳』考説（日本）」（川田順造・柘植元一編『口頭伝承の比較研究』2　弘文堂　一九八五年）。
（10）網野善彦「高声と微音」（網野善彦・笠松宏至・勝俣鎮夫・佐藤進一編『ことばの文化史』［中世1］平凡社　一九八八年）。
（11）渡辺滋「古代日本への文書主義の導入」（『古代・中世の情報伝達』八木書店　二〇一〇年）。
（12）三宅清「『のたまふ』の『たまふ』」（『祝詞宣命研究』私家版　一九七五年）。
（13）小谷博泰「宣命・祝詞の共通用語に関して」（小谷博泰著作集第一巻『木簡と宣命の国語学的研究』和泉書院　二〇一七年　初出一九七八年八月）。

(14) 早川庄八「口頭の世界と文書の世界」(『日本古代の文書と典籍』一九九七年 初出一九九〇年一月)。
(15) 吉川真司「奈良時代の宣」(『律令官僚制の研究』塙書房 一九九八年 初出一九八八年七月)。
(16) 前掲渡辺(11)。
(17) 令の算用数字番号は、井上光貞・関晃・土田直鎮・青木和夫校注『律令』(日本思想大系 岩波書店 一九七六年)による。
(18) 吉川真司「申文刺文考」(『律令官僚制の研究』塙書房 一九九八年 初出一九九四年六月)。
(19) 前掲(4)。なお、この論では、「詠まれる歌」(送り手によって詠作される時点としての歌)・「書かれる歌」(それが媒体として書き留められる時点としての歌)・「読まれる歌」(受け手にそれが読まれる時点としての歌)の三点について論じた。
(20) 小川靖彦「『萬葉集』原本のレイアウト――音読から黙読へ――」(『青山学院大学文学部紀要』第四七号 二〇〇六年一月)。小川氏は巻一、二が万葉第一期・二期に成立していると明確に述べているわけではない。また構造論的な編纂論とは異なり、構想論やテキスト論から『万葉集』の編纂を考えると、全く違った様相となる可能性がある。

補論　詠まれる歌・書かれる歌、そして読まれる歌

——万葉集から考える——

この補論は、前章で「家持時代の『書かれる歌』と『詠唱される歌』」について示した歌の場を、弁別しながら、理解を深めることを意図する。

ひとくちに『万葉集』といっても、それが作品として（または、受け取った歌として）「読まれる歌」なのか、まさに制作している場やその場で「詠まれる歌」なのか、編集・編纂している場で「書かれる歌」なのか、必ずしも明確に示されないままの論がある。補論は、これら三つの場合を截別して、歌は声に出して歌われていたのかを考えていくものである。

一　はじめに

『万葉集』の巻八、一五九四には、例年興福寺で行われていた維摩会（ゆいまえ）（＝維摩経を読み、病気平癒や祖先を供養する仏事）が、天平十一年（七三九）は聖武天皇の后、光明皇后の宮で行われた様子が、左のように記録されている。

仏前の唱歌一首

時雨の雨間無くな降りそ紅ににほへる山の散らまく惜しも（8・一五九四）

右は、冬十月の皇后宮の維摩講に、終日大唐・高麗等の種種の音楽を供養し、この歌詞を唱ふ。弾琴は市原王と、忍坂王と〔後に姓大原真人赤麿を賜へるなり〕、歌子は田口朝臣家守と、河邊朝臣東人と、置始連長谷等と十数人なり。

（現代語訳――）

仏前の唱歌一首

時雨の雨は、絶え間なく降るな。紅に色づいた山のもみじが散るようなことが惜しいからなあ。

右は、天平十一年冬十月の聖武天皇皇后光明子の宮での維摩講で、結願の日に大唐や高麗などの様々な音楽を仏に供養し、この歌詞を唱った。琴を弾くものは市原王と忍坂王〔後に姓大原真人赤麿を賜わった〕、歌い手は、田口朝臣家守と河邊朝臣東人、そして置始連長谷ら十数人であった。

（歌の原文＝思具礼能雨無間莫零紅介丹保敝流山之落巻惜毛）

このとき、会場では維摩経が唱えられ、琴などによる様々な音楽が演奏され、十数人により「時雨の雨……」の歌が唱われ、音に満ちあふれていたことがわかる（なお「唱」の細かな意味については、「四」で後述する）。

ところで、この「時雨の雨……」の歌は、歌柄からわかるように、もともとは、仏教と関わりがあるものではなかったようだ。それが無常を暗示することから、仏前唱歌として繰り返し唱われるようになったものと考えられる。では「時雨の雨……」の歌が、最初に披露されたときには、それは歌われていたのであろうか。また、それが『万葉集』に写されるとき、歌われながら記録されたのであろうか。はたまた『万葉集』の歌として読まれれるとき、この歌は、歌われながら読まれたのであろうか。このあたりのことを考えていきたい。

二　読まれる歌

まず読まれる歌から考えたい。私達が『万葉集』の歌々を受け手・読者として読むとき、声を出して読むことは、ほとんどないであろう。黙読によって『万葉集』を読み、理解している。しかし、私達一般が黙読する歴史は、そんなに古いものではない。

近世・近代の研究者である前田愛氏は、「現代では小説は他人を交えずひとりで黙読するものと考えられているが、たまたま高齢の老人が一種異様な節回しで新聞を音読する光景に接したりすると、この黙読による読書の習慣が一般化したのは、ごく近年、それも二世代か三世代の間に過ぎないのではないかと思われてくる」と述べている。そして社会運動家石川三四郎や、在野の経済学者で社会運動家の山川均が経験した、明治二、三十年代の音読の例を挙げている。続けて樋口一葉が、明治二十四（一八九一）年から五年（一八九二）にかけて、彼女が母親に小説を読み聞かせている例を、彼女の日記から四例紹介している。[1]

また、作曲家の間宮芳生氏は、「私の通った旧制青森県立青森中学に、教科書を節つきで調子も面白く音読して聞かせてくれる風変わりな国語教師がいた」[2]と昭和十七、八年（一九四二、三年）頃の体験を記している。間宮氏が「風変わり」と言うように、当時は音読は一般的ではなかったことがわかるが、戦前まで、音読をする人がいたことの証左とはなるだろう。

古典文学に焦点を絞って考えてみると、例えば、近世芸能研究者諏訪春雄氏は、近世になって木版印刷が始まり、複数のテキストが同時に提供されるようになるまで、古典文学は写本で、多数の読者の前で音読して享受されるのが原則であった。〈源氏物語音読論〉は早く源氏物語学者の玉上琢弥によって唱えられて有名になった。しかし、このような享受法は古典文学一般に通じる鑑賞法であったとみることができる。古典文学を《かたり》・《はなし》・《うた》の三者に分類して系統をたどることは有力な視点である。この三者ともに集団の前で声に出して享受する。このような享受の仕方から始まった古典文学は集団性と音読が重視され、その本質は木板印刷が始まった江戸時代に入っても大きな変化はなかった。[3]

と述べている。『源氏物語』東屋巻で、浮舟が絵を見ながら、女房の右近が物語を語り、周りの女房達も聞き入っている様子が描かれる『源氏物語絵巻』は、あまりに有名である。また、たしかに古典文学には、リズムがあり、音読すると理解が進むと、よく言われることである。私も、大学の授業では、必ず学生に『万葉集』を音読する時間を与えている。特に長歌は、五七のリズムであり、それを意識して読むように注意を与え、学生は音読を始める。しかし、七五調のリズムに慣れている学生達は、例えば、左の山部赤人の吉野讃歌、

やすみしし　わご大君の　高知らす　吉野の宮は　畳づく　青垣隠り　川次の　清き川内そ　春べは　花咲きををり　秋されば　霧立ち渡る　その山の　いやますますに　この川の　絶ゆること無く　ももしきの大宮人は　常に通はむ（6・九二三）

（現代語訳――）

国土の四方八方をあまねく統治なさる　わが天皇が　高々とお治めになる　吉野の離宮は、重なり合った青山に囲まれ　川の流れが　清らかな　川に囲まれたところだ。春には　花が咲きあふれ　秋になると霧が一面に立ちこめる。その山のように　いっそう不動に　この川のように　絶えることなく　ももしき

の　都人たちは　変わりなく通うであろう。

を「やすみしし／わご大君の　高知らす／吉野の宮は　畳づく／青垣隠り　川次の／清き川内そ　春べは／花咲きををり……」のスラッシュ（／）のように、どうしても切って読む。最初の数句は、何となく意味が通じもするようだが、「青垣隠り　川次の」「清き川内そ　春べは」と切った七五のリズムでは、意味を成さなくなってしまう。

室町時代にも、『万葉集』『古今和歌集』『伊勢物語』『源氏物語』などを巧みに朗読する「物読み」といわれる人が記録に見られる。[4] この「物読み」は「物読み儒者」とも呼ばれ、江戸初期の『町人嚢』に「口釈を仕習ひて、物読儒者と成て渡世の便とせんとおもふ人は各別なり」（現代語訳　講釈を修行して、物読儒者となって、生活の糧にしようと思う人は、格別である）とあるように、特に漢籍を素読したり、それを講ずる者も指すことばとなっていた。

さらに、時代をさかのぼって歌論書を見てみると、鎌倉時代初期に成立した藤原俊成著『古来風躰抄』には、「歌はただよみあげもし、詠じもしたるに、何となく艶にもあはれにも聞こゆる事のあるなるべし。もとより詠歌といひて、声につきて善くも悪くも聞こゆるものなり」（現代語訳　歌はただ声に出して読んだり、抑揚をつけて朗読したりもするときに、何となく優美にも感動的にも思われることもあるものであろう。もともと詠歌といって朗詠するときの声に伴う韻律によって良くも悪くも思われるものである）と、音読による鑑賞姿勢が述べられている。

海外の例も見てみよう。西洋古典学者の柳沼重剛氏は、西洋の世界での音読のルーツに関する議論をまとめている。[5] 柳沼氏が紹介するように、一般にはアウグスティヌス（三五三―四三〇）の自伝『告白』の叙述がたしかな例と考えられている。アウグスティヌスは、師に当たるアンプロシウスが書物を読むときに黙読をすることを奇異に思っていたという内容である。これに対して、イギリスの名門雑誌『タイムズ文芸付録』（The Times Literary

Supplement）誌上で、古代ローマのカエサルであるとか、さらに旧約聖書までさかのぼれるといった議論があったことを紹介している。いずれにしても古代では、多少の例外はあるにせよ音読するのが一般的であったとし、二つの重要な理由を指摘している。

その一つとしては、演説と散文がほとんど同一視されたことから、「演説の技術」が「修辞学」として定着したのであって、演説という聴衆を前にして音声をもって語りかけ、人々を説得する技術が、そのまま、読まれるための散文を書く技術とみなされるようになったことを指摘している。

もう一つ、こちらが「三　書かれる歌」との関係で重要なことであるが、文章の表記法にある。つまり、「中世のある時期（九―一〇世紀）までは、特殊な例外を別にすれば、およそ文書を書く（あるいは写す）場合、（1）文字はすべて大文字でまだ小文字はなく、（2）句読点もまだ開発されていないから使われず、（3）語と語の分かち書きもしていないという、今日では周知の事実を思い出すなら、そうやって書かれた文章が黙読できるわけがないことは明らかだ」と述べる。柳沼氏は、わかり易く説明する例として、アガサ・クリスティの『検察側の証人』の一節をとりあげ、中世の書きようで、これを左のように示し、

ISTILLTHINKSAIDLITTLEMRMAYHERNEINANAGGRIEVEDMANNER……

これが、

I' still think, I' said little Mr Mayherne, in an aggrieved manner……

にあたるものであることを示している。中世の表記は、たしかに意味不明な暗号のようでもある。これを読むには、語群の切れ目に注意しつつ、正しく声に出して確認しながらの読み方が必要になるだろう。

表記方法と読書態度の変化は、日本の文章にも言えることで、読書視覚に大きな変化をもたらしたのが、活版

印刷であった。近代メディアの変化と読者や読書の変化を詳細にまとめた永嶺重敏著『雑誌と読者の近代』では、この画期的な変化について、多くの例を挙げ説明しながら、

音読的受容に依存していた木板印刷は視覚よりも聴覚が重視されていたために、視覚的観点からはきわめて読みにくいテクストであった。これに対し、活版印刷本も当初は木板モデルに依拠していたが、その後さまざまな視覚的装置がつぎつぎと導入されたことによって徐々に読みやすいテクストへと変貌していく。読みやすさに貢献した装置としては、段落、改行、目次等があげられるが、最も影響力の大きかったのは句読点の普及であった。(6)

と、明治二十年（一八八七）頃を境に、活版印刷本をスタンダードとする読書スタイルに変貌したことを語っている。

つまり、洋の東西を問わず、書かれた文字の変化が、音読から黙読への転換の大きな要因となっていることが理解されるのである。とすると、鑑賞・研究対象などとして読まれていった歌としての『万葉集』も、当初から音読されていた可能性の高いことがここからは言える。

回りくどいことを様々近代からさかのぼってきたが、実は、端的に結論から先に言ってしまえば、万葉歌は、受け手によって、声を出して歌われる形で読まれていた。『万葉集』巻五には、大宰府の大伴旅人から都に送られた梅花の宴の歌（序文が元号「令和」の出典）とそれに続く松浦川の歌々（八一五〜八六三）に対して、吉田宜(よしだのよろし)が返信した書簡がある。その文面に、送られた歌々を「耽読吟諷し」（現代語訳　夢中になって読み、諳(そら)んじて小声で歌い）とはっきり記されているのである。また、大伴家持からの書簡と歌（巻17・三九六五・三九六六）に対する大伴池主(いけぬし)の返信に、「以て吟じ以て詠じ」（小声で歌ったり調子をつけて長く引いて歌ったりして）と同様に歌を声に出して歌っ

て読んでいることが述べられている。

ちなみに、ここに見られる「吟」と「詠」とは、「吟詠」と熟して使われることもあり、歌うことを表す似た意味の語である。「吟」は、中国の古字書『説文解字』に「吟、呻(うめ)ク也。从ヒレ口ニ今ノ聲」とあるようにもともとは、声を出して苦しみ呻くことである。また「詠」は、同書に「詠ハ歌也。从ヒレ言ニ永ノ聲」とあるように、声を長く引いて歌うことである。「吟」は弾琴で小さい音を出すことを指す語でもある。このことを考えると、「吟」はここでは、「詠」と対比され、小さな声で短く歌うことを、「詠」は大きな声で長く音を引いて歌うことを指すと考えられる。また「吟諷」は一般的に「吟哦」と同じとされ、「吟」も「諷」も歌うことを指す類語反復とされる。ただ「吟」と「詠」との関係から考えると類義の別語からなる熟語と考えられる。『梁書』（王筠傳）に王筠の博学ぶりを伝える中に、「幼年讀二ム五經一ヲ皆七八十遍ナリ。愛二シ左氏春秋一ヲ、吟諷シテ常ニ爲二ス口實一ト」とあり、『周礼』（春官宗伯「大司楽」）には、音楽用語として「諷」が登場し、節を付けずに暗唱してことばを発する旨が述べられている。「吟諷」は「暗唱して小さな声で歌う」という意味と解しておく。

先に示された文字の書かれ方からも、音読・黙読も左右される面が大きいと考えられる。送り手と受け手との間の媒体としての『万葉集』、その表記の様態を知る必要もあるであろう。

三　書かれる歌

私達が手にする現代の『万葉集』（の注釈書）は、この論文が従っている中西『全訳注』もそうだが、「二」で掲げた山部赤人の吉野讃歌（巻六・九二三番歌）のように、長歌を「やすみしし　わご大君の　高知(たかし)らす　吉野の宮は……」というように例外なく五七の句に分け、句と句の間を一字空けた表記となっている。そして、中西『全訳注』はそうなっていないが、短歌も巻一の二〇番歌、

あかねさす　紫野行き　標野行き　野守は見ずや　君が袖振る（1・二〇）

のように長歌同様に、句と句の間を一字空けたスタイルとなっている注釈書も多い。[7] また、まだ平仮名がなかった当時、原文は万葉仮名と呼ばれる漢字によって表記されていた。この原文の表記は、ほぼすべての注釈が、長歌短歌の区別なく、すべての歌を句ごとに分け、一字を空けた左のようなスタイルをとっている。

茜草指　武良前野逝　標野行　野守者不見哉　君之袖布流

その『万葉集』は、原本が発見されておらず、現在、すべての注釈書の原文は、『万葉集』の全巻（二十巻）が揃った鎌倉時代後期の写本『西本願寺本』を底本としている。だが『西本願寺本』は、左のように、

茜草指武良前野逝標野行野守者不見哉君之袖布流

原文二二文字が一行に連続して表記されている。諸注の凡例には、連続書きを改めたことは、ことさら記されることがない。ただ「一」で示した連続する読みにくさと同様に、現代の我々読者にも黙読の便宜を図って、視覚的にもわかり易いように句ごとに分け一字を空けた表記となっているものと推察できる。

では、さらに古い注釈、そして原本ではどのように歌は書かれていた（表記されていた）と考えられるであろうか。平安中期十一世紀半ばに書写されたとおぼしい、現存する最古の古写本『桂本』は、巻子本で、巻四の一巻だけが現存する。その巻四に含まれる大伴家持が坂上大嬢に贈った歌（七四一）は、中西『全訳注』では、

夢の逢は苦しかりけり覚きてかき探れども手にも触れねば（4・七四一）

（現代語訳――）

夢で結ばれることは苦しいことだなあ。目が覚めて手まさぐりするけれども、手さえも触れないので。
と訓読されている。原文を一行二二字詰──文庫という大きさからのバランスの都合であろう──で表記する中西『全訳注』は、左のようになっている。

夢之相者　苦有家里　覺而　搔探友　手二毛不所
觸者

『桂本』ではどうであろうか。左のように原文は楷書で連続して書かれ、一五字で折り返され、二行書きとなっている。そして、その左に平仮名の訓が付された形態となっている。

夢之相者苦有家里覺而搔探友手二
毛不所觸者
ゆめにあふはくるしかりけりおとろきて
かくさくれともてにもふれねは

小川靖彦氏によると、『桂本』の本文は、一行が長歌は平均一五・六字、短歌は一四・六字となっており、一行は一五〜一六字となっているという。(8)

万葉と重なる七、八世紀に中国文化圏で読まれた仏教や道教などの経典は巻子本で、当時の縦一尺（約二七センチ）の麻紙に天地三センチほどの余白を取り、上下に横罫線を引き、一・五〜一・八センチ間隔で縦罫線を引く。その中に楷書で一行一七文字詰で書写していくもので、その書写は書字生（写経生）が行っていた。(9) また、中国の漢詩文のアンソロジーである『文選』は、同様の形式で、一行の文字数が一五〜一六字であった。これは、経典の字詁を意識しながらも、最も格の高い経典類と区別するためのものであった。また、『万葉集』で極端に助詞や助動詞を省略した表現形式をとる柿本人麻呂歌集略体歌の最大文字数が一六字である。また、一字一音で表記される万葉歌もあり、一行一五字であると、三行になり、最後の一行が一字になってしまう。このようなことを勘案して、『万葉集』は、一行一六文字で表記されたと小川氏は述べる(10)。

万葉歌人の多くが古代官僚であり、『文選』は、その古代官僚必読の書とされていた。今回は細かく触れないが、その『文選』の内容を踏まえた万葉歌も多い。また、冒頭の仏前唱歌の弾琴者としても登場していた市原王は、経典類を書写する写経事業に関わり、写経司舎人から写一切経所長官などを歴任していた。また、石川年足のように『大般若経巻第二百三十二』などに願経の文字が残る万葉歌人もいる(11)。加えて、写経生としての可能性がある万葉歌人田辺福麻呂は、主要な編纂者である大伴家持の越中赴任時に、その編纂資料を届けていたものと考えられる(12)。

このように『文選』や経典類の表記形式を学んでいた人々によって作られたことも鑑みると、『万葉集』原文が楷書によって連続する一行一六字で書かれた蓋然性は高い。また、『万葉集』に採録される前の原資料も、同様に(一六字であるかは別にして)、句ごとに分けられた形ではなく、連続して書かれていたものと考えられる。

連続書きは、木簡も同様である。木簡は、墨書がなされた短冊状の木片で、行政文章などの文書木簡、役所や貴族の邸宅への荷物の内容や宛先を記した荷札木簡、そして習書・落書木簡その他の三つに分類される。三つめに分類される中に、歌を記した木簡が各所から見つかっている。例えば、石人像や須弥山石で知られる明日香の石神遺跡からは、七世紀後半の天武朝の頃と考えられる「なにはづに」と書かれた木簡が見つかっている(飛鳥藤原第一二二次〔「石神遺跡第一五次」〕調査、二〇〇二年七月～二〇〇三年一月)。これは、『古今和歌集』仮名序に登場する、仁徳天皇の御代の始まりを暗示する歌、

難波津に咲くやこの花冬ごもり今は春べと咲くやこの花

（現代語訳――）

難波津に咲いているなあ、この梅の花が。冬が終わり今は春の季節だと咲いているなあ、この梅の花が。

を指し、左のように一字一音で木簡中央に上から「なにはづにさくやこのはなふゆ」と読め、連続書きされ、下端は折れ欠損している形で発見された。

奈尓波ツ尓佐児矢己乃波奈□□〔布由カ〕(13)（□は判読不明部）

平成九年（一九九七）に紫香楽宮（宮町遺跡）から出土した天平十五、六年（七四三、四）のものと考えられる木簡は、片面に「なにはづに」の歌が書かれていた。その裏面には、『万葉集』にも収載され、「なにはづに」の歌とともに『古今集』仮名序では、「この二歌は、歌の父母のやうにてぞ手習ふ人の初めにもしける」（現代語訳 この二首の歌は、歌の父と母のようなもので、手習いをする人が真っ先に習いもした）とされる「あさかやま」の歌が書かれていた。「あさかやま」の歌は、『万葉集』巻十六の三八〇七番歌の、

安積香（あさか）山影さへ見ゆる山の井（ゐ）の浅き心をわが思はなくに

（現代語訳――）

安積山の姿までも映る山の泉、それほどに浅い心を私は持たないものなのになあ。

という歌になる。この木簡は、仮に「なにはづに」の歌を表とすると、

表　奈迩波ツ尓…□〔久カ〕夜己能波□□由己□〔母カ〕（…は欠損部）

裏　阿佐可夜…□□□□□□流夜真(14)

と表に「なにはつ…くやこのはな□□ゆこも」と読める字が連続して書かれ、裏面も「あさかや…□□□□□

るやま」のように、字の大きさから欠損部は「まかげさへみゆ」の七文字分に相当し、連続書きされていたと考えられるのである。

先の石神遺跡の木簡も宮町遺跡のそれも、『万葉集』の時代と重なるものである。また、宮町遺跡木簡は、万葉歌と重なる木簡三例のうちの一例でもある。(15)

このように、『桂本　万葉集』の様態、官僚万葉歌人が学んだ経典や『文選』の形式、そして万葉時代と重なる歌の書かれた木簡の様子から、万葉時代、歌は縦書きで連続書きされ、『万葉集』に採録されるときには、一六文字で折り返されて筆録されていたものと考えられるのではないか。

四　詠まれる歌

さて送り手が新たに歌を制作し（もしくは過去に制作された歌を）披露する（届ける）場合を、「四　詠まれる歌」と節立てをし、話を進めよう。

「三」で取り上げた、石神遺跡「なにはづ」の木簡も、宮町遺跡「あさかやま」の木簡も、その形状から、一部が欠損した木簡と推察される。ということは歌は途中まで書かれたのではない。元々は一首全体が縦に連続書きさされていたものと思われる。字の大きさや余白を考慮して復元した長さは、二つの木簡は二尺ほどになる。通常の木簡は、長くても一尺ほどである。対して歌が書かれた木簡は、片面に万葉仮名一行で歌を書く約二尺か二尺半にも及ぶ長大なものとなる。このことから、栄原永遠男氏はこれらの木簡を、文書木簡、荷札木簡、習書・落書木簡とは異なる類型をなす、「歌木簡」と名づけ、典礼での詠歌奏上、歌宴や私的集まりでの詠歌という二つの使途が考えられるとした[16]。典礼での詠歌奏上は、天武朝を契機とした歌舞典礼の整備と一字一音の万葉仮名で書かれている点などを根拠とする犬飼隆氏の論を組み入れたものである[17]。

ところで「記紀歌謡」も一字一音の仮名で記されており、歌内容よりも一つ一つの歌われた音を正確に記し再現することを重視した表現であると考えられ、典礼披露か習書時かは別にして、「歌木簡」が何らかの形で詠まれたものであることは頷かれる。犬飼氏は、

「歌」がまず一字一音式に書きとめられ、それをもとにして「人麻呂歌集」のような書記形態のものが編まれた事情を想定すれば、そのとき、歌どもは視覚を通して享受する「文字の文学」に変貌を遂げたのではなかったのかと思う[18]。

と述べ、これら「歌木簡」は「褻(け)」の形態であり、『万葉集』にそのまま採録されたわけではなく、「和歌」としての水準に耐えうるものが、人麻呂歌集歌に見られるように、視覚で読み理解する書記形態に書き改められたとしている。だが、『万葉集』は、巻十九のように「歌木簡」と同様に一字一音表記となっている巻や、先の略体歌のように、十数文字で一首を成す人麻呂歌集を含む巻もある。編纂資料や筆録態度により複雑で異なる表記の集蔵態を見せているのである。また、その多くが典礼の場で詠まれた長歌は、先の山部赤人の吉野讃歌の原文を、一六字連続書きにすると、左のようになる。

八隅知之和期大王乃高知為芳野宮者
立名附青垣隠河次乃清河内曽春部者
花咲乎遠里秋去者霧立渡其山之弥益
々尓此河之絶事無百石木能大宮人者

一行目は、黙読でも五七のリズムをもって読めるが、二行目は五音で終わり、三行目は「弥益／々尓（いやます／ますに）」のように、句が割れてしまう。やはり、「一」で論じ「三」で補足したように、目で見ながら、口に出して読まれたものと考えるべきではないか。

また、万葉歌も典礼で奏上され、歌宴で詠まれていた。冒頭に示した仏前唱歌もそうである。少し説明を加えよう。維摩会（講）は、藤原鎌足を始祖とし、不比等が再興したもので、例年興福寺で十月十日から十六日までの七日間行われていたとされる。この年皇后宮で行われたのは、鎌足の七十回忌にあたるからであるとするのが一般である。ただなぜ皇后宮なのかが判然としない。この事情については、井村哲夫氏が詳しく述べている。実は『興福寺縁起』によると「講説七日」は光明皇后が天平五年（七三三）に再興したものである。この年は、皇后の母である県犬養三千代が薨じ、また『続日本紀』には「皇后枕席不ルコトレ安カラ」という記事があるように、病患に苦しんでいた。この年の維摩会は、母三千代の追善供養と皇后自身の病気平癒を願意として行われたものと考えられる。同十一年に皇后宮で行われたのも、「皇后寝膳不シテレ安カラ」（『続日本紀』）とあるように、皇后平癒が願意で、皇后重病のため、その宮で行われたものである。[19] 明快な指摘であり、従うべきものと考えられる。その席で歌が唱された。

唱歌は、『竹取物語』の五人の求婚者の条で「あるいは笛を吹き、あるいは歌をうたひ、あるいは声歌（しやうが）（＝唱歌）をし、あるいは嘯（うそ）を吹き、扇を鳴らしなどする……」（＝ある者は笛を吹き、ある者は歌をうたい、ある者は笛など楽譜の旋律を口でうたい、ある者は口笛を吹き、扇を鳴らして拍子をとりなどする……）のように記されている。歌や口笛と区別されており、歌曲のメロディーを伴奏なしに、人の声でなぞるものである可能性がある。[20] この場合、「歌詞を唱ふ」

とあり、歌曲のメロディーに載せて「時雨の雨間無くな降りそ……」と、この万葉所収歌が、まさしく歌詞としてアカペラで歌われたことになる可能性がある。

「歌木簡」同様、宴席で歌われた万葉歌も少なくない。例えば「一二」でも少し触れた梅花の宴の歌の序文では、「聊かに短詠を成すべし」（＝いささかの短歌を作ろうではないか）と「歌」の意味として「詠」を用い、宴席で三二首の歌が披露されている。

では宴席以外はどうであったのだろうか。実は、梅花の宴に続く松浦川の歌の序文にも「詠歌を贈りて曰く」と記され、歌が続いている。これも創作時（もしくは完成時）に、長く声を引きながら歌っていたことを示す表現と考えられる。これに対する形で、「一二」の吉田宜が、受け取った歌を「吟諷」「以吟以詠」することとなるのである。

このように披露を前提とする宴席歌ではなく、書簡や離れた場所での歌の贈答といった場合にも、送り手は、声を発していたと言えるのではないだろうか。

五　むすび

興福寺発祥維摩会の「仏前唱歌」、その「唱歌」をきっかけとして、歌と音との関係を万葉時代を中心に考察した。「一二」からわかるように、受け手によって「読まれる歌」も、歌は発声（音）されて（黙読ではなく音読されて）、享受されていた。また「三」から理解されたように、送り手から受け手への媒体として「書かれる歌」も、受け手が声を発することを要求する形態のものとなっていた。さらに送り手側によって「詠まれる歌」も、宴席などの面前での披露を想定した以外の場合でも、声を発するものと考えられた。すべての側面で歌は音声に満ちていたのである。

「詠まれる歌」は、本来の概念分類では、「作られる歌」がふさわしいが、送り手には、創作と伝達という行為があり、これを抱合することを考慮して「詠まれる歌」とした。しかし、「詠む」という行為は、「二」「四」で論じたように、送り手と受け手の双方にわたるものであった。「詠」は「ナガム」とも訓み、中古以降頻出するもので、今述べたことは常識の範疇とも言える。ただ、それも歌の受け手によるやはり面前での披露を想定してのことばである。単独での創作・享受においても歌に音声が伴い、それを要求する書きようとなっていることは重要であろう。

さて、その「詠」は『万葉集』では、「なげく」と読む一例（巻七・一三二五）を除いて題詞・序文や左注に用いられ、これが括る歌は、五〇〇首を超える。今まで述べてきたように、作歌状況がわかるものもある。しかし、巻七は冒頭の題詞「詠レ天一首」から始まる、作者未詳の「詠レ〇」の雑歌五七首が続く。作者未詳歌を四季分類した巻十は、「詠レ〇」という題詞を持つ春夏秋冬の雑歌を収めている。作者未詳で作歌状況のわからない「詠レ〇」の歌は、巻七・十で二一九首を数える。「詠レ〇」は、漢籍の「詠物詩」の摂取が指摘されている。芳賀紀雄氏は、「詠物詩」は、花鳥風月や季物などから、具体的な一つの「物」を選び出してそれを題とし、微視的な態度で繊細に描写する傾向をもつ詩を指すと明瞭に定義し、「賦得二——（物）一詩」といった詠物詩は、文会の場での題詠を通例とすると述べている。[21] 芳賀氏の指摘も含め、如上の考察から、「詠レ〇」と題される歌は、創作の場で音声が発せられていたことが想定される。しかし、細かな検証と説明が必要であり、今後の課題としたい。

また、送り手や受け手の場で発せられた音声は、一様でない。「吟」「詠」「唱」の他に「誦」もある。また、「仏前」その他の場での違いや音曲との関係も解き明かさなければならない。これらも課題と考えたい。

注

（1）前田愛「音読から黙読へ」（『近代読者の成立』岩波書店　一九九三年　初出一九六二年六月、一九六四年十二月、一九七三年三月）。
（2）間宮芳生『現代音楽の冒険』（岩波書店　一九九〇年）。
（3）諏訪春雄「日本文学国文学――国文学とは何か、そしてどこへ向かうのか」（『国文学　解釈と教材の研究』二〇〇七年五月号）。菊川恵三氏は、古典文学の理解という点から、諏訪論文を紹介している。また古典教育においてつとに言われている音読の効果を、高校国語について例を挙げながら紹介している（「新学習指導要領の〔伝統的な言語文化〕と古典教育」『日本語学』二〇〇九年三月号）。
（4）小川靖彦「音読から黙読へ」（『万葉集　隠された歴史のメッセージ』角川書店　二〇一〇年）
（5）柳沼重剛「音読と黙読」（『西洋古典こぼればなし』岩波書店　一九九五年　初出一九九三年、一九九四年）。
（6）永嶺重敏「近代日本の読書変容と読者」（『雑誌と読者の近代』（日本エディタースクール出版部　一九九七年）。
（7）『日本古典文学全集』（小学館）、『万葉集全注』（有斐閣）、『新編日本古典文学全集』（小学館）、伊藤博『万葉集釈注』（集英社）、阿蘇瑞枝『万葉集全歌講義』（笠間書院）など。
（8）小川靖彦「『萬葉集』原本のレイアウト――音読から黙読へ――」（『青山学院大学文学部紀要』第四七号　二〇〇六年一月）。
（9）藤枝晃「巻物の尊厳」（『文字の文化史』講談社　一九九九年　初出一九七一年十月）。
（10）前掲小川（8）。なお氏のブログには、罫で区切られた行に十六文字で巻十一の人麻呂歌集歌を収めた、想定される万葉集の原文の写真が掲載されている（「万葉集原本の1行文字数」『万葉集と古代の巻物』http://manyo-makimono.blogspot.com/2007/10/blog-post.html　二〇二四年十二月二十六日アクセス）。

（11）写経所と万葉歌人との関わりは、目崎徳衛「万葉集――市原王を例として――」（岡崎敬・平野邦雄『古代の日本』九研究資料　角川書店　一九七一年）、田辺爵「市原王の系譜と作品」（『美夫君志』第十五号　一九七二年三月）、米沢康「石川朝臣年足の生涯と仏教」（『日本古代の神話と歴史』吉川弘文館　一九九二年）に詳しい。

（12）拙稿「和漢の双光」（『万葉歌人田辺福麻呂論』笠間書院　二〇一〇年、本著第五章「田辺福麻呂の越中家持訪問と福麻呂歌集の追補――家持歌と万葉集編纂にもたらした意味――」）。

（13）『飛鳥・藤原宮発掘調査出土木簡概報（十七）』（奈良文化財研究所　二〇〇三年十一月）。栄原永遠男「『歌木簡』を求めて」（『万葉歌木簡を追う』和泉書院　二〇一一年）。

（14）犬飼隆「紫香楽宮から出土した『両面歌木簡』」（『木簡から探る和歌の起源』笠間書院　二〇〇八年）。

（15）残りの二例のうちの一例は、同じ石神遺跡から出土した木簡で、

留之良奈你麻久　るしらなきまく
阿佐奈伎尓伎也　あさなきにきや

左から縦に二行で連続書された巻七の一三九一番歌「朝凪に来寄る白波見まく欲りわれはすれども風こそ寄せね」（現代語訳　朝凪の中寄せてくる白波のような恋人を見たいと私は思うけれども、風が凪なので波を寄せてこないのだ）という歌である。「よ」を「や」とし、「み」を「き」とし、「見」の字が抜けているが、ほぼ万葉歌と同じものとなっている。もう一例は、平城京の北方にある「馬場南遺跡」から二〇〇八年に出土した、

阿支波支乃之多波毛美□〔智カ〕

という巻十の二二〇五番歌「秋萩の下葉黄葉ちぬあらたまの月の経ゆけば風を疾みかも」（現代語訳　秋萩の下葉が紅葉したことだ。あらたまの月が経過していくと、秋風も激しいからかなあ）の上二句の途中までが書かれたものである。

（16）栄原永遠男「木簡として見た歌木簡」（平成十九年度「美夫君志会」全国大会　二〇〇七年七月　同『美夫君志』第七十

五号　二〇〇七年十一月）、同「歌木簡の実態とその機能」（「木簡学会」第二十九回研究集会　二〇〇七年十二月　同『木簡研究』第三十号　二〇〇八年十一月）、前掲栄原注（13）。

（17）犬飼隆「律令官人が歌を書く」（西條勉編『書くことの文学』笠間書院　二〇〇一年）。

（18）前掲犬飼注（17）。

（19）井村哲夫「天平十一年『皇后宮之維摩講仏前唱歌』をめぐる若干の考察」（『憶良・虫麻呂と天平歌壇』翰林書房　一九九七年　初出一九九二年五月）。

（20）千葉潤之介「『唱歌』という用語に関する諸問題――とくに歴史的用語法の観点から」（岩波講座日本の音楽・アジアの音楽四『伝承と記録』岩波書店　一九八八年）、猪股ときわ「琴の言葉――『古事記』における琴の起源神話をめぐって」（『古代宮廷の知と遊戯』森話社　二〇一〇年）。

（21）芳賀紀雄「典籍受容の諸問題」（『万葉集における中国文学受容』塙書房　二〇〇三年　初出一九九四年七月）。

第九章　都が讃美される歌

──「藤原宮役民作歌論」──

一　はじめに

大伴家持は、内舎人として聖武天皇に仕え、平城から一時期都城となった久邇(くに)京を讃美する讃歌を天平十五年（七四三）に作成している。

今造る久邇の都は山川の清けき見ればうべ知らすべし（6・一〇三七）

右の久邇京讃歌に溯ること、約五十年、万葉集中初めて都城讃歌が作られている。朱鳥七年（六九三）の持統天皇行幸に引き続き、翌八年（六九四）に藤原遷都がなされた。左に掲げた「藤原宮の役民の作れる歌」が、その讃歌となる。この讃歌は、歌の受け手である持統天皇一行を前にして、「詠まれた歌」と考えられる。

藤原宮の役民の作れる歌

やすみしし　わご大王　高照らす　日の皇子　荒栲の　藤原がうへに　食す国を　見し給はむと　都宮は高知らさむと　神ながら　思ほすなへに　天地も　寄りてあれこそ　石走る　淡海の国の　衣手の　田上山の　真木さく　檜の嬬手を　もののふの　八十氏河に　玉藻なす　浮かべ流せれ　其を取ると　さわく御民も　家忘れ　身もたな知らず　鴨じもの　水に浮きゐて　わが作る　日の御門に　知らぬ国　寄し巨勢道より　わが国は　常世にならむ　図負へる　神しき亀も　新代と　泉の河に　持ち越せる　真木の嬬手を　百足らず　筏に作り　泝すらむ　勤はく見れば　神ながらならし（1・五〇）

右は、日本紀に曰はく「朱鳥七年癸巳の秋八月、藤原宮の地に幸す。八年甲午の春正月、藤原宮に幸す。冬十二月庚戌の朔の乙卯、藤原宮に遷居る」といへり。

このいわゆる「役民作歌」に関しては、次のように、大きく分けて三つの議論が展開されてきた。

（1）作者は誰か。

（2）「檜の嬬手」と表現された藤原宮の造営用の木材は、どのような経路を辿って運搬されたか。

（3）「わが作る　日の御門」から「新代と　泉の河に」までの序詞を含む叙述の構造と解釈。

（1）に関しては、題詞にあるように「役民」作とする説がある一方で、近世注釈からは作者を人麻呂とするものが見られるようになった（『玉勝間』、『檜嬬手』など）。しかし現在では、「小人麻呂」的人物（『私注』）、漢学に通じた知識人（菊地寿人『万葉集精考』）、「人麻呂の既成の歌を模倣しながら、当代の別人、むろん人麻呂よりは力量の劣る」者（伊藤『全注』巻第一）など、人麻呂以外の第三者であるというのが大方の論調である。

たしかに、第三者が詠んだものであることは認められよう。それにしても、その中に「わが作る　日の御門に」

という、役民を一人称主体とする表現が入り込むという叙述のねじれを感じさせる部分がある。これを、矛盾なく解き明かす説が、必ずしも提示されているとは思われない。

また（2）については、「巨勢道より」の「より」の職能を経由と考え、田上山から切り出した木材を、宇治川から淀川を経由して大阪湾に出て、紀伊水門から紀ノ川を上流に遡ったという説もあった（『玉勝間』）。がしかし、これは、全く現実性のないものと、否定され（井上『新考』）、「より」は、「神しき亀」が発見された地を表す起点の職能を持つと考えられるに至った。木材は筏に組み、宇治川を下降し、泉川との合流点から、泉川を遡らせて木津（泉津）から奈良坂を越えて大和に運んだのだというのがほとんど定説となっている。

実際の木材の運搬経路は、紛れもなく定説にある通りであろう。しかし、そのように考えるにしても、後述する「わが作る……」以下の序詞を含む叙述が複雑を極めるという憾みが残ってしまう。

このことは（3）とも密接に関わっている。今述べたように、「巨勢」が木材運搬の経路にならないならば、叙述は、「水に浮きゐて」から直接には九句を隔てた「泉の河に」につながる。そして宇治川に流した木材を、役民が水の中に浮くようにしながら泉河に運ぶという内容となる。

つまり「我がつくる」以下「新代」までの九句が、「泉川」を導く長大な序をなすこととなる。そしてさらに、この序の中の「我がつくる」から「寄し巨勢道」の「寄し」までが、「こせ」という願望を表す下二段の助動詞から「巨勢」を導く序となる。つまり、大序の中に小序が含まれる構造となる。『新考』以来のこの説は、以後の近・現代のほとんどの諸注が従っており、通説化している。

藤原宮への木材の運搬も終わり、「宮地には田上山からの檜等が山積みし、工匠たちの激しい槌の音も聞かれていたであろう」「持統七年（六九三）八月一日、持統女帝が藤原の宮地観察のために行幸したころ」に「この歌が作られ、詠誦された」と伊藤『全注』は、述べる。このことが認められるならば、――もちろん文字表記のみが万葉集に残されているということは顧慮されねばならないが――耳にした享受者（歌の受け手）持統一行は、長大で複雑な序を含むこととなる当該歌を、はたして容易に理解しえたであろうか。

むろん、朗詠される内容もさることながら、その朗詠するという行為そのものが行幸の新都讃美につながるのだという考えもあるであろう。しかし、言うまでもなく人麻呂の吉野讃歌の詞章に、その讃歌としての機能を見いだすように、当該歌の一句一句に、またその連結された構造の中に、「詠まれた歌」としての讃美の機能を見いださねばならないだろう。

このように、方向性が見えつつあるかのように思われる三つの論点は、それぞれに傷みを抱えている。そこで私は、この三点について、主に（2）・（3）を中心に、その構造と一つ一つの語の持つ記号性に注目して改めて考察することによって、当該歌の新たなる解釈と機能の可能性を探ってみたい。

二　巨勢道とは

運搬の経路を正しくトレースし、かつ序詞の長大さを解決する方法として、「巨勢道」を宇治川と筏を陸揚げした木津（泉津）との間に置く説が昭和初期に出された。

「わが作る」以下九句を序詞とする説に対して、菊地寿人は、「わが作る」の「われ」は「役民自からいふので、現に藤原宮を造営しつゝ、ある事実を叙するのであるから、こを序詞といふべきでない。（「吾」といふに心をつくすべきである）」（『精考』）とした。「知らぬ国　寄し」の一句強を「巨勢」の序、「わが国は」から五句だけを「泉」の序と見る方が穏やかであると論じた。そして「巨勢道より」の「より」を経由を示すものとし、「巨勢」を宇治川と泉川との合流点に近い巨椋の池付近であるとし、

覚束ないながら、久世即ち巨勢ではあるまいかとの臆測も起こらんでもない（巨勢は「くせ」の音字でないとも限らぬ）。（同『精考』）

と述べた。

たしかに巨椋の池一帯は山城国久世郡にあたり、実際の運搬経路中に地名が比定でき、土屋『私注』も、

山城に久世郡があり、そこには久世郷もある。同じ山城の久我はクガともコガとも呼ばれて居るから、或は久世もクセ、コセ両様に呼ばれたかとも思はれる。

と「巨勢」＝「久世」説を完全には否定できないものとしている。

しかし、次の三つのことから、この説に与することはできない。まず「久世」を「コセ」と訓んだ確例が見いだせない。またすでに『和名抄』に大和国高市郡に「コセ」の名が見られる。延喜式神名帳には隣接する葛上郡に巨勢山口神社の名を見ることができる。この三点からも、「巨勢」は、諸注にあるように、現在の奈良県御所市東方一帯を指すことは間違いなかろう。

とすると、やはり「わが作る」以下九句は長大な序詞であるのであろうか。

そこでまず確認しておきたい点がある。それは、今までの運搬経路と序詞との関係は、そのほとんどが、実際の運搬経路に沿って当該歌が詠まれているという予断のもとに議論が展開していた。あるいは、当該歌から、実際の木材の運搬経路を探り、それに都合の良い形で序詞の範囲が設定されていたということなのである。

例えば、山田『講義』は、前述した宣長の『玉勝間』説を、

……難波海より紀伊國の海に持ち越し、紀川を遡らせ、更に陸揚して山路をこえて藤原宮処に運ふなど、殆ど狂人のしわざに似たりといふべし。

と、完膚無きまでに否定している。これも実際の運搬経路が、「役民歌」に詠み込まれているという前提に立った論調がなせる技であることは間違いない。

しかし、実際の運搬経路とは異なった虚構の経路が詠まれているとするならば、いかがであろうか。

そのあたりの可能性に早く気づいていたのは前掲土屋『私注』である。土屋氏は、

此の歌は役民達が歌つたか、或はその心になつて造営中の何かの儀式の時に誦詠したものと考へれば、実際の地理に合ふか否かの如きは第二として、何人にも知られた巨勢路の名を用ゐて「不知国寄り巨勢路より」とめでたい句をなしたと見れば、地理的穿鑿などは無用とならう。

と述べている。

そもそも当該歌の「家も忘れ　身もたな知らず」（＝家のことは忘れ　わが身もまったく顧みず）造営に励んだと歌われるその役民の労役の姿も、事実とはかけ離れたものであったようだ。大宝以後には労役に対して手当が支給されるようになったわけだが、この手当が与えられたとされる平城京造営時[1]でさえ、金子『評釈』が引く次の二つの『続日本紀』の記述からわかるように、「労二於造都一、奔亡猶多、難レ禁不レ止」（『続日本紀』和銅四年九月）というありさまで、労役を終えて帰郷する者も、「諸国役民、還レ郷之日、食糧絶乏、多饉二道路一、転二填溝壑一、其類不レ少」（『続日本紀』同五年正月）と記される状態であった。いわんや無給の強制労働を強いられた藤原造都に際しての役民の辛苦は並み一通りのものではなかったはずである。

また、柿本人麻呂のいわゆる「石見相聞歌」（1・一三一～一三九）も「役民作歌」と同様に、その表現から人麻

呂が石見の国府から帰京する経路・詠み込まれた山の実際の山への比定などが、様々に試みられてきた。周知のように石見相聞歌では見納めの山での劇的な袖振りが歌われているが、実際に石見国府から大和に向かう場合は、まず海岸線を沿って東上したはずであるし、[2]国府を過ぎると数十〜百数十メートル級の小山が幾重にも重なるようにして存在し、実際は見納めの山に登るまでもなく数百メートルで視界は遮られてしまう。[3]

この石見相聞歌群に対して伊藤博氏は「歌群の地名は」「所詮所在がはっきりしない。さような地名のありかたよりは作者の表現意図を重んずるのが文学鑑賞のあるべき態度ではないのか」と述べている。[4]同論で伊藤氏の言うように人麻呂のそれが宮廷サロンで享受された遠国石見に関する相聞歌とも考えられ、比して当該歌が持統臨席での新都造営讃歌と思われることは顧慮されねばならないが、伊藤氏の指摘するように、当該歌の表現意図を探りつつ「巨勢道」の問題も解決を図らねばなるまい。

ところで、同じ伊藤氏の『全注』は、当該歌の生成過程を、「憶測すれば」「興趣は、『我が作る』から『新代と』に至る序詞表現に中心があり、この部分が先に固まってからほかの部分を化粧したというのが制作の実情だったのではなかろうか」と語っている。たしかに、「我が作る」以下の九句には、すでに升田淑子氏が指摘するように、他の部分に比して人麻呂語彙との類同性が少なく、[5]また、「図負へる　神しき亀も」に見られる瑞兆思想などからして、当該部分に作者が最も腐心したであろうというのは想像に難くない。

三　知らぬ国　寄し巨勢道より

その「我が作る」以下の訓みとその意味を詳しく見てみると、序詞と被序詞を含む「知らぬ国　寄し巨勢道より」（不知国依巨勢道従）は、古くは「知らぬ国より　巨勢道より」と訓まれることもあった[6]。また昭和初期までは「知らぬ国　依り巨勢道より」と訓ぜられ、早く『代匠記』（精選本）は「大唐三韓の外、名もしらぬ国々まて、徳化をしたひてたよりくるといふ事を、葛上郡のこせといふ所の名にいひつゝけたり」と述べ、守部『檜嬬手』は「異國の知らぬ國々よりも、帰化るよし」と解した。

沢瀉『注釈』が「寄し」はサ行下二段の他動詞で「寄しこせ」であると改めて以来、この訓みが定着しており、その理解も「この朝廷に（天地の神が）未知の異国をも寄せ（帰服させ）給へ」ということであるとした。異国の来附と帰順という、解釈上での微妙な変化もあるものの、この部分を享受する者の脳裏には、外国からの使節団の来朝と来貢などの様がまず浮かんだことであろう。当該歌の作者はそのあたりをを狙っていたのではなかろうか。

そして、後に置かれた叙述で同じく序詞と被序詞を含む「新ら代と　泉の河に」とこの部分は、実は微妙に響き合っているように思われる。

というのも、まず「泉川」のしかも木材を引き上げ陸送する中継地であった木津（泉津）周辺の相楽郡は、古くから渡来系の人々の居住地であったからである。「渡来系氏族には、いうまでもなく百済系（漢人系）・新羅系（秦人系）・高句麗系（狛人系）があるが、相楽郡にはいまのところ高句麗系の渡来系氏族のみしか確認することができず、その濃密な分布・居住を知ることができる[7]」と言われ、特に高句麗系の人々の居住地であった。

それだけでなく、木津（泉津）周辺は、高句麗の使節を初めて迎えるにあたって、その外交客館である「相楽館」（高槭館）が建てられた場所でもあったのだ。『日本書紀』によると欽明天皇の三十一年（五七〇）、越の国に到着した高句麗の使節団のために天皇が「相楽館」を建てたと言う。使節一行は、北陸道を経、琵琶湖を南下し、宇治川から泉川を経由してこの館に到着したらしい。これを機会に、百済・新羅に遅れていた高句麗の使節の来朝が始まる。

下って奈良時代に至っても「大和盆地の水すべてを集めて大阪湾に注ぐ大和川の水運はほとんど利用され」ることなく「平城京の外港は京都府相楽郡木津町にあった泉津が唯一のものであった」[8]ということからしても、異国との関係において、まず意識されるのが泉川と木津（泉津）であったことは間違いなかろう。

当該歌の中心をなす「我が国に」以下のモチーフの一つである異国帰服が具体的に「知らぬ国　寄しこせ（巨勢）道」と表現されるに至る過程には、泉川と木津（泉津）周辺が負っている如上の記憶が介在していると考えられよう。

このことから鑑みても、「我が国に」以下の九句は、大序の中に小序が含まれると考えるよりも、「……知らぬ国　寄し巨勢道より」という序と被序詞が、「……新ら代と　泉の河に」という序と被序詞を直接呼び起こす関係、つまり対関係にあるものと考える方が穏やかで理解し易いのではないだろうか。

とすると、「巨勢道より」の「より」も自ずから経由を表すものとなり、「巨勢道」は、木材の運搬経路を表現したことにならざるをえない。

当該歌の表現が、実際の経路を正確にトレースしたものでなく作者の表現意図により選びとられた歌句であったにせよ、先の山田『講義』の批判も無視できるものではない。今までは、序詞の中の「知らぬ国　寄し巨勢」の部分を中心に述べてきたが、次に被序詞「巨勢」に焦点を当ててみよう。

四　巨勢――序詞と被序詞

集中「巨勢」という表現は、当該歌以外の五首を含めて六例見られる。

巨勢山のつらつら椿つらつらに見つつ思はな巨勢の春野を（1・五四）

河の辺のつらつら椿つらつらに見れども飽かず巨勢の春野は（1・五六）

わが背子をいで巨勢山と人は云へど君も来まさず山の名にあらし（7・一〇九七）

直に来ず此ゆ巨勢道から石橋踏みなづみぞわが来し恋ひてすべなみ（13・三二五七）

直に行かず此ゆ巨勢道から石瀬踏み求めそわが来し恋ひてすべなみ（13・三三二〇）

この中で五四は、「大宝元年辛丑の秋九月に、太上天皇の紀国に幸しし時の歌」との題詞があるように、大宝元年（七〇一）の秋の持統天皇の紀伊行幸時に、紀伊路の巨勢で歌われたものである。作者は左注に「右の一首は、坂門人足」とある。また、五六は、その「或本歌」であり、左注では、「右の一首は、春日蔵首老」とされている。『講義』や『注釈』が、五四は、この歌がもとであり、『注釈』は人口に膾炙されていたとする。『全歌講義』が言うように「老」は、この年の三月に「弁基」から還俗しており、この行幸に従駕し、五六を披露したのは、左注が語るように「老」であったと考えられる。「見れども飽かず巨勢の春野は」とあるところから、五六が伝承されていたものである可能性はある。また、巻十三の二首も類歌関係にあり、当時、巨勢を詠み込んだ著名な歌がいくつか存在していたことが知られよう。五四や五六のような巨勢の地を称える讃歌の存在からも察せられるように、これは巨勢道が大和から紀の国に向かう交通の要所であったことに因する点が多いだろう。しかし、「こせ」という命令形が地名「巨勢」を導く点で当該歌と最も近い表現になっている巻七の一〇九七には、地名「巨勢」自体に含み込まれた強い記号性を見ることができない。

対して、巻十三の二首は、「巨勢」だけでなく「道」までを同じくし、しかも当該歌の「より」と同じ経由の職能ではたらく「から」を含んでいる。この二首は、妹のもとへ、いわゆる「直道(ただぢ)」を通わず人目を避けて「巨勢道」をわざわざ通って来たと歌う。このように、「巨勢道」には、わざわざ通る廻り道というイメージが組み込まれる場合があったということになる。

当該歌が実際の運搬経路をトレースせずに、淀川から瀬戸内海に出て、紀ノ川から「巨勢道」を経由するという一見非合理的とも思われる表現が選びとられていた背景には、この「巨勢道」自体が、わざわざ廻り道をするというイメージを含み持っていたからであると考えられるのではないか。だが、それではなぜ「巨勢道」を通ってわざわざ廻り道をするという表現が必要であったのかを考えねばなるまい。

五　構造と主題

このことは、当該歌の構造と主題との問題と大きく関わっていると考える。そこで、ここでは、まず当該歌の構造・構成を確認してみたい。

当該歌は、

二段から成っている。第一段、玉藻ナス浮べ流セレまで。藤原の宮の造営の企図から、用材のことに及んでいる。(中略)以下第二段、主として人民の労役について叙し、最後に作者の感想を添えている。そのあいだ、序詞を以つて御代を賀している。

と武田『全註釈』にもあるように、一般的に二段構成と考えられている。しかし内容を細かく見ると、更に前段二つに分けることができ、四段の構成というのが妥当と考えられる。

前段と考えられていた部分は、冒頭から「思ほすなへに」までがまず小段をなす。「やすみしし　わご大王　高照らす　日の皇子」という、天武・持統とその皇統に直接連なるものにのみ用いられる最大の賛辞[9]からはじまる。ここには「食す」「見す」「給ふ」「思ほす」などといった尊敬語の敬語動詞や、「知らす」の「す」といった尊敬の助動詞など、尊敬語の累積が見られ、神としての天皇とその神意が「思ほすなへに」（＝お思いになると同時に）として語られる。

次にその神意に「天地も　寄りてあれこそ」と心服する天地の神々が、藤原宮の木材を宇治川に浮かべ流している様が、「浮かべ流せれ」という結びによって強調される形での小段落をなしている。この部分には、尊敬語が一切見られず、天皇と、天地の神に対しての作者の表現姿勢の違いを如実に物語っている。

後段とされていた部分は、「其を取ると」から「泝すらむ」までが「御民」としての役民を主体とする。そして天地の神から木材を引き継いで、筏で川を泝らせている様を叙した小段となる。この小段は、「御民も」と暗示の職能を持つ係助詞「も」の働きにもより、「天地も」という前小段と対をなすものとなっている。そして「泝すらむ」の「らむ」の現在推量（視界外推量）の働きからもわかるように、これまでの役民の行為は、作者が眼前のものとしてはいない。このことは、直後に「勤はく見れば」と「見る」行為があえて叙述されることからも明確であろう。視界外のものごとを推量しているわけである。

最終小段が「勤はく見れば　神ながらならし」の二句で、『万葉考』に「上にもいへる言を、二たびいひて結びたり」とあるように、「神ながら　思ほすなへに」と照応して全段を結んでいる。この部分の「勤はく見れば」を役民が競うようにして造営に励んでいるととるのは、今「天地」と「御民」が対になっていることを確かめたことからもわかるように、正しくないだろう。『注釈』に「たゞ人民たちが競ふのではなしに、天地と人とが競ふことになる」と言う通りで、天地の神と役民が争うように造営に励むからこそ、それは「神ながらならし」と意識されうるはずである。

さて、「巨勢道」がこの四小段のうちの、役民の木材運搬を叙述する第三小段の中に含まれることの意味を考える必要がある。これは、役民は第一小段の「神ながら　思ほすなへに」と叙されるように、神である天皇の神意に従って、木材を運搬していることになる。実際には通り得ない「巨勢道」を経由すると歌う。そう歌わねばならないのは、それほどまでも大回りをして迂回することをも厭わず「家忘れ　身もたな知らず」役民は運搬に励んでいるのだと、神である天皇の神意が偉大であることを役民の行動から描き出そうという作者の意図からのものだと考えられないだろうか。

先述したように、作者がその表現に一番腐心した第三小段には、「わが作る」「我が国は」と役民自身が一人称で語る表現が見られた。先の『続日本紀』の記述からも予想されるように、役民自身は、「わが作る　日の御門に　知らぬ国寄しこせ」という意識も「わが国は　常世ならむ」などという意識も持ち得ていなかっただろうし、実際役民にはこのようには歌い得なかったはずである。これも天皇の神意に従うという叙述の展開から、役民自身の気持ちとして、あえて表現されていたのだろう。

作者が最も情熱を注いだであろう第三小段の中に、伊藤『全注』が言うように、役民たちの心情表現が語られ、役民もこんな気持ちで奉仕しているということが「藤原宮役民の作れる歌」という題詞を導いたということになるのであろう。

そして、第三小段の構造をもう少し詳しく見るならば次のようなことも言えるだろう。

「寄し巨勢道より」とその対関係にあった「新代と　泉の河に」という二つの序詞と被序詞に挟まれた、「わが

国は　常世ならむ」は、一般に、「図負へる　神しき亀も」を連体修飾するものとされる。しかし、太田豊明氏は当該部分について、「そもそも『我が国・は』というように助詞『は』が用いられている以上、文法的に言えば『常世にならむ』の部分で文が言い切られる形式のはず[10]」であると指摘する。このように、この部分は、係り助詞「は」とその係っていく部分である「常世ならむ」の「む」によって、独立して言い切られるべきところである。この点を先立つ武田『全註釈』が、「さて、ワガ国ハ常世ナラムは、挿入句で、巨勢路ヨリ図負ヘル神シキ亀モ新世ト出ヅの事実を批評している」とも述べている。

言うまでもなく、この挿入句は、役民の立場からのものであり、「知らぬ国　寄しこせ」という命令表現とあいまって、当該歌の中では、享受者の耳に強く残るものであっただろう。このような点も題詞と関係しているのではないか。

一般的に長大な九句の序詞とされていた「わが作る」以下を、如上のことからまとめ直すと、この部分は、大序の中に小序が含まれるという複雑な構造をなすものではなく、「わが作る」以下三句二音が「巨勢道」の序である。続く「わが国は　常世ならむ」は挿入句となる。この挿入句を挟んで、ほぼ同じ長さの三句の序「図負へる　神しき亀も　新代よと」が続くという、すっきりとした構造を持つ蓋然性が高いことが明らかになるのである。この構造と考えることによって、耳にする享受者の持統等にも、理解できるものとなるのではないか。大序の中に小序を含む構造は、音声から理解することを考えるに、やはり困難を極める構造となってしまうであろう。

六　むすび

以上のように、当該歌は、小四段構成を持ち、第一小段では、神である天皇の神意が、第二小段では、その神意に従い宇治川に木材を流す天地の神の姿が語られる。第三小段では、その木材を受け取った役民が、神意の偉大性を感じ、そのため長大な廻り道を厭わず「巨勢道」を経由して木材を運ぶ姿が表現される。そしてこの小段の中には、神意を受けた役民の気持ちが独立した文として組み込まれていたのであった。さらに第四小段では、第一小段をうけ、天地の神と役民が競うように造営に励むのは神である天皇の神意があるからだと第一小段を繰り返しまとめるという構成を持って終えていた。

当該歌は、実際の宮造営のための木材の運搬経路が正確に表現に反映されたものではなく、神である天皇の神意の偉大さを描かんとする意図によって、「巨勢道」という実際の経路と大きくはずれた経路を役民が運んでいるのだと表現されていたと考えられる。そして、第三小段は、長大な複雑な序詞ではなく、二つの序詞とそれに挟まれた形の挿入句という明快な構造を持つものであったと考えられるのである。このことによって「詠まれた歌」である当該歌は、歌の受け手である享受者持統一行の耳と心に、明確にその内容が響き渡っていたと考えられるのではないか。

注

（1）北山茂「藤原宮の役民の作れる歌について」（『万葉の世紀』東京大学出版会　一九五三年　初出一九四八年六月）。

(2) 橋本達雄「石見相聞歌の構造」(『万葉集の作品と歌風』笠間書院　一九九一年　初出一九七七年六月)。
(3) 拙稿「柿本人麻呂の石見相聞歌の構造」(『万葉歌人田辺福麻呂論』笠間書院　二〇一〇年　初出一九九五年七月)。
(4) 伊藤博「石見相聞歌の構造と形成」(『万葉集の歌人と作品』上　塙書房　一九七五年　初出一九七三年五月)。
(5) 升田淑子「『藤原宮之役民作歌』考」(『上代文学』第四八号　一九八二年四月)。
(6) 旧訓は「イソノクリヨリ　コセチヨリ」。『古要略類聚抄』『細川本』などが「シラヌクニヨリ　コセチヨリ」と訓んでいる。
(7) 『加茂町史』(一九八八年三月)。
(8) 高橋美久二「都城と交通路」(『古代交通の考古地理』太明堂　一九九五年)。
(9) 橋本達雄「『やすみししわが大君』考」(『万葉集の時空』笠間書院　二〇〇〇年　初出一九九三年八月)。
(10) 太田豊明の「ひむかし会」一九九八年四月例会の指摘による。

第十章　『万葉集』と東アジアの恋愛詩

一　はじめに

　本章は、東アジアの恋愛詩を考える上で、古代日本の『万葉集』と、中国の恋愛詩を多く含む古代歌謡の『詩経』国風と、六朝期の恋愛詩集である『玉台新詠』を取り上げ、大伴家持歌を含む『万葉集』がどのように東アジアの恋愛詩と向き合う古代文学であるのかを明らかにすることが目的である。本書で扱ってきた家持も、『玉台新詠』や『詩経』から着想を得て、自作に生かしていることは、よく知られている。『詩経』と家持との関係は、第六章でも触れたところである。

　まず本論題名の意図や本稿の重要な前提となる、東アジアの恋愛詩について少しく概括したい。

　東アジアの恋愛詩は、古代から現代まで、歌謡の形で口承されている。また一方ではそれは文字を持たない部族でも、東アジアの共通文字である漢字によって記録されることがあり、これによって記録時の歌謡のあり方や、口承の起源の断片を知ることができる。口承と記録の重層的な継承の中から新たな恋愛詩が生み出されていくこともあった。さらに、場合によっては、時空を離れ、記録されたものを教養層がたどりながら、別の時空で新たな恋愛詩が作り出されたり、新たな定義がなされることもあった。

口承された恋愛詩を例に挙げよう。新中国になり少数民族の研究が盛んになると、様々なことが明らかになってきた。その中でも歌会（歌垣に類する）による歌の掛け合いの研究の進展により、歌会の恋愛歌謡には、「初会、探情、賛美、離別、相思」などと名付けられるような、恋愛の進行に伴う定式があることがわかってきた。この研究の牽引者である辰巳正明氏は、チワン族やナシ族などの少数民族への現地調査やその研究成果から、この歌唱システムの詳細を明らかにし、それを「歌路（かろ）」と呼んだ。この「歌路」は、日本の南島歌謡の集団歌、さらには古代歌謡や万葉集にもそのシステムの断片が見られ、氏はこれらを総合し、東アジアの恋愛詩歌の起源を探ろうとしている。[1] このような歌路や少数民族の恋愛歌謡および南島歌謡に関しては、この章の諸氏がまさに詳細に論じているところであるので、それに譲ることとする。

口承と記録の重層的な継承や、記録されたものをたどりながら教養層が別の時空で新たな恋愛詩が作り出した例の一つとしては、「楽府」が挙げられよう。中国古代の「楽府」は、もともと漢代に設立された楽所の部署名から名付けられたもので、曲を伴う民間歌謡が収集されたものであった。そのそれぞれの楽府の楽曲と題名を利用して、新たな楽府が作られた。また教養層により、題名のみを利用した楽府が制作されるようにもなる。いわゆる新楽府である。それらは、必ずしも歌われることが前提ではない恋愛詩を成立させた。さらに唐代では「楽府」は詩題ともなった。[2]

同様な例として日本の『万葉集』の巻八・巻十に収められた四季の短歌が挙げられる。この二巻は、「春雑歌・

春相聞」のように、季節の雑歌・相聞に分けられており、巻八の相聞六九首の内六六首が、巻十では相聞一五一首のすべてが短歌からなる（巻八が作者名を記し、巻十は作者未詳歌である）。この分類は、早くに中西進氏が指摘したように、中国『楽府詩集』に見られる「子夜四時歌」に学んだものと考えられる。(3)「子夜」は真夜中を指し、女性が男性を誘うことばで、「四時」は四季を表す。無季の恋歌が四季分類されるという新たな相聞歌が成立したのである。作者がわかる巻八には、額田王や家持の叔母で姑にあたる坂上郎女など、名門貴族の女性の相聞歌が収められていることに注目される。そして、そこには「楽府」と同様に、恋愛歌が教養層において積極的に詠まれているのである。教養層が社交的な恋愛歌として詠み交わしたことの理由は、「楽府」との関係から十分に注目する必要がある。なぜなら、万葉集の中には「遊行女婦」（8・一四九二、18・四〇四七、19・四二三二）と呼ばれる伎女（専門歌人）が存在し、彼女達が教養層との掛け合いを楽しんだことから、名門貴族の女性が教養として取り入れていく過程が考えられるからである。

また、韓国では恋愛詩が多く詠まれる「時調（しじょ）」も、『万葉集』と類同する。「時調」は主に李氏朝鮮の歌謡が主であるが、この「時調」というのは時節の短調（短歌）を意味し、「時調」も四季の恋歌を多く含んでいる。「時調」の存在は高麗以降の文献から確認できるが、源流はやはり「子夜四時歌」にあるとされる。(4)「時調」には多くの伎女の歌が残されており、彼女達は官伎であることから、妓楼において文人達との恋愛詩の交流の様が推察されるのである。

『万葉集』の季節の恋歌は、楽府として流行していた「子夜四時歌」の理解の中から生まれ、また伎女の恋歌とも類同する古時調との関係からも推測され、それらは百済や中国を通して時空を跨いで接触していたことも考えられるのである。

中国・日本・韓国の恋愛詩についての概要を述べたが、それらは口承や記載を通して、東アジアに共通する点があることが理解できたのではなかろうか。ただ『万葉集』について言うならば、四季分類された相聞短歌と東アジアの恋愛詩との共通性を指摘したと言うことにとどまるが、『万葉集』には他に相聞長歌も含まれている。「子夜四時歌」以外にも、中国ではまるごと一冊の「恋愛詩」からなる、六朝の『玉台新詠』もある。また、恋愛詩と言えば最古の恋愛詩を収める『詩経』の国風がある。この二つの恋愛詩集と、『万葉集』長歌との関係は新たな問題として考える必要がある。『万葉集』の「雑歌」には長歌体の恋歌が収録されていて、それが「雑歌」であることの経緯や必然性が疑問としてある。次に『玉台新詠』の恋愛詩が相聞歌に取り入れられていった状況も問題としてある。そのような中で『万葉集』巻九の相聞長歌に取り入れられ、その巻九相聞長歌がいかなる独自の展開をしていったかということが、このことによって明らかになるように思われる。

恋愛歌謡は、歌唱システム「歌路」の痕跡を残しつつ文字としても記録された。それは掛け合いの一方の側（例えば男）だけのものを元にしたものもあったであろうし（このことは後述する）、さらには男女双方のものが融合されたものが一纏まりとなっている場合も考えられる。本論では、中国の恋愛歌謡および恋愛詩と、それに拮抗する『万葉集』の恋愛を歌う長歌体恋歌との関係について検討を加えてみたい。

二　『詩経』と『万葉集』の冒頭「雑歌」

そもそも中国詩のルーツとも言える『詩経』は、五経の一つとされて儒教の経典として一般的に唱えられるが、その冒頭から「恋愛詩」であったと言える。『詩経』は孔子が古詩を三〇五篇に編んだと言われ、風・雅・頌、賦・

比・興の六義からなり、漢代には儒教の経典とされた。「風」は漢代に付された大序に「上以風化下、下以風刺上、主文而譎諫。言之者無罪、聞之者足以戒。故曰風。」（上は以て下を風化し、下は以て上を風刺し、文を主として譎諫す。之を言ふ者は罪無く、之を聞く者は以て戒むるに足る。故に風と曰ふ。）とあり、毛亨により「風風也。教也。風以動之。教以化之」（『毛詩詁訓伝』）と注されるように、風化・教化の意とされてきた。しかし『詩経』は元々は「詩」「詩三百」と呼ばれたものであり、「経」ではなかった。(5)「風」も、「周南」、「召南」、「邶風」（衛の地方名）など地方の民間歌謡を収集したもので、一六〇篇と全体の半数余りとなり、その多くは、恋愛詩であったというのが今日の通説である。その『詩経』冒頭の「関雎（かんしょ）」は、次のようなことばから始まる。

関関雎鳩　在河之洲　　関関たる雎鳩は　河の州に在り
窈窕淑女　君子好逑　　窈窕たる淑女は　君子の好逑
参差荇菜　左右流之　　参差たる荇菜は　左右に之を流（もと）む
窈窕淑女　寤寐求之　　窈窕たる淑女は　寤寐に之を求む
求之不得　寤寐思服　　之を求めて得ざれば　寤寐に思服す
悠哉悠哉　輾転反側　　悠なる哉悠なる哉　輾転反側す
參差荇菜　左右采之　　参差たる荇菜は　左右に之を采（と）る
窈窕淑女　琴瑟友之　　窈窕たる淑女は　琴瑟之を友とす
參差荇菜　左右芼之　　参差たる荇菜は　左右に之を芼（と）る
窈窕淑女、鍾鼓楽之　　窈窕たる淑女は　鍾鼓之を楽しむ（周南）

（鳴き交わす雄雌のミサゴは、黄河の中州にいる。しとやかな淑女も、ミサゴと同じように君子の連れ合いとして求めるのにふさわしい。不揃いなアサザは、左右に探し求めて揃えて摘む。私にふさわしいしとやかな淑女も、寝ても覚めても探し求める。探し求めても手に入れられないならば、寝ても覚めても何度も恋しく思う。遙かであるなあ遙かであるなあ、寝返りを打つばかりで眠れない。不揃いなアサザは、左右に探し求めて揃えて摘み採る。私に相応しいしとやかな淑女は、私と琴や瑟を一緒に楽しむものだ。不揃いなアサザは、左右に探し求めて選び採る。私に相応しいしとやかな淑女は、私と結婚して鍾を鼓ならし一緒に楽しむのだ。――塩沢訳〕

このように「関雎」は、もともとミサゴやアサザに喩えて自らにふさわしい相手を求める民間歌謡と考えられる。孫久富氏は、『詩経』の注としての毛伝古注が、婦人がアサザを摘み取って祭祀に供えるものであったことを示しながら、その祭祀が歌垣あるいは歌垣の性質を持つものであった可能性を指摘している(6)。自然の景物が対となることを利用して男女が対となるべきだという求婚の歌は、歌垣にもよく見られる。「一」で挙げたチワン族の「歌路」の「初会」では、

安心して歌いましょう。妹はウグイス、私は画眉鳥です。
二人は同じ林の鳥です。どうして一緒に声をそろえて歌わないのですか(7)。

と鳥に喩えて男が女に歌い掛けるものがあり、「関雎」に類同する。「関雎」は、その内容も「参差荇菜」「窈窕淑女」を繰り返し、手を替え品を替え求婚をしているものとも理解される。あるいは、それぞれ嘆息のことばを挟んで「流(もと)ム」から「采(と)ル」(「芼(と)ル」)へ、「求ム」から「友トス」「楽シム」へ物事が進行している表現を歌っているようにもとれる。つまり歌垣のやりとりの中で、少しずつ恋愛が進行した様が「関雎」に記録されているとも理解できるのである。

この求婚の中にも「歌路」の断片を見せる「関雎」は、既に漢代から儒教的な理解がなされていた。『毛詩詁訓伝』によれば、先に示したことばの直前には、「関雎后妃之徳也。風之始也。所以風天下。而正夫婦也」とあり、后妃の美徳が正しい夫婦関係を作るものであると注されていた。また『毛伝鄭箋』では「夫婦有別。則父子親。父子親。則君臣敬。君臣敬。則朝廷正。朝廷正。則王化成。」と述べられ、夫婦の役割を正しくすると、父子君臣の関係もうまくいき、同様に天下も正しく治まるものとの理解がなされている。唐代孔穎達の『毛詩正義』では「二南之風、實文王之化」と述べ、「君主」を「文王」であるとし、「后妃」との関係を明確化させている[8]。このように歌垣の初会求婚の「恋愛詩」を冒頭に掲げる『詩経』は、詩を用いた儒教経典として理解されていったのである。

このような求婚の歌は、『万葉集』の冒頭にも「関雎」と似通った内容の歌が配されている。

　天皇の御製歌

籠もよ　み籠持ち　掘串もよ　み掘串持ち　この岳に　菜摘ます児　家聞かな　名告らさね　そらみつ　大和の国は　おしなべて　われこそ居れ　しきなべて　われこそ座せ　われこそは　告らめ　家をも名をも

(1・一)

この相手の名前を問う冒頭歌は、つとに言われるように、雄略御製に仮託された伝承歌である。相手の名を聞くものは、相聞の部立の問答歌である巻十二の次の歌にも見られる。

紫は灰指すものそ海石榴市の八十の衢に逢へる児や誰　(12・三一〇一)

たらちねの母が呼ぶ名を申さめど路行く人を誰と知りてか　(同・三一〇二)

「紫は灰指すものそ」とは、女性が男と結婚して美しくなるの意である。名を知ることは、相手を自らのものとすることであり、求婚することを意味する。相手に名を問うことは求婚を表すのである。男が求婚し名を問うのに対して、女は、誰かわからない人の求婚には答えられないと、逆に男の名を問い返してやり込めている。辰巳正明氏は、海石榴市での歌垣の歌（12・二九五一）があることから、この問答も海石榴市での歌垣でのものとする。この問答は、本格的な歌掛けに入る前の導入となる歌垣の初めの「名問いの歌」であると述べている[9]。

こうして見ると、『万葉集』冒頭歌も歌垣の初めの名問い、つまり「初会」部から始まっていることになる。「籠もよ　み籠持ち……名告らさね」までの前半部の名問いに対しては、先の三一〇二の「路行く人を誰と知りてか」（行きずりのあなたをどんな人と知っていて告げるのでしょうか）と同様に、誰であるかわかっていないので、あなたから名告って下さいというような女の返しがあったことが予想される。それに対する答えとして、「そらみつ　大和の国は……　われこそは　告らめ　家をも名をも」というように、国の統治者であると名告りを上げることとなる。もちろんこれは、歌垣での大袈裟な表現であり、それを否定するようなことばを相手から引き出す誘い歌であったとも考えられる。このように歌の展開としての「歌路」の断片がこの歌に残されていると言えよう。

さて「関雎」では「水生」といい、雄略天皇の歌では「岳」といい、場所の違いはあるものの、どちらも菜摘が歌われていることは一目して理解される。両冒頭の類似点について、徐送迎氏は次の四点にまとめている。すなわち、発想は同じ春の歌で、内容は男が菜摘をする女に恋し、形式は菜摘を通じて展開し、主人公は国を支配する君主あるいは天皇を指すとする[10]。明快な説明であり、従うべき見解であろうと考える。

では、この両者の類同性は、何を物語っているのであろうか。これは、「一」で示した東アジアの恋愛詩のありようの中で、「時空を離れ、記録されたものを教養層がたどりながら、別の時空で新たな恋愛詩が作り出されたり、新たな定義がなされ」たことによるものと考えられる。

日本初の和歌集編纂に当たった古代官僚に、時空を離れた中国古代の詩集『詩経』を範に仰ごうという態度があったことは想像に難くない。『万葉集』編纂と関わりが大きいと考えられる古代官僚を養成する大学寮では、「凡経、周易、尚書、周礼、儀礼、毛詩、春秋左氏伝、各為一経。孝経、論語、学者兼習之」（「学令」）とされ、『大宝令』や『養老令』では必読の経書類を規定している。[11] 続いてそれぞれの教授に当たっては、「凡教授正業、周易鄭玄、王弼注。尚書孔安国、鄭玄注。三礼、毛詩鄭玄注。左伝服虔、杜預注。孝経孔安国、鄭玄注。論語鄭玄、何晏注」（「学令」）とあるように、従うべき注釈書も指定されている。『詩経』についても、漢代の『毛伝鄭箋』の注に従って理解するものであることが示されている。つまり、『詩経』冒頭の「関雎」は、『毛伝鄭箋』の注が示したように、夫唱婦随の夫婦関係が述べられ、延いては帝徳が遍く天下に行きわたった、理想の国家統治となることを意味するものとして理解することを求められていた。

日本の古代官僚は、この『詩経』の理解のもとに、「籠もよ　み籠持ち……」という歌を『万葉集』の冒頭に選び出した。この歌謡は、歌垣の初めの名問いということからすれば、内容的には「相聞」に収められるべきものであった。それを徐氏が指摘したような四つの類似点を以て、理想の王権統治を表す「雑歌」として再解釈し、『万葉集』冒頭に配したこととなる。さらに題詞に「（雄略）御製歌」と付すことによって、前述したような大袈裟な表現による、さらなる女への誘い歌と考えられる後半部分も、女性を付き従わせる絶対的権力者である天皇の名告りへと変貌させ、定位させたものと考えられる。

このように、万葉時代の古代官僚は『詩経』をそのものとして理解するのではなく、『毛伝鄭箋』の注釈により儒教の経書として当代的に理解を示したのである。この理解の上に、日本最古の和歌集の冒頭を形作るにあたって、『詩経』冒頭に収められていた夫唱婦随を意味すると考えられていた、「関雎」に見合う内容を含む歌垣歌謡を選び出し、『万葉集』の冒頭「雑歌」に当て嵌めた蓋然性が高い。それをなしえたのは、歌垣の初会の場面という共通性や類同性の断片を持つ、古代中国詩の「関雎」と雄略御製の万葉長歌という、東アジアの恋愛詩にあったからに他ならない。

三 『文選』と『万葉集』「相聞」

それでは、『万葉集』冒頭歌のように、再解釈されて「雑歌」に収められたものではない、万葉の恋愛詩と中国古典籍との関係はいかなるものであったのだろうか。ここで恋愛詩集『玉台新詠』との関係を語る前に、他の古代官僚必読の書と『万葉集』の恋愛詩について少しく述べることとする。

『万葉集』の恋愛詩は、周知のように三大部立の「相聞」に収められている。巻十一・十二は、目次に「古今相聞往来の歌の類の上(下)」と表され、この二巻の骨格をなす「正述心緒歌」と「寄物陳思歌」に加えて、これらの巻の「旋頭歌」・「問答歌」・「譬喩歌」(巻十一)、「問答歌」・「羇旅発思歌」・「悲別歌」(巻十二)の所収する歌々も相聞歌となる。大伴家持が新たに立てたとおぼしい「譬喩歌」と部立される歌は、巻三・巻七・巻十四にも含まれ、これらもほぼ相聞歌となる。本書の中心をなす大伴家持の、歌日記(日誌)的な『万葉集』末尾四巻の中にも、「恋緒を述べたる歌一首并せて短歌」(17・三九七八〜三九八三)のように恋愛歌が含まれている。

中国古典籍については、先の古代官僚に必読の書に並んで、「大宝令」の注釈書である『令集解』の古記に、『文選』『爾雅』も修得すべきものと記されている。「考課令」にも「凡進士、試時務策二条。帖所読、文選上秩七帖、爾雅三帖……」(「考課令72」)とあるように、二書に通じていることが求められた[12]。六朝詩文のアンソロジーである『文選』と中国最古の辞書である『爾雅』も、李善注『文選』、郭璞注『爾雅』として、初めから注釈付きで享受されていた。

『文選』と『万葉集』の恋愛歌である「相聞」との関係性は、「相聞」の中で最も早く登場する長歌体の「恋愛詩」である柿本人麻呂の石見相聞歌（2・一三一〜一三三、一三五〜一三七）に指摘がある。石見相聞歌は、石見の官人であったらしい人麻呂が現地の妻と別れて上来する時の悲しみを詠んだ、対をなす二組の長反歌からなる。この歌群との類同性は、既に様々指摘がある。陸機（陸士衡）行旅詩「赴洛二首」・「赴洛道中作二首」との発想の類同性や、江淹（江文通）の「別賦一首」や「古離別」と、石見相聞歌の妻との別れの描写との類似性である。[13]

これらに加えて私も王粲（王仲宣）作の「従軍詩五首」の第三首との発想や表現の類同性、さらに本文だけでなく李善注との類同を指摘したことがある。例えば、石見相聞歌第二長歌（一三五）の末尾で妻との別れを受け入れる心情を、行動として述べた「大夫と　思へるわれも　敷栲の　衣の袖は　通りて濡れぬ」という表現は、従軍詩の第九句から第一〇句「征夫心多懐　悽愴令吾悲」（出征した男は、心に思うことが多く、痛ましさは、我が心を悲しませる）と、第一二句「草露沾我衣」（草葉の上の露が、我が衣を湿らせる）を合わせて縮めたような表現になっている。また従軍詩の第九句から第一〇句の「李善注」を見ると、「礼記曰、霜露既降、君子履之必有悽愴之心」と述べられている。この「霜露」は、対をなす第一長歌（一三一）で妻を石見に置いて別れの時点を述べた「露霜の置きてし来れば」の「露霜」を連想させるものである。石見相聞歌第一長歌の「露霜の　置きてし来れば」は、ことによって「敷栲の　衣の袖は　通りて濡れぬ」の状態となるという関係は、李善が「霜露」を踏むことによって「悽愴之心」が起こると注したことを介在することで理解が行き届くこととなる。[14]

このように、『万葉集』の恋愛を意味する「相聞」に収められた長歌体の恋愛詩は、その成り立ちから、古代官僚必読の書『文選』と、その注を含んだ形で関わりをもって成立していた。別な言い方をするならば、晴れの場での勉学の中で深められた教養を生かし、藝としての文学を作成していたことになる。

四　『玉台新詠』と『万葉集』「相聞」長歌

「二」で取り上げた『文選』は、まさに六朝漢詩文のアンソロジーであり、その内容も多岐にわたり、形式も散文の「賦」を「詩」に先立てた構成となっている。『文選』と恋愛詩である『万葉集』の相聞長歌との関係は、「一」で示した『万葉集』巻八・十の相聞短歌と楽府「子夜四時歌」や朝鮮の「時調」との関係、『万葉集』冒頭の「雑歌」である「雄略御製」と『詩経』冒頭の「関雎」との関係とは異なり、形式として正確な対応をなしているとは言えない。恋愛詩として『万葉集』の相聞長歌と対をなすに最もふさわしい中国の恋愛詩は、同じ六朝時代の『玉台新詠』が挙げられよう。鈴木虎雄氏が『文選』に比較して『玉台新詠』について「文学の形式は詩といふ一体に限られ、詩の内容は男女相思の情若しくはそれに関係あるものに限られ、詩風は綺豔を主としたものに限られてゐる」[15]と、述べるように、『玉台新詠』は一冊がまるまる恋愛関係詩なのである。

また「歌路」との関係から『玉台新詠』を考えるならば、情詩の題が注目される。辰巳正明氏は『玉台新詠』の情詩題を総覧し、それが「相逢」「怨」「定情」「別離」「相思」の五つにまとめることができると述べ、これがプイ族（相会歌・相思歌）、ムーラオ族（初逢・分離・怨責）、チン族（初会・離別・相思・同心・怨歌）、チワン族（初会・離別・定情）といった中国少数民族の「歌路」の段階を表すことばと重なることを指摘し、その分類は「歌路」の断片であることは明らかであるとしている。そしてその「歌路」が皇太子サロンや貴族サロンにおいて成立し

たとは考えられず、むしろ、同時代の民間歌謡の中に存在した「歌路」が取り込まれたと考える方が妥当であると述べる。(16)

それでは『万葉集』の「相聞」長歌の成立過程では、どのようなことが言えるであろうか。『万葉集』巻四「相聞」に収められた長反歌に次のようなものがある。

神亀元年甲子の冬十月、紀伊国に幸しし時に、従駕の人に贈らむがために、娘子に誂へられて作れる歌一首并せて短歌　笠朝臣金村

大君の　行幸のまにま　物部の　八十伴の雄と　出で行きし　愛し夫は　天飛ぶや　軽の路より　玉襷　畝火を見つつ　麻裳よし　紀路に入り立ち　真土山　越ゆらむ君は　黄葉の　散り飛ぶ見つつ　親しわれは思はず　草枕　旅を宜しと　思ひつつ　君はあらむと　あそそには　かつは知れども　しかすがに　黙然もありえねば　わが背子が　行のまにまに　追はむとは　千遍おもへど　手弱女の　わが身にしあれば　道守の　問はむ答を　言ひ遣らむ　術を知らにと　立ちて爪づく（4・五四三）

反歌

後れゐて恋ひつつあらずは紀伊の国の妹背の山にあらましものを（五四四）

わが背子が跡ふみ求め追ひ行かば紀伊の関守い留めてむかも（五四五）

行幸に従駕し離れていった男に対する「軽い、健康的な嫉み」（阿蘇瑞枝『万葉集全歌講義』）を歌うこの歌には、すぐに二つの疑問が浮かぶ。まず、聖武天皇の紀伊行幸時のもので行幸儀礼時と考えられるものでありながら、巻四の「相聞」に収められている歌となっている点。次に「娘子に誂へられて」（娘子に依頼されて）という特殊な題詞となっているという点である。後者については、「誂」の字を題詞や左注に持つ歌は、万葉集中他に三例あ

り（8・一六三五題詞、19・四一六九題詞、19・四一九八左注）、いずれも大伴家持が、尼（一六三五）や、妻である坂上大嬢（四一六九・四一九八）に実際に依頼を受けての代作であったと考えられる。[17] 当該の笠金村歌には、明確な依頼者を想定できず、やはり特殊である。これを解決する手段として、従来娘子からの「誂へ」は虚構であったという説が提唱されている。例えば、伊藤博氏は、当該歌が「留守の女性たちの心情を語る虚構的作品として行幸先で公表された」もので、「トネリ歌人」（宮廷歌人）の裏芸として「虚構の作を詠」んだものであると述べている。[18] また久米常民氏は「従駕時のくつろいだ場で、誦詠することを目的として金村が作詞した」[19] ものであるとする。

ところで、「三」で取り上げた石見相聞歌の作者人麻呂は、当該歌の作者笠金村に先立つ宮廷歌人である（後で取り上げる田辺福麻呂は、万葉最後の宮廷歌人となる）。先の人麻呂のように、『文選』で文作を学んだ宮廷歌人が、その文才を生かし、要請に応えた、虚構の内容をまとめた相聞長歌を作成することは十分ありうるであろう。ただそれが直ちに女性に仮託した、虚構を生み出すとは考えられまい。人麻呂の場合も、石見の現地妻との別れの悲恋を、自身を主人公として設定しているのである。

村山出氏も同様に「この一篇は題詞に記されているように、娘子の依頼で作った態度を装いながら、虚構の作であることを明らかにしている」としながら、その背景に『玉台新詠』の情詩があることを指摘している。村山氏は、早く中西進氏が「相聞」の恋愛長歌の特徴として（一）代作の傾向を持つ、（二）条件設定の匂いを持つ、（三）京師以外の土地の関係を持ち、『玉台新詠』の情詩がおおむね女性の情を述べるのも、男性作者がその感情になりかわって歌う代作の虚構詩の中に源泉があると述べた[20]ことを受けて、

玉台詩には、公務や軍役のためにやむをえず旅に出た夫を思い嘆く妻の作品が少なくない。長期にわたる離

居という状況における妻の夫に対する思慕あるいは怨嗟、晴らしようのない憂情の独白という表現に共通性が認められ、しかもそのかなりの部分は男性詩人による虚構である。このような情詩にみられる状況・発想・方法は、新しい表現の可能性を金村に示唆するところが大きかったのではあるまいか。

とまとめている。[21] 当該の金村歌は、両氏が指摘するように、女性に仮託して男性が詠む『玉台新詠』に見られる情歌を下敷きにして作られたものと考えてよいだろう。

この玉台情歌は、「閨怨詩」とも定義されるものである。「閨怨詩」の「閨」は女性の寝室を指し、「怨」は「怨望」、つまり心の空虚を愛によって満たされたいと願うことを意味する。「閨怨詩」の狭い理解は、女が寝室で男の来訪を待ち侘びる内容を、男性が女性に仮託して制作したものを指す。また、広い意味としては、軍役も含め、遠く離れて訪れて来ない男を待ち侘びる女の心情を女性に仮託し、男性が制作したものをも指すものである。当該金村歌は、行幸従駕のものであり、広い意味の「閨怨詩」として理解できる。長歌末尾に「立ちて爪(つま)づく」とあり、第二反歌に「わが背子が跡ふみ求め追ひ行かば」と追いかけていくことは仮定であるので、女は家にいることとなる。まさしく「閨怨」の形式に則ったものとなっていることが見て取れよう。

同じ金村の「相聞」長歌に次のようなものがある。先の長歌の四年後のものである。

神亀五年戊辰の秋八月の歌一首并せて短歌

人と成る　ことは難きを　わくらばに　成れるわが身は　死(しに)も生(いき)も　君がまにまと　思ひつつ　ありし間に　うつせみの　世の人なれば　大君の　命(みこと)畏み　天離る(あまざかる)　夷(ひな)治めにと　朝鳥の　朝立ちしつつ　群鳥(むらどり)の　群立(むらだ)ち行かば　留まり居て　われは恋ひむな　見ず久ならば（9・一七八五）

反歌

み越路の雪降る山を越えむ日は留まれるわれを懸けて思はせ（一七八六）

この「相聞」長歌も「留まり居て　われは恋ひむな」とあるように、留まる側からの歌である。武田『全註釈』が先の五四三〜五四五に加えて「これもその類であろう」と述べて以来、この歌も女性に仮託した歌と考えられている。同様に「閨怨詩」を下敷きにしたものであることがわかる。この長反歌の直後に続く同じ金村の一七八七には、「見るごとに　恋はまされど　色に出でば（色二山上復有山者）　人知りぬべみ」と「出」を「山上復有山」と表記する有名な戯書が用いられており、これは『玉台新詠』の「古絶句四首」の中の「其一　藁砧今何在」の、

藁砧今何在　山上復有山　　藁砧今何くにか在る　山上復た山有り
何當大刀頭　破鏡飛上天　　何か當に大刀の頭なるべき　破鏡飛んで天に上る

によるもので、金村が『玉台新詠』を学んでいた証左の一つに挙げられよう。また『毛詩正義』に「春女悲、秋士悲。感其物化也」とあり、『毛伝鄭箋』に「春女感陽気而思男、秋士感陰気而思女是其物化所以悲也」とあるように、万物の気の変化に感じて、女性は「春に悲しみ」男性は「秋に悲しむ」という枠組みの伝統があるが[22]、この歌は『玉台新詠』にも載る「古詩十九首　其九　明月何皎皎」の詩の、

明月何皎皎　照我羅床幃　　明月何ぞ皎皎たる　我が羅の床幃を照らす
憂愁不能寐　攬衣起徘徊　　憂愁して寐ぬる能はず　衣を攬りて起ちて徘徊す
客行雖雲樂　不如早旋歸　　客行樂しと雲ふと雖も　早く旋歸するに如かじ
出戸獨彷徨　愁思當告誰　　戸を出でて獨り彷徨し　愁思當に誰にか告ぐべき
引領還入房　涙下沾裳衣　　領を引いて還って房に入れば　涙下りて裳衣を沾す

のような、秋の「閨怨詩」を下敷きにしたものであろう。ただ、この一七八五には工夫が凝らされている。「古

詩十九首」でもわかるように、「閨怨詩」は先に示したように「空閨」の長さを嘆くものである。が、これは、「恋ひむ」と未来推量の「む」や「見ず久ならば」と仮定条件の「ば」を用いて、これからの逢えない時の長さを述べたものとなっている。反歌でも「み越路の雪降る山を越えむ日は」と、冬に山を越える日のことを未来推量したものとなっている。未来の別れの長さに対する、「閨怨」の相聞長歌として詠まれているのである。

万葉集の相聞長歌の出発は、「二」で示した柿本人麻呂の「石見相聞歌」のように、古代官僚が登用されるために学んでいた『文選』と、その引書を含む李善注を取り込む形で成立していった。奈良朝に入ると、恋愛詩集『玉台新詠』の「閨怨詩」に学ぶ形で展開している様が理解できる。その学びの成果は「娘子に誂へられて作れる歌」と、女性に仮託したことを享受者に示し、理解を促すものとして示されていた。続いて一七八五のように仮託を明示しないものも現れるようになった。このときに不在の男を待ちわびる長さを嘆く「閨怨」だけでなく、これから予想される未来の不在を嘆く「閨怨」というように、学びに変化をつけていたことが理解される。『玉台新詠』が「歌路」の断片を残すことからわかるように、同時代の歌謡を取り込みながら成立したものであるのに対して、日本の相聞長歌は、『玉台新詠』から学ぶことを以て展開していたのであった。

万葉集の相聞長歌は、さらなる展開を見せる。巻九「相聞」では笠金村の歌に続いて、田辺福麻呂歌集歌が相聞の最後に収められている。左の笠金村に続く宮廷歌人福麻呂の長反歌について最後に考えることとする。(23)

娘子を思ひて作れる歌一首并せて短歌

白玉の　人のその名を　なかなかに　辞を下延へ　逢はぬ日の　数多く過ぐれば　恋ふる日の　累なり行けば　思ひやる　たどきを知らに　肝向ふ　心砕けて　玉襷　懸けぬ時無く　口息まず　わが恋ふる児を　玉釧　手に取り持ちて　真澄鏡　直目に見ねば　下ひ山　下ゆく水の　上に出でず　我が思ふ情　安きそらか

も（9・一七九二）

反歌

垣ほなす人の横言繁みかも逢はぬ日数多く月の経ぬらむ（一七九三）

立ちかはり月重なりて逢はねどもさね忘らえず面影にして（一七九四）

題詞からもわかるように、これは女性に仮託したものではない。ただ金村の五四四と同様に「娘子」が題詞に詠まれている。この「娘子」に関しては、「『娘子』の人間像はまったくあらわれていず、『娘子を思ふ』という概念が提示されているにすぎない[24]」という意見もある。しかし、そもそも「娘子」が像を結びにくいのは、先の金村の五四四と同様に虚構であった可能性が高い。同じ「娘子」を題詞に持つ歌にも、

娘子の、佐伯宿禰赤麿の贈れるに報へたる歌一首

ちはやぶる神の社し無かりせば春日の野辺に粟蒔かましを（3・四〇四）

佐伯宿禰赤麿のまた贈れる歌一首

春日野に粟蒔けりせば鹿待ちに継ぎて行かましを社し怨む（四〇五）

娘子のまた報へたる歌一首

わが祭る神にはあらず大夫に着きたる神そよく祭るべき（四〇六）

とあり、唐突に佐伯赤麿への「娘子」の答歌から始まり、佐伯赤麿の贈歌を欠くものがある。内容も赤麿の妻のことを「ちはやぶる神の社しなかりせば」と、年をとった奥さんがいらっしゃらないならばと、「社」に喩えている滑稽な歌である。巻四にも同様に赤麿の贈歌を欠いて「娘子」の答歌からのものが残されている。

娘子の佐伯宿禰赤麿に報へ贈れる歌一首

わが袂まかむと思はむ大夫は変水求め白髪生ひにたり（4・六二七）

佐伯宿禰赤歌麿の和へたる歌一首

白髪生ふる事は思はず変水はかにもかくにも求めて行かむ（六二八）

こちらはさらに滑稽で、私と寝たい思っている男らしい男は、若返りの水を求めている白髪交じりの者であると揶揄されている。橋本四郎氏は、赤麿は自らを道化とする幇間歌人で、「娘子」は自らを貶める機能を持たせるために創作されたものであると述べている。(25) 金村の五四四と同様、宴席での披露も想定され、従うべきものと考える。

とすると「娘子」を題詞に持つ福麻呂の長反歌は、宴席などでの虚構歌の可能性が高い。これは何を物語っているのであろうか。福麻呂のこの「相聞」長反歌は、仮構の「娘子」に逢えない日が重なっている嘆きを述べたものである。長期にわたる離居の嘆きは、男女を逆にすれば、『玉台新詠』の「閨怨詩」の世界であり、笠金村が摂取して『万葉集』の相聞長歌として展開した世界である。

このような離居の様子は、枕詞によっても強調されている。枕詞「玉釧」は万葉集中三例のみで、他は左の二例のみとなる。

玉釧まき寝る妹もあらばこそ夜の長けくも嬉しかるべき（12・二八六五）

玉釧まき寝し妹を月も経ず置きてや越えむこの山の岬（12・三一四八）

二八六五は、「正述心緒歌」で妻がいない夜長を嘆き、三一四八では「羇旅発思歌」である。当該福麻呂歌の離居とは、官人達が奈良に妻子を残し、久邇京に居住している状態を指すと考えられる。福麻呂歌集は、他に巻六に久邇京関係歌が残されており、その期間は天平十二年から十六年ほどである。藤原広嗣の乱を契機として始まった聖武天皇の東国行幸は、そのまま天平十二年の久邇京遷都となる。官人達は、奈良に妻子を残して数キロではあるが奈良山を隔てて久邇京に居住させられることとなった。伊藤博氏は、その離居に対する潜められた風刺をこの歌から読み取り、「……もとより『人の横言繁みかも』などは、恋歌ゆえの設定である。このような設定をせずに奈良京との隔たりを叫ぶと、大君の意志へのあらわな否定になってしまう……」（『万葉集釈注』）と言い、恋歌に設定して奈良との隔たりを嘆いたものであるとする。だがそこまで言えるのであろうか。

　同じ久邇京での相聞歌が家持にもある。「大伴宿祢家持の久邇京より坂上大嬢に贈れる歌五首」と題されたもので、その一首目には、「人眼多み逢はなくのみぞ情さへ妹を忘れてわが思はなくに」（4・七七〇）と、当該の福麻呂歌集歌の「人の横言繁みかも」によく似た「人目多み」を、逢えない理由として歌っている。この歌は、家持の来訪を催促する歌への返事とおぼしい。やはり、なかなか逢いに行くことができないことの言い訳に、他人からの視線を用いたものと考えられる。福麻呂歌も同様な言い訳を述べた文脈として理解すべきで、「玉釧」という枕詞も用いることで、離別感をさらに大仰に表現しているものと考えられよう。

　つまり、巻九の相聞長歌の最終部に収められた当該の福麻呂歌は、『玉台新詠』の「閨怨詩」に学んだ笠金村らが、女性に仮託して作成した離別を嘆く「相聞」長歌をさらに展開したものである。その展開とは、主体を女から男に転換し、逢わない言い訳を他人の目とし、それを逢えない離別の嘆きを述べた「閨怨詩」にこと寄せて、大仰に嘆いてみせる宴席歌であったのではないだろうか。

五　むすび

東アジアの恋愛詩として理解されつつある『詩経』の国風は、漢代以後の詩経学にあって夫唱婦随を歌った詩と理解され、その成立から儒教的なものであった。時空を離れた日本の『万葉集』の冒頭の宮廷歌である「雑歌」は、記録された伝承歌を、教養層が『詩経』の儒教的な理解をもとに、『詩経』に対応する恋愛歌謡を「雑歌」として当て嵌めるという理解の上で成立していた。それを当て嵌めることができた背景には、実は恋愛の展開を示す「歌路」に沿った歌謡が中国と日本とに共通して存在していたからに他ならなかった。一方、『万葉集』のまさに本来的な恋愛詩として部立された「相聞」の中で、相聞短歌は、口承の段階を経つつ、楽府の「子夜四時歌」を理解する教養層によって四季の恋愛歌として制作され、また巻八・十に収められていった。さらに「相聞」長歌は、やはり時空を離れた『文選』を学ぶことから出発し、これも時空を離れた本来的な恋愛詩集の『玉台新詠』を学ぶことで展開をしていった。笠金村に、見られるように離居を嘆く『玉台新詠』「閨怨詩」を学ぶことによって、女性に仮託する『万葉集』の虚構歌という展開がなされた。『玉台新詠』が六朝当代の歌謡や、それまでの歌謡を取り込むことから成立していたのとは少しく違った展開を見せていたのである。さらに、『万葉集』の「相聞」長歌は、福麻呂によってさらに展開がなされる。福麻呂は「閨怨詩」の虚構性と離居の嘆きを利用しながら、恋愛の相手になかなか逢わない男の言い訳を、離居を嘆くことをことさら強調することによって楽しむ、宴席歌として展開して見せていったのである。従来あまり注目されてこなかった『万葉集』の「相聞」長歌（特に巻九の相聞「長歌」）についても論じてみた。一つの歌集として編纂されている『万葉集』は、このように、『詩経』

の国風や『玉台新詠』などをそれぞれの当代的な理解によって吸収しつつ、内部で独自の展開を見せていることが理解できたのではないだろうか。

注

(1) 辰巳正明『詩の起原　東アジア文化圏の恋愛詩』(笠間書院　二〇〇〇年)所収の緒論。
(2) 岡村貞雄「序論」「漢魏の楽府詩」(『古楽府の起源と継承』白帝社　二〇〇〇年)。
(3) 中西進「万葉集の編纂」(『中西進万葉論集　第二巻　万葉集の比較文学的研究(下)』一九九五年　初出一九六三年)。なお巻八の相聞長歌は、笠金村が入唐使に贈った一四五三、大伴家持が坂上大嬢に贈った一五〇七・一六二九の三首に限られる。
(4) 万葉集の相聞短歌と朝鮮「時調」・中国「子夜四時歌」の関係については、前掲(1)第5章「時調と恋歌」に詳しい。本論のここでの記述は、辰巳氏のこの論文の趣旨に沿っている。なお『三国史記』や『三国遺事』に名前を留める古代朝鮮の歌謡「郷歌(ひゃんが)」にも「恋愛詩」の側面を見ることができる。中西進・辰巳正明編『郷歌　注釈と研究』(新典社　二〇〇八年)では、薯童という卑しい男が知恵を働かせて王女を妻として王位に就くという「薯童謡」という郷歌が、自由恋愛を批難されながらも、男との愛を貫く王女の恋愛物語と理解することもできるとする。
(5) 徐送迎「日本の『詩経』に対する最初の研究」(『『万葉集』恋歌と『詩経』情詩の比較研究』汲古書院　二〇〇二年)。
(6) 孫久富「中国古代の歌垣と歌謡」(『日本古代の恋愛と中国古典』新典社　一九九六年)。
(7) 前掲辰巳(1)「歌垣」所収の梁庭望・農学冠編「歌圩」(『壮族文学概要』中国広西民族出版社　一九九一年)内の歌垣。
(8) 前掲(5)。
(9) 辰巳正明「歌垣と民間歌謡誌」(『万葉集の歴史』笠間書院　二〇一一年　初出二〇〇九年三月)。
(10) 前掲(5)。

(11) 令の算用数字番号は、井上光貞・関晃・土田直鎮・青木和夫校注『律令』(日本思想大系 岩波書店 一九七六年)による。
(12) 「選叙令」にも同様な表現が見られる。「取明閑時務、并読文選爾雅者」(「選叙令29」)。
(13) 谷馨「万葉集歌と中国韻文」(『万葉集大成』第七巻 平凡社 一九五四年)、中西進「人麻呂と海彼」(『中西進 万葉論集』第一巻 講談社 一九九五年 初出一九六二年七月)、吉田とよ子「柿本人麻呂の空間・時間意識――漢・六朝の賦詩との関連において――」(『上代文学』四十二号 一九七九年四月)。
(14) 拙稿「石見相聞歌における『夏草』と『露霜』」(『万葉歌人田辺福麻呂論』笠間書院 二〇一〇年 初出二〇〇八年五月)。
(15) 鈴木虎雄『玉台新詠集 上』序文(岩波書店 一九五三年)。
(16) 前掲辰巳(1)「玉台新詠と歌路」。
(17) 太田真理「笠金村『娘子に誂へられて作る歌』」(『古代文学』四六 二〇〇七年三月)。
(18) 伊藤博「歌人と宮廷」(『万葉集の歌人と作品 上』塙書房 一九七五年 初出一九六六年一月)。
(19) 久米常民「笠金村とその歌集」(『万葉集の文論的研究』桜楓社 一九七〇年 初出一九六九年十二月)。
(20) 中西進「長歌論」(『中西進万葉論集 第二巻 万葉集の比較文学的研究(下)』講談社 一九九五年 初出一九六二年七月)。
(21) 村山出「従駕相聞歌――成立の意義――」(『奈良前期万葉歌人の研究』翰林書房 一九九三年 初出一九八〇年七月)。
(22) このことに関しては、佐野あつ子「閨情詩と自然――石上乙麻呂の秋夜閨情詩をめぐって」(『女歌の研究』おうふう 二〇〇九年 初出二〇〇八年六月)に詳しい。
(23) 田辺福麻呂歌集は、田辺福麻呂作であるという通説に従うこととする。
(24) 川口常孝「田辺福麿論」(『万葉歌人の美学と構造』桜楓社 一九七三年 初出一九七一年十一月・一九七二年三月)。
(25) 橋本四郎「幇間歌人佐伯赤麻呂と娘子の歌」(『橋本四郎論文集・万葉集編』角川書店 一九八六年 初出一九七四年十一月)。

終章　本書の成果と課題

一　はじめに

本書は、万葉第四期の田辺福麻呂研究の過程で、どうしても論じなければならない、同じ第四期で交流が深かった大伴家持に行き着いたところからの研究である。序章でも述べたように、大伴家持は、硬質で堅実な研究が積み重ねられている。初期の家持研究は、『続日本紀』などに残された家持の足跡と万葉歌から、家持の実人生を浮かび上がらせようとする歌人研究も多かった。が、近年は歴史的事実からも切り離した、『万葉集』という閉じた世界だけを扱う、どこまでも禁欲的なテクスト分析による家持歌研究も多くなされている。

若き家持は、藤原広嗣の乱に端を発した聖武彷徨や久邇京遷都など、激動の歴史の中にあった。また、巻十七以降の末四巻では、宴席歌も多い。歴史やその場から完全に歌を切り離して、家持歌を考えることは、必ずしも有効とは言えないであろう。しかし第二章を中心に、なるべく『万葉集』というテクストに向かい合いながら、題詞が括る本文や左注が枠どる本文という、パラテクスト的要素を重要視し、『万葉集』（家持歌）が、語るものが何であるかを探ったつもりである。その集積の中からでも、浮かび上がってくる家持像というものがあるものと考えている。一三〇〇年前ではあるが、同じように和歌・文学に興味を持ち、その時代を生きていた家持を甦らせたい欲望は禁じ得ない。

その欲望が、研究の原動力となっていると言うことができるのかもしれない。「成果と課題」と名付けて自己評価するのは、おこがましく課題ばかりと言えば、それまでではある。しかし、それが、次の研究への原動力となるのではとも考えられる。各章を振り返りながら、ほんの少しの成果と多くの課題を考えていきたい。

二　各章を振り返る

第一章では、巻八の家持夏雑歌を分析した。巻八は、春相聞の題詞に「天平五年癸酉の春閏三月　笠朝臣金村の入唐使に贈れる歌一首」（一四五三）と示されたり、秋雑歌左注に年月が集中的に記されるのを除いて、大まかな年代順に配列されている。夏雑歌は、歌数も少なく、家持歌の作歌年月を決定する要素は乏しい。その中で、「晩蝉歌」（一四七九）は、天平七年七月初旬の作の蓋然性が高いことを明らかにした。

中国詩では、「孟秋」の節物である「晩蝉」を夏に編入する必然性が、家持にあると考えた。暦日と節気のずれに敏感に反応する他の例を挙げながら、ここでもそれをモチーフに作歌したものと理解した。七年の七月初旬が、月の上では、既に「孟秋」となってはいるが、節気の上では、秋を迎えていないことに注目したものであることを指摘した。この年の立秋は七月十一日であった。家持は、この季が重なる微妙な暦への感興をこの歌に託したものであることを論じた。暦日と節気に敏感に反応し作歌することは、橋本達雄氏や廣岡義隆氏などに既に指摘がある。[1]しかし、当該歌について、年代推定を試みた論は、管見の限りない。成果と考えられよう。

一方課題も残る。一四七九を含む家持の夏雑歌全体が、この年のものと決定する根拠は見い出せていない。また、『万葉集』全体の中から、巻八を考えたアプローチにも欠けていると感じている。『古今和歌集』の四季分類が、八代集などの規範になっていることは、よく知られている。そもそも『万葉集』は、その前に巻八・十で四季分類を行っている。そのことから、巻八・十の四季分類された歌々が、他の巻の作歌規範となっているとの説も近時出されている。[2]様々なベクトルから、家持当該歌群や巻八をさらに研究していく必要もあるであろう。


第二章「大伴書持と大伴家持との贈報歌群」も、第一章と同様に、研究が深まっていない歌群を考察した。その中で中心となる三論は、書持贈歌が奈良に留まる坂上大嬢の立場になりきるようにして、家持を霍公鳥になぞらえ家持への思慕の情を述べたものであり、家持の報歌も妻坂上大嬢の留まる奈良への望郷の思いと深く関わる欝結の緒を歌によって晴らすものであるとする鈴木武晴論。[3]書持贈歌は平城京に取り残された書持が、霍公鳥以外に向き合う相手の居ない自己の状況とその孤独感を語る歌であり、家持報歌は、いつ果てるとも知れない山住まいの閉塞的な現在の欝結を散じようとするものであるとする鉄野昌弘論。[4]霍公鳥の常住を願う書持の贈歌に対して、家持報歌は、久邇京では霍公鳥が四月に鳴いており、霍公鳥が鳴くのは五月だけではないと、家持は通念に疑問を呈しているとする松田聡論[5]であった。

この章では、題詞と左注のそれぞれのパラテクストが枠どる世界の双方のベクトルを分析し、総合しながら、当該歌群の細かな分析を行った。

まず左注は、贈報とも精緻に対応しており、弟が奈良宅から贈し、久邇京から兄が報した関係性であることを指摘した。その中からは、霍公鳥が鳴いていないのは、奈良ではなく大伴「宅」であることを示した。また、題詞により枠取られた書持贈歌は、中国詠物詩題を踏まえて、その世界観から報歌を説き勧めたものであることを明らかにした。これに対して、家持は漢詩文の序文的題詞によって報していた。家持の題詞中の「嚶(な)」(く)は『毛詩』や『文選』李善注に示される友人同士の親交を意味し、家持が兄弟関係を歌論を交わす友人関係に置き直して報していると解き明かしてみた。

また家持題詞の「鬱結(うつけつ)の緒(こころ)を散らさまくのみ」とは、書持贈歌に繰り返し示された霍公鳥が鳴かないという「鬱結」を受け取ったものであることを示した。そして、「鬱結」を晴らす実践として、報歌を詠むことで「鬱結の緒を散ら」すのだ、と薬玉の「緒」が切れて「散」るという優美な情景に重ねて表現してみせたものと結論づけた。

つまり、三論の鈴木論にあるように、坂上大嬢と関係づける必要もなく、鉄野論にあるように、歴史的な外部徴証に頼ることなく、松田論に言う通年に疑念を持ったものとも違ったものとして説明できることを明確にした。テクストの内部で、題詞・左注との関係を詳細に分析することによって、本歌群は理解できるものと考えられる。

一方、この章の課題は、パラテクストということばを用いて、題詞と左注に括られる世界をことさら強調したようにも考えられよう。本文だけでなく、題詞や左注との間を行き来するテクスト論と述べるだけでもよいような単純愚直な方法論とも言えよう。ただ、この歌群を解くには、やはりそこを重要視する必要があることは間違いがないものと考える。

第三章では、二組の安積皇子挽歌を対応する部分に分け、まず対応する部分について論じた。この対応関係から解く方法は、柿本人麻呂の「石見相聞歌」について、橋本達雄氏が行い[6]、本書著者も、田辺福麻呂の久邇京讃歌において、行った[7]形を踏襲したものである。それぞれの関係から、例えば、主格の提示部が、第一長歌で、丁寧に述べたものを第二長歌では、承認済みのものとして、短く省略しているというような対応が見られた。

次の「場所の提示」では、第一長歌と第二長歌とは、「広く日本の宮都久邇京」と「焦点化された活道山の木立」、四句（簡素）と一四句（詳細）、「反実」と「事実」、「仮想」と「回想」というように、立体的に「反対」の関係を作り出しており、お互いが補う関係となっていることも明らかにし、その他それぞれの部分について詳述した。

この図式化して考える方法については、大学院時代に、師からの、論文は図式化できるくらいに明快に理解できるものを書くべきであるということばが影響してはいる。図式化して理解できるものならば、二組の長反歌をまさに図式化して示すのも間違いなくわかり易いと考える。ただ、家持が作歌の時点で、このような図式化を脳裏に描いていたとは、考えられない。しかし構成・表現の対応は、大まかに考えていたからこそ、このような図式化が可能となったものと考える。

先行する挽歌との関係についても、高市皇子挽歌については、類同する表現が多い高市皇子挽歌を摸倣するというよりも、高市皇子挽歌に対することによって、高市を想起させるような表現構造となっていることを明らかにした。高市と安積皇子は、出自も類同する。皇太子に準じて理解されていた高市と重ねることは、安積皇子を皇太子視しようという意図があったことを論じた。日並皇子挽歌とは構成上重なり、これも皇太子である日並と重ね合わせたものであることに論及した。成果と考えられる。

本論も、阿蘇瑞枝氏[8]や神野志隆光氏[9]の論に屋上屋を架した形のもので、真新しい方法論ではない。ただ、田辺福麻呂の久邇京讃歌との関係も指摘したように、久邇京で福麻呂の久邇京讃歌に接していたであろう家持の歌学の一端が明らかになったのではないかと考える。

第四章「二上山の賦」も、研究がそれほど進んでいるとは言えない作品である。家持が「賦」と題した長歌の初めである当該歌について、山賦との関係よりも、『文選』都賦との関係が深いことを論じた。特に左思「三都賦序」との関係の深さを指摘した。「任土作貢、虞書所著」という土地と賦税の関係を触れた点は、この賦から一か月余りして、税帳使として上京する家持が、これを意識している可能性も示した。

冒頭の「い行き廻(めぐ)れる」は、これと類似する、山が帯水する様を表し、讃歌性を持つ「帯にせる」「帯ばせる(お)」は、『万葉集』だけでなく山賦や都賦に頻出する。このことを十分理解した家持は、長歌としての凡庸さを避け、また「漢賦」に頻繁に現れる「帯」でもあることから、和の世界である高橋虫麻呂歌から「い行き廻(めぐ)れる」を学びとったものとした。対句についても言及した。二九句中一二句が整然とした二句対となっており、より対偶を重視する「賦」の世界観を明瞭具体的に陳述したものであることを明らかにした。

このように、研究が進んでいる家持研究においても、まだまだ細かな指摘が可能と考える。

集中家持のみが用いた「依興」は集中一三例見られ、当該歌が初出である。この「依興」も七説ほどに分かれ、その意味に定説をみない表現である。「依興」を「倭賦」という新たな試みによる唐突感を軟化させるための、いかにも唐突でその場にそぐわないのだと、いわば戦略的自己卑下してみせる機能を果たしていることを示した。

課題も残る。当章では、「二上山の賦」を「倭賦」と名付けた。当該歌についての分析は、あまりにも粗雑なものとは考えないが、「布勢の水海(みづうみ)に遊覧せる賦」や「立山の賦」といった三賦での比較はほとんど行われていない。また「依興」自体も大きな問題で、これだけを章立てて語るべき問題とも言える。このあたりの分析は、行き届いているとは言えない。先の『文選』都賦との関係についても、易々とこれを論ぜられない可能性もある。そもそも遠地に赴任するときに、長大な『文選』といったものを持参していったかどうかという疑問が漢籍研究者からも出ている。[10] 越中には、『文選』があったのだとか、官僚必読の書である『文選』は、既に家持の頭の中にある程度浸潤していたのだと言うことも不可能ではなかろうが、慎重な分析も必要と言えよう。

第五章の「天平二十年の春三月二十三日に、左大臣橘家の使者造酒司令史田辺史福麻呂を守大伴宿禰家持の舘に饗す。爰に新しき歌を作り、并せて便ち古き詠を誦みて、各々心緒を述べたり」という題詞から始まる巻十八冒頭歌群も、あまり研究が進んでいるとは言えない部分である。本章が明らかにしたものは、『万葉集』中に残る、『万葉集』編纂資料とそれをもたらした時点という、『万葉集』生成の過程が生き生きとしてくる点であると考える。

元正上皇の難波宮滞在時の歌（四〇五六〜四〇六二）の異伝注記について明らかにしたのも、田辺福麻呂が越中で披露した歌と福麻呂来越中に持参した資料との相違からのものであるということである。

田辺福麻呂歌集「難波宮讃歌」（6・一〇六二）といった、巻六の最終部に追補されたと考えられる歌群と天平勝宝二年（七五〇）三月の歌（19・四一四六〜四一五〇）との類同は、この来訪時にもたらされた資料を、越中で家持が編纂時に披見したことによるものであることも明らかになったと考える。我々は、読書している書物に見られた表現に触発され、自己の文章に取り入れることがある。研究者ならば、閲覧する資料・論文から影響を受け、自己の表現に文章に組み入れることがある。作詞家も、過去の歌の歌詞から着想を得たり、類似した表現を自作とすることもある。このような現代の我々が行っていることを一三〇〇年前の家持が同様に行っているという、人間臭さが滲み出ていることも明らかになったのではないかと考える。

菟原処女の伝説歌に追同した歌（19・四二一一・四二一二）にも、高橋虫麻呂と田辺福麻呂の同じ菟原処女伝説歌を混交した表現があり、これも福麻呂の「難波宮讃歌」を含む田辺福麻呂歌集に見られる複数の歌人の表現を摂取する姿勢の表れであることを指摘した。

家持の『万葉集』編纂と資料の自作への取り込みについては、当章だけでも少なからず指摘できるものがある。『万葉集』末四巻の精査な読みや、他の巻との比較により、まだまだ、浮かび上がってくる世界があるものと考える。広く深い読み込みを目指さなければという思いが強くなり、この点は課題となる。

第六章では、「春の苑紅にほふ桃の花……」（19・四一三九）について、「樹下美人図」との関係について、研究史を辿りながら詳述した。「樹下美人図」との関係については、つとに述べられていたことではあるが、細かな研究史を辿った論は、鈴木武晴氏の論[11]を除いてあまり見られなかった。四一三九の「をとめ」が幻想のものであることは、中西進氏を中心に述べられていたが、そもそも四一三九において、「春の苑紅にほふ桃の花」の部分をも幻想であるとの説もある。中西氏も最初は「をとめ」を幻想のものとしていた論を、後にすべてを幻想のものとしている[12]。しかし、四一三九はパラテクスト題詞「春の苑の桃李の花を眺（なが）めて作れる二首」として、四一四〇とともに二首を枠どっており、「桃」を実景として読むことを『万葉集』が要求していることは重要と考えられる。四一四三の題詞も「堅香子（かたかご）草の花を攀（よ）ぢ折れる歌一首」というパラテクストであり、「堅香子草」までを虚構と考える必要はないことを論じた。幻想の「をとめ」については、この他小野寺静子氏が、家持が「娘子」

に贈った返歌を持たない歌は、架空の女性とする論[13]も引きながら、虚構性を論じることができたと考える。ただ、巻十九、四一三九「嬬嫣(をとめ)」と巻四贈歌「娘子」とを峻別しながら論じ切ったものではない。また、小野寛氏による家持が歌を交わした「郎女」と「娘子」に関する論[14]も視野に入れて論じてもいない。巻十九の「をとめ」とその他の「娘子」が同一視されるものとは言えない。このあたりを丁寧に分析した論をなす必要があるものと考える。

また、四一三九とともに詠まれた四一四〇「わが園の李の花か庭に降るはだれのいまだ残りたるかも」も題詞が「桃李の花を眺矚(なが)めて」とあるように、四一三九との関係とともに論じなければなるまい。

第七章では、催馬楽「沢田川」に歌われた「沢田川」と「高橋」の所在地を推測した。「沢田川」は、①泉川（＝現木津川）（又はその部分名）、②泉川の支流、③泉川を沢田川とした「いひなし」説があることを示し、そのそれぞれの説について詳細に吟味を行ったつもりである。そこから、泉川を沢田川とした「いいなし」説か、泉川に注ぐ現在の「赤田川」が有力である旨を論じた。特に「赤田川」説と、これに架設されていた橋であるというものは、従来ほとんど知られていなかった説である。地域史研究者である岩口勝彦氏が提唱するものである。この説をとる五つの理由について吟味し、その論証となる現地資料も披見しながら、この説が、「いいなし」説とともに有力であることを明らかにした。

続いて、小河川「赤田川」にまで大橋「高橋」を渡したとしても、泉川を矮小化した「いいなし」として、なんなく「高橋」を架橋したものとしても、一義的には、その大工事を果たしたことによる久邇京讃歌を意味することを論じた。また、それは、大工事への風刺として読み取ることもできる可能性を示した。

そして、この催馬楽の歌い手は、「恭仁の宮人　高橋渡す」と、「宮人」を「景としての大宮人」として描くことができる、「宮人」の周辺にある久邇京時代の下級官僚層であることを明らかにした。様々明らかにできたものと考える。

この催馬楽論は、催馬楽「沢田川」に関する現在最も詳細な分析による論と考える。ただ実際の催馬楽には、棋譜もあり、（所作も伴い）詠唱演奏された。最も詳細な分析といっても、催馬楽の口声（口承）性・音楽性や身体性などを削ぎ落としたものとなっている。文学研究者には手に余る面も多いが、様々なベクトルから催馬楽を分析し、総合的な「沢田川」像を構築していくという課題が残る。

第八章では、従来必ずしも重んじられていない口声（口承）性にも焦点を当てて論じたものである。家持ら万葉官僚歌人達に口承言語「宣命」が、「高声」を伴い、「聖なる」詔声として響きわたっていたことを明らかにした。「高声」については、万葉の例も挙げ詳述した。

巻十六の「夫（せ）の君に恋ひたる歌」（三八五七）は、「婢」が、「高声」を用い強い恋情を訴えた。それが聖なる境界にある「佐為王」の耳に届き、「王」は、「婢」が夫に逢えるように侍宿を免除したものとして読めることを論じた。佐為王が「高声」を聖声として聞き取る、寛仁的存在説話として家持らによって『万葉集』に載録されている可能性も示した。

口声（口承）性を伴った万葉官僚歌人が接していた環境として「宣」と「読申公文」を挙げた。「宣」も「読申公文」も文章として受け渡されただけでなく口に出して伝えられたものであることを指摘した。

万葉官僚歌人達が、置かれていた口声（口承）環境については、歴史学の面から指摘する論は見られるものの、国文学の方面から積極的に論じられることは、必ずしも多くなかった。この面にとりわけ光を当てて論じた。

補論では、「一」でも少しく触れたように現在の学会の議論でも必ずしも峻別されていない、送り手が新たに歌を制作し（もしくは過去に制作された歌を）披露する（届ける）場で「詠まれる歌」、受け手が送られた歌を読む場合としての「読まれる歌」、編纂作業などで万葉歌が筆録される場としての「書かれる歌」について、分別して詳述した。

『万葉集』は、編纂での筆録の場で、一行十六字で書かれたとする小川靖彦氏の論[15]が蓋然性が高いことを示しながら、編纂され書かれた『万葉集』が「読まれる場」でも、声を出しているものである可能性が高いことを示すことができたものと考える。

「詠ㇾ〇」と題される歌は、漢籍の詠物詩との関係以外に、実際に音声を発しながら制作されたものである可能性を示した。だが、詳細な検証が必要と考えられ、この点は課題と言えよう。


第九章は、享受者としての持統天皇一行の前で「詠まれる歌」として披露されたであろう「役民作歌」について、論じた。大序の中に小序が含まれる構造を持つとされる通説は、「詠まれる歌」として実演された場合、受け手である持統等には、理解することが困難な構造となってしまうことを説いた。序と被序詞が繰り返される、音として理解し易い構造になっている蓋然性が高いことを示した。

「詠まれる歌」の世界はかようなる世界であると論じたが、この論に対しては、初出時より、当時の万葉人らの、音声の世界では、大序の中に小序をなす複雑な構造をも、理解できたのではないかとの意見を多くいただいた。黙読により多くを理解する現代とは違い、当時の音の世界は、もっと膨よかで、多くのものを理解できる広がりを持つものであったのではないかという理由からである。たしかに万葉官僚歌人にとっての書記言語は、漢文であり、平仮名もなく、見る文字と格闘していた当時、音声による表現と理解は、現代よりも大きなものであったと考えられよう。ウォルター・J・オングらの諸論などから、再検討が必要とされるものとも考えられる。

また、当該歌は、役民による木材運搬の実際の経路ではなく、淀川から瀬戸内海に出て、紀ノ川から「巨勢道」を経由するという迂遠で長大な経路をわざわざ通ることにより、それを実現させる天皇の偉大さを描く意図があるものと論じた。だが、斉明天皇時代も、飛鳥の北から狂心渠（たはぶれごころのみぞ）が作られ、「飛鳥京跡苑池遺構の東側には御破裂山や熊ヶ岳、遠くは高見山が位置するが、遺構から見える山頂はその名の通り水の信仰と深く関わる龍蓋寺（岡寺）のある岡寺山の頂であるとみられる[16]」という指摘など、実際の水運利用・水の信仰からの検討も必要となるであろう。

第十章では、後半で、田辺福麻呂によって『万葉集』「相聞長歌」が、『玉台新詠』らに見られる「閨怨詩」を利用しながら離居をことさら嘆く強調による面白みを楽しむ宴席歌として展開しているという点が、従来指摘がない新たな視点と考えられる。これに至る過程として、笠金村に、見られるように離居を嘆く『玉台新詠』「閨怨詩」を学ぶことによって、女性に仮託する『万葉集』の虚構歌という展開がなされたことを示した。

時空を離れた『万葉集』が、中国詩文を取り入れることができたのは、万葉官僚歌人がその教養として先進的な舶来の書物を学ぶ必要があるだけでなく、恋愛の展開を示す「歌路」を共通のものとしていたことによることも明らかにした。

この時空を離れた日本古代文学との関係では、中国少数民族の歌掛けとの関係による分析も進んでいる。岡部隆志氏[17]や遠藤耕太郎氏など「アジア民族文化研究会」の面々の一連の研究によるものである。特に遠藤耕太郎氏は、中国少数民族リス族の歌掛けをモデルに、在地歌謡をまず作成し、それをもとに、新たなる東歌を創作してみせる。また、人麻呂の「泣血哀慟歌」に本文歌と或本歌が併記される問題を取り上げ、同様にリス族の歌掛けから、その問題を解き明かしている。リス族の歌掛けにある〈送魂ストーリー〉に微妙なずれや矛盾を含んだ歌が差し挟まれることを根拠に、「泣血哀慟歌」は、この矛盾やずれを併記し、口承の段階から書記の段階に離陸させたとする。本文歌と或本歌を行きつ戻りつすることによって、扞格矛盾した複雑な心情を文字として表現した、新たな方法であると解き明かしてみせている[18]。これらの先端的な研究成果を吸収しつつ、東アジアの詩歌集としての『万葉集』を定位するという点は課題となる。

以上のように、本書の成果と課題をおこがましくも論じてきたが、その成果は、家持研究があまり進んでいないニッチな部分を取り扱った点が多いからとも考えられる。四七〇を超える大伴家持の作歌、その作歌以外の編纂に関わる研究など、研究すべき問題は数え挙げられない。課題を自己評価するだけでもきりがなかったが、いささかでも、前進できるように今後も奮励に努めたい。

注

(1) 橋本達雄「大伴家持と二十四節気」（『万葉集の作品と歌風』笠間書院　一九九一年　初出一九八七年十二月）。廣岡義隆「家持の亡妾悲傷歌」（『万葉形成通論』和泉書院　二〇二〇年　初出一九九三年五月）など。

(2) 山崎健太「巻一〇の規範性――夏と秋の「蜩」を通して」（古代文学会　二〇二三年十二月例会発表）。

(3) 鈴木武晴「家持と書持の贈報」(『山梨英和短期大学紀要』第二二号 一九八八年一月)、同「家持と書持の贈報再論――異論を超えて真実へ――」(『都留文科大学研究紀要』第八五集 二〇一七年三月)。
(4) 鉄野昌弘「詠物歌の方法」(『大伴家持「歌日誌」論考』塙書房 二〇〇七年 初出一九九七年九月)。
(5) 松田聡「家持と書持の贈答――「橘の玉貫く月」をめぐって――」(『家持歌日記の研究』塙書房 二〇一七年 初出二〇一六年五月)。
(6) 橋本達雄「石見相聞歌の構造」(『万葉集の作品と歌風』笠間書院 一九九一年 初出一九八〇年六月)。
(7) 拙稿「久邇京讃歌」(『万葉歌人田辺福麻呂論』笠間書院 二〇一〇年 初出一九九四年七月)。
(8) 阿蘇瑞枝「誄と人麻呂殯宮歌の問題」(『柿本人麻呂論考』桜楓社 一九七二年 初出一九六二年六月)。
(9) 神野志隆光「安積皇子挽歌」(『セミナー万葉の歌人と作品8』和泉書院 二〇〇二年)。
(10) 金文京「『万葉集』巻五と中国文学」(令和五年度美夫君志会全国大会招待研究発表 二〇二三年七月)。
(11) 鈴木武晴「大伴家持の越中秀吟」(『都留文科大学大学院紀要』第2集 一九九八年三月)。
(12) 中西進『大伴家持』第四巻 (角川書店 一九九五年)。
(13) 小野寺靜子「娘子型の歌」(『家持と恋歌』塙書房 二〇一三年)。
(14) 小野寛「郎女と娘子」(『大伴家持研究』笠間書院 一九八〇年 初出一九七二年十一月)。
(15) 小川靖彦「『萬葉集』原本のレイアウト――音読から黙読へ――」(『青山学院大学文学部紀要』第四七号 二〇〇六年一月)。
(16) 井上さやか「古代飛鳥の聖なる水」(『万葉古代学研究年報』第21号 二〇二三年三月)。
(17) 岡部隆志『アジア『歌垣』論』(三弥井書店 二〇一八年)。
(18) 遠藤耕太郎『歌掛けのアジア――雲南省リス族の歌掛けと日本古代文学――』(ゆまに書房 二〇二三年)。他に『万葉集』の起源を中国少数民族との関係から語る著書として『万葉集の起源 東アジアに息づく抒情の系譜』(中央公論新社 二〇二〇年)。

初出一覧　ただし、いずれの旧稿にも大幅に手を加えている

序章
（新稿）

第一章　巻八の夏雑歌群
同題（『セミナー万葉の歌人と作品　第八巻』和泉書院　二〇〇二年五月）

第二章　大伴書持と大伴家持との贈報歌群
『万葉集』巻十七大伴書持と大伴家持との贈報歌群――贈歌を中心として――（『人文論叢』一〇六輯　二〇二一年三月）
若き日の大伴家持――弟大伴書持と創り出す歌論の世界――（『二松學舍大學論集』第六四号　二〇二一年三月）

第三章　安積皇子挽歌論
大伴家持と漢詩文――安積皇子挽歌と「反対」――（中西進編『東アジアの知』新典社　二〇一七年十月）

第四章　二上山の賦
（新稿）

第五章　田辺福麻呂の越中家持訪問と福麻呂歌集の追補――家持歌と万葉集編纂にもたらした意味――
田辺福麻呂の越中家持来訪と福麻呂歌集の追補――家持歌と万葉集編纂にもたらした意味――（『高岡市万葉歴史館紀要』第二一号　二〇一一年三月）

第六章　大伴家持が幻視したをとめ
大伴家持が幻視した娘子（『東アジア比較文化研究』17　二〇一八年六月）

第七章　家持が過ごした久邇京時代の催馬楽「沢田川」
――「沢田川　袖つくばかり　浅けれど　恭仁の宮人　高橋わたす」――
「沢田川　袖つくばかり　浅けれど　恭仁の宮人　高橋わたす」――久邇京時代と催馬楽「沢田川」――（針原孝之編『古代文学の創造と継承』新典社　二〇一一年一月）

第八章　家持時代の「書かれる歌」と「詠唱される歌」との〈距離（ディスタンス）〉
「書かれる歌」と「詠唱される歌」との〈距離（ディスタンス）〉（『日本文学』第71巻第3号　二〇二二年三月）

補論　詠まれる歌・書かれる歌、そして読まれる歌――万葉集から考える――
同題（磯水絵編『興福寺に鳴り響いた音楽』思文閣　二〇二一年三月）

第九章　都が讃美される歌――「藤原宮役民作歌論」――
藤原宮役民作歌論（『山梨学院短期大学研究紀要』第一九巻　一九九九年三月）

第十章　『万葉集』と東アジアの恋愛詩
東アジアの恋愛詩（辰巳正明編『『万葉集』とアジア』竹林舎　二〇一七年九月）

終章
（新稿）

あとがき

前書『万葉歌人田辺福麻呂論』（笠間書院　二〇一〇年）から、本書まで、一〇年以上経てしまった。前任大学から、現任大学では文学部国文学科に移り、恵まれた環境の中、専門漬けの日々で、もっと早く、そして質の高い成果があがってしかるべきであった。まことに怠惰で不勉強の誹りは免れない。『大伴家持』と題してみても、家持研究も途についたばかりである。

それを承知で、本書との関係から言い訳めいたことを、加えることを寛恕願いたい。上代文学を専門としながら、常に心にあったのは、広く「人はなぜ歌に感動し、ときに熱狂し、感涙するのであろうか」という問題である。現代と上代の人々は、歌に対する心の仕組みが違うのであろうか。いや、同様な心の構造を持っていたのでないかという思いであった。現代を生き、現代の歌でも心を動かされている身にとって、必然と扱う歌の範囲は広くなっていった。

現代のポピュラーソング（J・POP）もその射程としての研究となっていった。歌謡学会では、古代から現代までの「君」について扱いながら、J・POPでの相手を「君」と呼ぶ歌についての発表をおこない、論文化もした。(1)また、上代において、歌が文化として成立するには、作者を支え、歌を楽しむ享受者層がいるように、現代においても、アーティストを支えるファンがあり、そこにファン文化があることも探究する心が湧き上がった。日本で初めてグラミー賞をとるならばこの人であろうとも、つとに言われている実力派アーティスト三浦大知のライブに、（遊びではなく研究だと言い訳めいたことも言いながら）通い詰め、ファンと寄り添いながら、ファン文化研究を行った。[2] ゼミでも、広い射程で研究できることを好んでか、毎年定員一八名を超える応募がある（卒業研究は、J・POPを対象とする学生もいるが、三年時のゼミでは、『万葉集』研究を、毎週グループ発表で行い、学生同士で誉め貶しを行う、決して楽ゼミではないことは、一応ことわっておきたい）。本書の第八章とその補論は、この広い歌への興味が発端となり、上代との繋がりを持つことができたことによって、なんとか論文化できたものになる。

いつしか、上代文学よりも先に、J・POP論の書籍化ができるほどの論文がたまってしまった（これも書籍化せねばと考える）。元号令和の発表時に、NHKで、『万葉集』との関係について私のインタビューが取り上げられたときに、本当に上代研究をしているのだと、びっくりしたという感想を寄せた三浦大知ファンも少なくなかった。情けないエピソードとなってしまった。両研究により評価されるように努力していきたい。

そんな中、事あるごとに、上代の書籍を早く出版するようにと、諭すようにことばをかけて下さったのは、博士課程の恩師でもあり、後に現任大学の同僚ともなった、多田一臣先生であった。先生は、同じく勤務する中から、『古事記私解』や論文を次々に発表なさっていた。おなじく博士課程時代にお世話になり、博士論文の審査も行って下さった長島弘明先生も、同僚となり、同様に早い出版を促して下さった。また、会議の場で、私の書籍が少ないのを指摘して下さる同僚もいた。本書は、ぐずぐずしている私に対するそんな皆様の様々な促しによるものである。本当にお礼申し上げたい。

学兄（いや学父と言ってもよいかもしれない）廣岡義隆氏と村瀬憲夫氏は、常に学会を刺激する論を発表なさり、退職後も、研究書を次々におまとめになって、不勉強な私に範を示して下さっている。決して追いつけない師のような存在だが、ほんの少しでも後を追わせて下さればという思いを持たせて下さる方々である。これからも範として学ばせていただければと思う。

花鳥社、重光徹氏は、書籍化を相談しながら、なかなか筆が進まない私を、辛抱強く励まして下さった。また、書籍化を応援して下さった相川晋社長にも感謝申し上げる。

ここ数年、体調が優れないことも少なくない中、気分転換として散歩に連れ出してもくれ、調査旅行に同行もし、励ましてくれるだけでなく、校正まで行ってくれている妻にも感謝したい。

本書は、二松学舎大学国内特別研究員の成果となる。サバティカルという時間の中から、書籍化をみたものである。新稿も入れることができた。また初出からは、どの論文も、大幅に手を入れたものとなっている。貴重な時間を与えてくれた二松学舎大学にも感謝申し上げる。また刊行にあたり、学校法人二松学舎学術研究助成を受けた。重ね重ね感謝申し上げる。

注

（1）拙稿「歌謡曲、Ｊ・ＰＯＰに見られる『君』の変遷――女が男を「君」と呼ぶ歌の誕生――」（『二松学舎大学論集』第六十一号　二〇一八年三月）。

（2）拙稿「三浦大知のファン文化研究――お花企画を中心として――」（『人文論叢』第百三輯　二〇一九年十月）。拙稿「三浦大知のファン文化研究――おみや交換を中心として――」（『成城大学共通教育論集』第十三号　二〇二一年三月）。

事項・人名索引

●か

●き

●く

●け

●こ

万葉集歌番号索引

●巻 18

●巻 19

●巻 20

【著者紹介】

塩沢　一平（しおざわ　いっぺい）

1961年　神奈川県鎌倉市生まれ。
桜美林大学大学院国際学研究科修士課程修了。修士（大学アドミニストレーション）。
東京大学大学院人文社会系研究科博士課程修了。博士（文学）
現在、二松学舎大学教授。

著書
『万葉歌人田辺福麻呂論』（笠間書院 2010年）、共著に『『万葉集』と東アジア』（竹林舎 2017年）、『東アジアの知 文化研究の軌跡と展望』（新典社 2017年）、『興福寺に鳴り響いた音楽 教訓抄の世界』（思文閣出版 2021年）、『神話の源流をたどる 記紀神話と日向』（KADOKAWA 2022年）。

大伴家持　都と越中でひらく歌学

二〇二五年二月二十八日　初版第一刷発行

著者……塩沢一平

装幀……仁井谷伴子

発行者……相川晋

発行所……株式会社花鳥社
https://kachosha.com
〒一〇一-〇〇五一　東京都千代田区神田神保町一-五十八-四〇二
電話　〇三-六三〇三-二五〇五
ファクス　〇三-六二六〇-五〇五〇

ISBN978-4-86803-019-5

組版……ステラ

印刷・製本……太平印刷社